Un tesoro en el olvido

Un tesoro en el olvido

Virginia Garzón de Albiol

Penguin
Random House
Grupo Editorial

Primera edición: octubre de 2023

© 2023, Virginia Garzón de Albiol
© 2023, Penguin Random House Grupo Editorial, S. A. U.
Travessera de Gràcia, 47-49. 08021 Barcelona

Printed in Spain – Impreso en España

ISBN: 978-84-666-7718-9
Depósito legal: B-14.702-2023

Compuesto en Llibresimes

Impreso en Liberdúplex
Sant Llorenç d'Hortons (Barcelona)

BS 7 7 1 8 9

A Espe, mi hogar

Al irte me diste una de las cosas más
[valiosas de mi vida:
la obligación, por ti, de seguir adelante.

ELVIRA SASTRE,
Aquella orilla nuestra

La ciutat de Barcelona amaga molts tresors als nostres carrers. Només cal sortir, voltar i buscar-los.*

ALBERTO TWOSE,
arquitecto y rescatador de baldosas

Primer n'agafes una. Després n'agafes quatre per fer el joc de quatre. Després n'agafes una de més per si se te'n trenca una netejant-la, que també és un clàssic. Després ve quan n'agafes més i ja embogeixes.**

JOEL CÁNOVAS,
The Tile Hunter

* La ciudad de Barcelona esconde muchos tesoros en nuestras calles. Solo hay que salir, dar una vuelta y buscarlos. (Traducción de la autora).
** Primero coges una. Después, cuatro para tener el juego de cuatro. Luego, una más, por si se te rompe alguna al limpiarla, que también es un clásico. Después comienzas a coger más y ya enloqueces. (Traducción de la autora).

1

Clara Vera observaba con un nudo en la garganta el impávido y maquillado rostro de Teresa. También la túnica blanca que cubría el resto del cuerpo, tendido en un ataúd. Miraba el cadáver de su abuela y le daba las gracias por haber ejercido de madre. En realidad, de única familia.

Por la sala de velatorio, deambulaban vecinos y comerciantes del barrio de Galvany. A algunas personas las conocía, a otras no. Todas ellas se lamentaban del triste devenir de Teresa, la mujer que durante años les surtió de aceitunas en el mercado. Hasta que el Alzheimer se agravó.

Las marcadas ojeras en el rostro de Clara delataban noches de insomnio y angustia, pero no lloraba. Creyó estar a punto de hacerlo en varias ocasiones, y se escudó detrás de la coraza que llevaba puesta desde el día en que nació.

No era algo casual. Durante los meses que habitó el vientre materno, la vida ya le advirtió de que, fuera de él, las cosas no eran fáciles. Lo intuyó cuando solo era un embrión de tres meses a través de la paliza que le dio a Elisenda, su madre, el supuesto amor de su vida, un hombre casado. Al enterarse de que la embarazada quería tener al bebé, a punto estuvo de provocarle un aborto.

Después cató el sabor de la desesperación, porque a la costumbre de fumar cigarrillos de hachís, Elisenda añadió la de esnifar cocaína. El aprendizaje definitivo de que toda vida conlleva sufrimiento le llegó a Clara a los seis meses de edad, cuando la muerte se llevó a su madre de una sobredosis de heroína.

La niña habría acabado en un orfanato de no haber sido por su abuela, que peleó por ella. Con uñas y dientes. Con un sueldo precario y una escasa pensión de viudedad, Teresa logró apañárselas para sacar adelante a aquella niña seria, cuya primera sonrisa no apareció hasta que probó un algodón de azúcar.

Con treinta y tres años, sonreía lo justo. Vestía como si guardara un luto eterno y no salía de casa sin una pulsera muñequera en cada brazo. En verano, añadía a su oscuro atuendo camisetas de grupos de heavy metal, casi siempre con dibujos de alguna parte del esqueleto humano. Quizá se debiera al hecho de que la unión de su nombre con su apellido la proveyó, desde muy temprana edad, del mote de «calavera».

Teresa se enfadaba mucho cuando, al ir recogerla al colegio Nelly, los demás niños se despedían de la niña gritando

«¡Adiós, Calavera!». Pero Clara no se inmutaba. Se sentía tan identificada con su apodo que, el día en que cumplió dieciocho años, y a pesar de los intentos de su abuela por disuadirla, se dirigió al Registro Civil para cambiarse el nombre. No tuvo éxito. La funcionaria que la atendió le explicó que no se aceptaban nombres que pudieran humillar o denigrar a la persona. Inútil fue su intento de averiguar por qué era ofensivo llamarse como una parte del cuerpo. Aquel día se habría tatuado de muy buen grado una calavera en la cara. Solo había un problema, su pánico a las agujas.

También le asustaba mantener una conversación. Su abuela, preocupada por su hermetismo, le aconsejaba que se abriera a los demás. De lo contrario, le decía, le esperaba una vida solitaria.

Solo siguió su consejo al conocer en el instituto a Bernat, un delgaducho moreno que siempre iba despeinado. Les bastó con mirarse a los ojos para comprender que ambos cargaban una pesada mochila sobre los hombros, de la que preferían no hablar. También compartían el gusto por las mujeres, lo cual no hizo sino aumentar su complicidad.

Años después, añadió a su círculo íntimo a Felipe, el informático de la cadena de supermercados en la que ella trabajaba como contable. Era medio escocés, lo delataba el pelirrojo de su pelo y un leve acento británico, y acostumbraba a expresarse con una sola palabra, que, además, solía empezar con la letra efe. Por este motivo, y porque también despreciaba su nombre, en especial desde que el sucesor a la corona con quien lo compartía se convirtiera en monarca, la gente lo nombraba por su inicial.

Aunque Clara ocultaba sus emociones, sabía cómo resguardarse de los reveses de la vida, y en sus dos amigos hallaba siempre cobijo. Y ayuda, también. Cuando Teresa perdió la autonomía, le aconsejaron que la ingresara en una residencia pública. Presentó una solicitud de plaza y, mientras se la concedían, la ayudaron a contratar a dos cuidadoras, que se turnaban en la asistencia a su abuela. Para pagarles, Clara hacía horas extra en algún supermercado de la cadena, alternando su trabajo de contable con el de cajera, reponedora o limpiadora.

Tras dos años y medio de espera, consiguió la anhelada plaza, aunque Teresa nunca llegó a ocuparla. La ingresaron una madrugada en la Unidad de Cuidados Intensivos del Hospital de la Vall d'Hebron, aquejada de una grave neumonía.

Bernat y Felipe compartieron con su amiga la amarga espera hacia el desenlace más probable, el que puso fin a década y media de deterioro creciente y tristeza pegada a la piel, con la misma tozudez con la que se adhiere un chicle a la suela de un zapato.

Fue así como, contra su voluntad, Clara se convirtió en el centro de atención de la sala número 8 del tanatorio de Sancho de Ávila. La incomodaba saberse objeto de los comentarios, y se ajustaba las muñequeras una y otra vez. Quería desaparecer, dejar de recibir miradas cargadas de compasión.

Durante el responso, aceptó de buen grado varios tragos de la petaca que Felipe solía llevar en el bolsillo interior de la chaqueta. Bernat los miró y negó con la cabeza, pero no dijo nada. Era un momento difícil y triste. Otro más en una vida repiqueteada por el dolor.

Lo que Clara entonces no sabía era que la muerte de Teresa lo cambiaría todo.

2

Tras varias intentonas, Clara atinó a introducir la llave en la cerradura de su casa, un pequeño piso situado en la calle Madrazo, entre Amigó y Santaló. Giró la pieza de metal dos veces, hasta que oyó retroceder el pestillo y esconderse en su guarida. Empujó la vieja y gruesa puerta, y accedió al interior. Enseguida aspiró el intenso olor a claveles que tanto le gustaba a su abuela. Encendió la luz, cerró la puerta y avanzó por el pasillo hasta el salón.

Habían transcurrido cinco días desde que se dirigiera al hospital, montada en una ambulancia. El ambiente estaba cargado y sintió que se ahogaba. Abrió los largos ventanales y las contraventanas de madera, y sintió el fresco de la mañana. Tomó una bocanada de aire y observó las macetas que colgaban de la barandilla del balcón asomado a la calle. Al ver el aspecto mustio de las plantas pensó que debía regarlas.

Al girarse, contempló las cuatro paredes con estanterías

abarrotadas de libros, todos ellos comprados en librerías de segunda mano. La imagen con la que había convivido a lo largo de toda su existencia de pronto la sobrecogió. Las piernas le fallaron y, apoyando la espalda contra la pared, se dejó caer hasta sentarse en el suelo, donde permitió que su angustia se expresara en forma de un grito ahogado. Por fin lloró, un torrente de lágrimas que intentó en vano sortear las pecas de su rostro.

Disponía de dos semanas para recoger las huellas de toda una vida, para vaciar el que había sido su refugio. El propietario del piso así lo había exigido al morir Teresa, la inquilina, a cuyo nombre estaba el contrato de alquiler. Vio, en este acontecimiento, la oportunidad de poner fin a una renta antigua y pasar a cobrar un sustancioso importe. De nada sirvieron los intentos de Clara para renovar el contrato. «No y punto», le dijo el hombre. Ella deseó agarrar el punto y hacérselo tragar.

Viéndose desahuciada, le urgía hacer tres cosas. Primero, decidir qué guardaría, qué tiraría y qué regalaría. Después, buscar un lugar donde vivir. Bernat le había ofrecido cobijo temporal, pero no quería convertirse en testiga de sus innumerables conquistas nocturnas. No estaba de humor. Finalmente, tendría que despedirse de su hogar.

Se ajustó la cremallera de las muñequeras y pensó que los escasos cincuenta metros cuadrados del apartamento parecían manejables. Pero conociendo a su abuela, sabía que no iba a ser tarea fácil. Tendría que enfrentarse al reto de hallarse en el templo de la que había sido una acérrima lectora. Por si fuera poco, despertarían en ella infinidad de recuerdos, con el consiguiente descontrol de emociones que tanto le molestaba. Y, para rematarlo, sentía que estaba invadiendo la intimidad de la persona a la que más había querido en el mundo.

Mientras negaba con la cabeza, se preguntó de dónde sacaría el valor para tirar a la basura cosas a las que su abuela estuvo tan apegada. Por desgracia, no tenía opción. La cuenta atrás había comenzado y debía ponerse manos a la obra cuanto antes. Abrió un paquete de pañuelos de papel, sacó uno y se sonó de forma enérgica. Con una goma se recogió en una coleta su larga melena de cabello ondulado negro. Acto seguido inspiró con fuerza y se incorporó. Estaba lista para la batalla.

Regó las plantas y se encaminó a las otras cuatro estancias del apartamento: un dormitorio de matrimonio, otro individual, un minúsculo cuarto de baño y una diminuta cocina. Vaciar la habitación en la que ella dormía apenas le llevaría tiempo. Tan solo tenía un pequeño armario ropero, un cuadro con el dibujo de Naranjito que su abuela le regaló como un guiño a su año de nacimiento y un estante con discos de vinilo y casetes. En cuanto al dormitorio de su abuela, el mayor desafío lo iba a protagonizar el armario de madera con una puerta descolgada que ocupaba la pared frente a la cama. Estaba repleto de ropa que apestaba a naftalina, incluso la había de su abuelo al que nunca conoció. Clara nunca había sido capaz de comprender cómo su abuela conseguía dormir con ese olor tan intenso y el peso del pasado colgando de las perchas. Varias veces se había ofrecido a llevarse la ropa vieja. «El Santuario de Sant Antoni de Pàdua se la dará a la gente necesitada», le decía, pero la negativa de Teresa era rotunda.

Pasó la mañana recorriendo las estancias y clasificando, con la ayuda de una libreta y de un bolígrafo, todo lo que iba encontrando a su paso. Decidió que donaría la mayor parte de las cosas y tiraría el resto. Solo rescataría del obligado desahucio aquellos objetos con valor sentimental, como cuatro gruesos álbumes de fotografías, un manoseado recetario y el bastón de su abuela, con el que, cuando ella era pequeña, bromeaba simulando que tenía tres piernas. También se llevaría la fotografía enmarcada que colgaba de una de las paredes del salón. Le encantaba aquella imagen en la que su abuela, ataviada con un vestido veraniego de flores estampadas, sujetaba en brazos a su nieta, que aprovechaba la ocasión para enredarle en el pelo sus diminutos dedos. Ambas con una amplia sonrisa en el rostro.

Conmovida por este recuerdo, quiso descolgar el cuadro para verlo de cerca. Pero, para su sorpresa, no pudo despegarlo de la pared. Frunció el ceño, contrariada. Lo sujetó por los lados con ambas manos y tiró de él, sin éxito. Pronto comprendió que estaba incrustado en el muro. Desconcertada, se dirigió a la cocina y cogió el cuchillo del pan. Introdujo con cuidado la sierra de acero en el espacio que había entre el marco y la pared, y la deslizó por él.

Al cabo de un rato consiguió separar el marco, en cuya parte trasera quedó enganchada pintura del salón. Pensó que de ninguna manera iba a pintar para ocultar el desperfecto, ya se encargaría el propietario de gastarse el dinero en repararlo. Lo estaba maldiciendo cuando se fijó en algo. Al desconchar la pared había quedado al descubierto lo que parecía una tabla marrón cuadrada de no más de treinta centímetros de ancho. La observó extrañada y, guiada por su intuición, golpeó la superficie con los nudillos. El sonido le indicó que detrás de ella había un hueco. Comprendió entonces que la ubicación de la fotografía no era casual, sino que servía para esconder un agujero en la pared.

Con una excitación repentina, iluminó la lámina con la ayuda de la linterna de su teléfono móvil. Vio una pequeña hendidura en el lado izquierdo, e introdujo en ella los dedos índice y corazón de la mano derecha. La lámina cedió un poco. Con cuidado, la deslizó por completo. Alumbró el interior y se quedó boquiabierta al descubrir una caja cerrada con un candado oxidado. Era de madera maciza y estaba adornada con flores talladas.

La cogió y notó su peso. Estupefacta, se sentó en la butaca de lectura de su abuela con el descubrimiento sobre los muslos. Del bolsillo del pantalón sacó el llavero de la casa. Introdujo todas las llaves en la cerradura, pero no se abrió. Intentó forzarla, sin éxito. A pesar del envejecido aspecto del candado, permanecía fiel a su misión. Fuera lo que fuese lo que hubiera en el interior de aquella caja, no iba a mostrarse fácilmente. Dio un resoplido, recuperó el teléfono móvil y marcó un número.

—Bern, ¿puedes acercarte a casa? Trae tus herramientas.

Como era sábado, su amigo estaba disponible. Le dijo que llegaría en media hora.

Incapaz de hacer nada más, permaneció allí mirando y acariciando la caja, hasta que el pitido del interfono anunció la llegada de Bernat.

3

Bernat se presentó con una mochila. Mientras esperaba a que su amiga le abriera la puerta, oyó el ruido de unos pasos y de una tapa de mirilla al deslizarse. En aquel rellano solo había otro apartamento, con lo que no resultaba difícil adivinar detrás de qué puerta se encontraba la persona que espiaba.

Se abalanzó sobre Clara en cuanto esta abrió. Aunque a ella no le gustaba mostrar afecto, agradeció el gesto y se permitió sentir aquel abrazo. Apretado, largo.

—¡Qué bien verte! —dijo él.

—Pero si he dormido en tu sofá tres noches seguidas.

—¡Dejas huella!

—Mira que te arreo. Anda, pasa.

Se sentaron en un desvencijado sofá de dos plazas con una pata descompensada. Bernat liberó su espalda de la pesada mochila que cargaba y que depositó en el suelo. De un bolsillo frontal sacó dos paquetes de pañuelos de papel y, con una sonrisa en los labios, se los tendió a su amiga.

—Gracias —dijo Clara con una sonrisa al ver que tenían dibujos de calaveras.

—Sabía que te gustarían —replicó Bernat guiñándole un ojo—. Por cierto, ¿tienes vecino nuevo?

—Ni idea. El sueco regresó a su país hará un mes. ¿Por?

—Me ha parecido que alguien me espiaba.

Clara enarcó las cejas y levantó los hombros.

—Bueno, y tu jefe qué, ¿te ha dado unos días libres? —preguntó él.

—No.

—¡Será cabrón!

—Paso de él, me he cogido dos semanas de vacaciones.

—Has hecho bien, así tendrás tiempo de organizarlo todo. Ya sabes que puedes contar con nosotros —dijo refiriéndose a Felipe y a él.

Clara asintió y le alborotó el pelo, en un intento de contener la tristeza. Adoraba a aquel hombre con la misma fuerza que odiaba no ser capaz de controlar sus emociones, que tenía a flor de piel desde que falleció su abuela.

Inspiró con fuerza antes de hablar.

—Bern, mira. No puedo abrirla —dijo señalando la caja. Ante la mirada interrogativa de su amigo, prosiguió—: Estaba escondida.

—¡Cómo mola! —Se incorporó para mirar de cerca aquel objeto—. ¿De dónde la has sacado?

—De la pared —respondió ella señalando el agujero—. ¿La abrimos?

—Puedo serrarla, pero me parece un crimen estropear esta hermosura de madera tallada. Además, a lo mejor daño lo que hay en el interior.

Palpó el candado. A pesar de su aspecto oxidado y viejo, era una pieza robusta. Suspiró y se acarició la barbilla. De un bolsillo lateral de la mochila sacó un pequeño estuche de tela que contenía ganzúas de distintos tamaños. Extrajo una y la introdujo en la cerradura. Acercó el oído al candado y empezó a mover el instrumento con delicadeza.

Tras unos segundos, desistió. Observó sus dedos marrones, teñidos por el óxido. Cogió la mochila y volcó el contenido en el suelo con gran estruendo. Removió distintas herramientas y seleccionó una cizalla. Colocó después las cuchillas en el arco del candado y presionó. Apenas arañó la superficie.

—Hagamos fuerza entre los dos —le sugirió Bernat a Clara, que cogió la herramienta entre las manos y él las cubrió con las suyas—. Una, dos… y ¡tres! —gritó.

Nada.

—Otra vez —propuso ella con el rostro colorado por el esfuerzo.

Presionaron la cizalla con toda su energía, pero el arco del candado permaneció inmutable. Se sentaron en el suelo, exhaustos.

—Se va a enterar —dijo él cuando consiguió recuperar el aliento.

Removió las herramientas y agarró una sierra. La desplazó hacia delante y hacia atrás con movimientos rápidos, contundentes y repetitivos. Fue en vano.

—Qué difícil —protestó ella.

—Me temo que nada de lo que tengo aquí servirá —reconoció soltando un resoplido—. Necesitamos una radial. Efe tiene una, ¿le llamamos?

Clara dudó. Conocía bien a su amigo: aunque eran las doce del mediodía, no estaría aún despierto, ya que, al anochecer y en la intimidad de su hogar, bebía. Se sumergía así en un mundo tenebroso poblado de fantasmas, del que solo salía cuando el sueño lo vencía. Eran noches largas que requerían despertares con duchas frías y grandes dosis de cafeína.

Bernat agitó una mano delante de los ojos de su amiga, que se sobresaltó. Ante la insistencia de su amigo, Clara llamó a Felipe. Sonaron varios tonos antes de que este descolgara. Cuando lo hizo, tenía una voz más grave de lo habitual, incluso a ella le pareció percibir que la lengua de su amigo no contaba con suficiente saliva para moverse en el interior de la boca. «Otra noche oscura», pensó.

Felipe accedió a la petición sin dudarlo un instante y, una hora después, le daba a Clara el segundo abrazo reparador del día, perfumado por un suave aroma a lavanda que emanaba de su cuerpo recién duchado.

—¿La has traído? —le preguntó Bernat impaciente.

—Fácil —respondió el otro mientras mostraba una bolsa de deporte que colgaba de su hombro.

Clara frunció la nariz al percibir el mal aliento de su trasnochador y bebedor amigo. Suspiró, le explicó cómo había descubierto la caja y le habló de la presencia del molesto candado.

—Funcionará.

—Crucemos dedos.

Felipe colocó la caja encima de la mesa del comedor y extrajo de la bolsa una radial, una llave inglesa y una lata de una bebida energética, que abrió y de inmediato le dio un trago. Sacó también unas gafas de seguridad para protegerse el rostro y unos guantes fabricados con fibra de vidrio. Agarró la herramienta de metal y con las dos mordazas inmovilizó el cuerpo del candado. Después, enchufó la radial y pulsó el botón de encendido. Cuando el aparato empezó a rugir, la acercó al arco. El contacto entre la cuchilla y el candado provocó una ducha de chispas que no parecieron atemorizar a ninguno de los tres.

De pronto hubo un estallido. Las luces se apagaron y la radial quedó muda.

—*Fuck!*

—Habrá saltado el diferencial, la instalación es muy antigua. Voy a mirar —dijo Clara.

Se encaminó al cuadro eléctrico guiada por la claridad del día que se colaba por las ventanas. Lo alumbró con la linterna del teléfono móvil y confirmó su sospecha. Había saltado el interruptor general, «seguramente por un sobrecalentamiento de la red», pensó. Lo empujó hacia arriba y la luz regresó.

Cuando se reunió en el salón con sus amigos, vio dibujada en sus rostros una amplia sonrisa.

Sobre la mesa y junto a la caja se hallaban el arco y el cuerpo del candado.

Separados.

4

Clara se acercó a la caja despacio, apenas se oyeron sus pasos. Acarició la tapa con una mano, la apartó con brusquedad y dedicó una sonrisa nerviosa a sus amigos, que no le quitaban ojo.

—¿A qué esperas? ¡Ábrela! —dijo Bernat.

—¿Y si hay un bicho dentro?

—¡No seas tonta!

Sintió náuseas ante la sola idea de ver algo moviéndose al levantar la tapa. Instintivamente, dio un paso atrás. Estaba pálida y le temblaba el labio inferior. Muy a su pesar, tenía fobia a los insectos.

Felipe la cogió de una mano, la apretó con fuerza y le dio un pequeño tirón hacia arriba, para animarla. Ella tomó aire y regresó junto a la caja. Al abrirla, las bisagras chirriaron y la madera crujió. Con la lentitud de un caracol, acompañó la tapa hasta dejarla en posición vertical.

En ese instante, tres pares de ojos miraron el interior. Una tela de color granate parecía envolver algo. Tras asegurarse de que no había nada más, Clara lo cogió.

—Pesa —dijo.

Lo apoyó en la mesa y lo desenvolvió con una delicadeza extrema. Al quedar al descubierto, se mostró su rostro. Era una pieza de cemento cuadrada, con el dibujo de un dragón verde grisáceo sobre un fondo crema. Se veía el lateral izquierdo del animal, enroscado de una forma parecida a la del número dos. La cabeza miraba a la izquierda y tenía la boca abierta, de la que salía una llama.

—¡Una baldosa hidráulica! —gritó Bernat llevándose las manos a la cabeza.

—No fastidies —dijo Felipe.

—¿Cómo? —preguntó Clara desconcertada.

—No me cabe la menor duda —dijo Bernat después de colocarse sobre la nariz unas gafas de pasta negra—. Mirad el lateral, se aprecian a la perfección tres capas distintas: la cara vista, el brasage y el grueso.

—¿Mi abuela tenía escondido un trozo de suelo en la pared?

—Eso parece, y sin estrenar. Es una pieza pequeña. ¡Ajá! Quince centímetros de ancho por quince de largo —dijo con la ayuda de un metro que se sacó de un bolsillo.

—¿Poco frecuente?

—¡Toda una rareza! Lo normal es que midan veinte centímetros —contestó escrutándola.

Clara reconoció en la mirada de Bernat un brillo particular debido al cual a menudo tenía las manos polvorientas y con heridas. Le apasionaban las baldosas hidráulicas, en especial las modernistas. Las descubrió por casualidad, paseando un día por una calle cualquiera del Eixample barcelonés. Se cruzó con un saco de escombros que estaba tirado en una acera y, guiado por la curiosidad del vocacional arquitecto que era, miró lo que había en su interior. Encontró unas piezas coloridas que se combinaban entre sí. Fascinado, rebuscó y halló una pieza entera. Se la llevó.

Con el paso del tiempo, se convirtió en un coleccionista voraz. Para poder recoger varias baldosas a la vez, se compró una mochila con las asas reforzadas y la parte trasera acolchada. Con ella había llegado a cargar dieciséis piezas, treinta y dos kilos de peso, lo máximo que su espalda le permitía transportar sin partirse en dos. Él agradecía cada gramo de peso porque, decía, si las baldosas pesaran menos, la gente se las llevaría y no encontraría ninguna abandonada en la calle.

Las acumulaba sobre el suelo de su casa, en las esquinas y debajo de cualquier mueble. La novia con la que convivía no tardó en huir despavorida ante el asco que le producían aquellos objetos viejos y sucios. Tampoco ayudó la dificultad de hacer planes con él, pues desaparecía en el momento más insospechado. Lo que comenzó como una afición, acabó convirtiéndose en pura obsesión, pero no estaba solo en este enamoramiento particular. Tenía admiradores en todos los barrios, personas que valoraban que rescatara una parte de la historia de la ciudad. Lo avisaban cuando encontraban alguna cosa interesante, e incluso le cedían espacio donde depositar las baldosas hasta que tuviera tiempo de recogerlas, a menudo con una furgoneta alquilada de forma apresurada.

Clara se alegraba de que, en esa ocasión, la baldosa y ella estuvieran en la misma estancia, así su amigo no saldría escopeteado.

—¿Por qué mi abuela nunca me habló de esta baldosa?

—Quizá no sabía de su existencia. En este piso vivió primero su madre, ¿no? —observó Bernat.

—Sí.

—A lo mejor el marco ya estaba puesto en la pared.

—Frontal —dijo Felipe, que mostró cómo este se abría por la parte delantera y no por la trasera.

—Sí, quizá no lo sabía —admitió Clara.

Barajó esta hipótesis frente a la más probable: que simplemente lo hubiera olvidado. Como tantas cosas. Como a sí misma. Sintió una punzada de dolor que logró controlar apretando las muñequeras.

—Podemos consultar mi colección de catálogos antiguos. ¡A lo mejor encontramos este dragón! ¿Vamos a mi casa? —propuso Bernat.

—Buena idea —dijo Clara—. ¿Compramos algo para comer en el Panchito? Hoy no me apetece cocinar.

—¡Fajitas!

—Anda, vamos —rio mientras cubría el dragón con la tela granate. Después lo devolvió a la caja.

5

Bernat vivía en un loft situado en el barrio de Gràcia, por el que pagaría una hipoteca el resto de su vida. Era un lugar acogedor, con ladrillos vistos en las paredes y el techo, donde formaban curvas que reposaban sobre vigas de madera. Él mismo había restaurado y diseñado el interior, convirtiéndolo en un espacio diáfano en el que casi todo estaba a la vista. Aunque la superficie apenas alcanzaba los cincuenta metros cuadrados, se las apañó para poner en el altillo una habitación adicional destinada a ser su dormitorio, a la que se accedía por una escalera de hierro pintado de negro con los peldaños de madera color miel. Debajo ubicó una cocina, abierta a una espaciosa sala de estar en cuyo centro lucían una robusta mesa de roble y seis sillas, que servían de base en la que apoyar planos, lápices, folios, reglas de distintos tamaños, un metro, escuadras, triángulos y un compás.

Junto a las paredes había varios montones de baldosas de

hasta un metro de altura, que parecían infranqueables murallas. Se repartían por todo el loft, dibujando un camino que desembocaba en una pequeña habitación reconvertida en almacén. Había tantas piezas, que solo cabía una persona de pie en el centro.

—Bern, las baldosas te acabarán echando de casa —dijo Clara mientras dejaba la bolsa con la comida en la encimera de la cocina.

Él rio mientras encendía la calefacción, el frío del mes de noviembre se hacía patente en aquel piso de techos altos. Mientras tanto, Felipe sacó de otra bolsa dos paquetes de latas de cerveza. Cogió una, la abrió y bebió, y dejó las demás en la nevera, en la que solo había un limón duro y amarronado. Lo tiró a la basura.

Bernat se dirigió a una vitrina de madera, en la que guardaba su colección de catálogos de mosaicos hidráulicos. Algunos eran auténticos hallazgos de más de cien años de antigüedad. Los había conseguido en librerías anticuarias, en mercadillos de segunda mano y en distintos portales de coleccionistas. Los cogió y se dirigió a un sofá esquinero con tapicería de pana marrón, situado frente a un ventanal que daba a la calle. Colocó los libros en un lateral y buscó en el móvil la fotografía que le había hecho al dragón hallado.

—Aquí tenemos nuestro objetivo. ¡Vamos allá! —dijo mientras distribuía los catálogos entre los tres.

Felipe apuró la lata de cerveza, que dejó en el suelo, e inició la consulta. Clara, a su vez, escrutó el contenido de un catálogo de la fábrica Escofet Fortuny y Cía., que databa de 1891. La imagen de la portada le resultó familiar y, enarcando una ceja a la vez que le preguntaba a Bernat, este le explicó que se trataba de la fachada de la tienda, era muy probable que la hubiera visto en más de una ocasión, pues estaba en el número 20 de la ronda Universitat, junto a la plaza de Catalunya. Si bien hacía décadas que la tienda se había trasladado, se había conservado la decoración exterior.

A la derecha de la imagen había un murciélago sobre una corona, justo encima del escudo de Barcelona. Lo acarició con el dedo.

—¿Verdad que mola? Es el escudo auténtico de la ciudad, aunque ya casi no se utiliza. El murciélago se asocia al rey Jaime I, quien, según cuentan, fue advertido por este animal de un avance sorpresa de sus enemigos. ¡Alucinante!

—Farolas del paseo de Gràcia.

—Correcto, Efe. Este escudo todavía puede verse en la parte alta de las farolas-bancos de hierro de ese bulevar que, contrariamente a la creencia popular, no son obra de Gaudí sino del arquitecto Pere Falqués i Urpí.

—Nunca me he fijado en él.

Clara abrió el catálogo despacio, consciente de que estaba tocando una reliquia. En el interior vio diversos tapices de cemento coloreado. Dominaban las tonalidades de colores tierra, y le llamó la atención una baldosa de color verde cuyo dibujo le recordó la hoja de una palmera. No encontró el dragón. Negó con la cabeza y cogió otro álbum. Este databa de

1896 y, si bien mantenía el apellido de Escofet, había cambiado el de Fortuny por el de Tejera.

—Mira, tu mariposa —dijo al reconocer un diseño que conocía bien.

Bernat asintió con una sonrisa en los labios. Una baldosa enmarcada con aquel animal colgaba de una de las paredes de la sala de estar, junto a otras nueve piezas con dibujos geométricos y vegetales. Las mostraba con orgullo, eran las primeras que había rescatado, las culpables de su extraña afición.

Por las manos de los tres amigos pasaron catálogos de otras fábricas, pero en ninguno de ellos localizaron al animal mitológico. Durante la comida, que tuvo lugar en horario de merienda, Bernat comentó que quizá pudiera ayudarles una amiga suya, Gisela Miralles. Era profesora de Historia del Arte en la Universitat de Barcelona y una apasionada del Modernismo catalán. La conoció en una feria modernista.

—No es una rescatadora como yo, aunque colecciona baldosas con dragones y rosas. Le encanta la leyenda de Sant Jordi.

—Genial, otra loca —dijo Clara provocando una carcajada en Felipe, que apuraba su quinta cerveza.

—Ya lo ves, no soy el único —respondió Bernat dándole un codazo.

Clara sonrió mostrando los dientes por primera vez en días.

6

Había transcurrido una semana desde que Clara enterrara a su abuela, pero le parecía una eternidad. La echaba de menos. Cierto era que hacía mucho tiempo que ya no podía comunicarse con ella, pero le faltaba su presencia. Añoraba cosas tan sencillas como el sonido de su respiración cuando dormía, el ronquido subido de tono que la despertaba de la siesta en el sofá o el aroma a jazmín que desprendía su cabello recién lavado. También peinarla como siempre le había gustado, con un toque final de laca. Ese golpe maestro sin el que la obra no se admitía como acabada.

Sentía un dolor inmenso, un vacío interior tan lleno de tristeza que a ratos le costaba respirar. A menudo quedaba atrapada en ese lugar que solo conoce quien cae arrollado en su interior. Guiada por la necesidad de sentir a su abuela cerca, decidió aplazar el empaque, y se puso en marcha rumbo al cementerio de Montjuïc. Caminó hasta la parada de metro

Fontana y se subió a un vagón de la línea tres rumbo a la estación de Paral·lel. Allí cogió el autobús número veintiuno y a la quinta parada se bajó.

Montjuïc le impresionaba. Era el cementerio más grande de la ciudad, en él descansaban para toda la eternidad millones de personas repartidas en tumbas, nichos y espacios para cenizas, que los familiares recogían o que el olvido abandonaba. Era un lugar popular, que ofrecía a los visitantes rutas diurnas y nocturnas con las que ilustrarse, pero lo que la dejó boquiabierta fue que allí se vendieran objetos de recuerdo, entre ellos, calaveras blancas de cerámica. Como era de esperar, se llevó una.

Tan solo había pasado una semana, pero Clara no conseguía encontrar el nicho. Estaba tan afectada el día del entierro, que no se fijó en su ubicación. Aturdida, dio varias vueltas por calles repletas de muertos, hasta que pidió ayuda a uno de los jardineros, que, como quien da indicaciones para encontrar una farmacia, le indicó cómo llegar hasta él.

Había alguien frente al nicho. Una anciana con la espalda un poco encorvada, como si llevara a cuestas una mochila cargada de años. Con una mano temblorosa acariciaba las letras de la lápida que componían el nombre de Teresa. En la otra portaba un pequeño ramo con rosas blancas. Estaba hablando y no se percató de la presencia de Clara hasta que esta se le acercó.

—¿Ágata?

La mujer se giró, sus ojos estaban enrojecidos por el llanto.

—Mi niña —dijo la anciana con un hilo de voz.

—¡Cuánto tiempo!

—Veinte años. ¿Te importa ayudarme? No consigo colocar las flores.

Clara, que no salía de su asombro, cogió el ramo y lo introdujo en el soporte situado a un lado de la lápida.

—Gracias. Lamento mucho tu pérdida, Teresa era una mujer maravillosa —dijo con la voz quebrada—. Ven a verme cuando puedas, tengo algo para ti.

—¿Adónde? —preguntó Clara. De pronto, recordó lo que Bernat le había comentado del piso de al lado—. Has vuelto.

La anciana asintió justo antes de marcharse con paso presto, dejándola tan desconcertada como si hubiera visto un fantasma.

Acto seguido, al ver el nombre de su abuela en la lápida del nicho, se estremeció. Se sentó en el suelo, incapaz de mantenerse en pie. Los ojos se le inundaron de lágrimas y por la garganta subieron gemidos de dolor. Intentó retenerlos tapándose la boca con las manos, pero no lo consiguió.

Permaneció un rato quieta, oyendo el trino de los pájaros. A diferencia de Ágata, fue incapaz de hablarle al nicho. Al evocar a la anciana, le asaltaron infinidad de recuerdos de su temprana infancia. Recordaba bien a aquella mujer que había vivido en el piso contiguo al suyo. Compartía con su abuela paseos, meriendas, partidas de dominó y risas. También, una gran afición a las plantas. Si la memoria no le fallaba, desapareció de repente, cuando Clara tenía doce años. Preguntó por ella varias veces, pero su abuela siempre le respondía con evasivas. Con el tiempo, la olvidó.

Clara empezó a sentir algo parecido al enfado. Las lágrimas se secaron y fueron sustituidas por unos puños prietos. No entendía nada de lo que estaba pasando. Primero la baldosa, luego la reaparición de Ágata. Tenía la impresión de que su abuela se había callado muchas cosas. Demasiadas. Descorazonada, se miró las muñequeras. Custodiaban el bien más preciado: su vida. Le gustaba recordárselo. Sabía que, cuando el sentido común falla, la memoria puede evitar grandes equivocaciones.

Su afición por esas pulseras nació cuando Teresa dejó de ser una persona autónoma. Se acordaba bien del momento exacto porque fue cuando empezó Contabilidad, a distancia y por la noche; necesitaba una titulación para afianzar su lugar en la cadena de supermercados en la que trabajaba.

Una madrugada, mientras estudiaba la asignatura de Tributación de las actividades económicas, oyó una especie de gemido. Empezó siendo algo casi imperceptible, pero poco a poco fue ganando intensidad. Pronto comprendió que aquel sonido provenía del cuarto de baño. Se dirigió a él con cautela, no quería perturbar la intimidad de su abuela. La luz estaba encendida y la puerta entreabierta. A través de la apertura, la vio en el suelo, con las bragas bajadas y sentada sobre un pequeño charco. Lloraba. Las piernas le habían fallado. También la vejiga.

Quiso pensar que aquello había sido un incidente puntual, pero la noche anterior al examen de Registro contable de la actividad comercial, se repitió la misma escena. Sintió que la angustia la comía por dentro: el doctor que atendía a su abuela la había informado bien y sabía que aquello era solo el comienzo de una dura travesía que conducía a la dependencia total.

Poco a poco, Teresa pasó a tener las mismas necesidades que un bebé. Había que alimentarla, asearla, vestirla y pasearla. No se podía mantener una conversación con ella porque perdía el hilo cada dos por tres. Había días complicados, en los que su viejo cuerpo parecía agarrotado y el simple hecho de caminar le suponía un esfuerzo gigantesco. Otros, se olvidaba de masticar. Aunque resultaba doloroso verla así, era más o menos manejable.

Lo imposible de digerir llegó una tarde de domingo, cuando Clara tenía veintiséis años. Abuela y nieta estaban sentadas en el sofá, con humeantes infusiones de manzanilla entre las manos. Veían una película alemana en La 1 con paisajes idílicos, casas de ensueño y final feliz. Cuando los protagonistas predestinados a caer uno en brazos del otro se besaron por fin, Teresa no aplaudió, como acostumbraba a hacer, sino que se giró y, al ver a Clara, se asustó, como si de repente hubiera visto una araña en su mano o una rata rozándole los pies. Miró a su nieta con los ojos y la boca bien abiertos y, debido al respingo que pegó, derramó la infusión sobre ella, que no pudo sino chillar de dolor. Clara hizo amago de protestar, pero de pronto comprendió que se había convertido en una desconocida y se quedó en silencio, abrumada. Si bien consiguió soportar el calor que emanaba de su piel, no pudo resistir la tortura de saber que aquel episodio de amnesia no auguraba nada bueno. Sintió que algo se rompía en su interior. Incluso le pareció oír un crujido.

Por primera vez en su vida pensó en el suicidio. Lo descartó de inmediato, y lo calificó de tontería, ya que no solucionaría nada en absoluto. Pero ¿cómo encajar un triple abandono? Primero su padre, después su madre, luego su abuela. ¿Cómo aceptar que aquel cuerpo envejecido con el que había crecido se había convertido en un caparazón vacío? Vacío de recuerdos, de sueños, de nieta.

Pensó una segunda vez en el suicidio. Y una tercera. La reflexión cada vez duraba más tiempo y era más detallada. Con la frialdad propia del hielo adherido a las paredes de un congelador, elaboraba una lista mental de pros y contras de distintos métodos para quitarse la vida. Concluyó que la mejor manera eran las cuchillas. Aunque no le gustaba la idea, le parecía un método eficaz. Con un corte pequeño y profundo en las muñecas podría dejar, en cuestión de minutos, su cuerpo sin una gota de la sangre que lo mantenía vivo.

Cuando, al regresar del trabajo, se encontraba con su abuela mirando la pared, la misma pared vacía que ya había contemplado durante el desayuno y mientras cenaban la noche anterior, se imaginaba a sí misma pinchando su piel con el frío metal. Apretaba fuerte. Notaba que el líquido rojo y caliente asomaba para después deslizarse por la muñeca y caer al suelo, el mismo suelo que se abría bajo sus pies cada vez que constataba que no había marcha atrás, que su abuela estaba muerta en vida.

No obstante, si algo tenía claro, era que no la abandonaría justo cuando empezaba a tambalearse. Así que se dirigió al casco antiguo y entró en una de sus tiendas preferidas de ropa gótica, de la que salió con varias muñequeras negras de distintos modelos: con cremallera, con hebillas, con cordón de cuero, con pinchos incrustados, hasta con calaveras. Todas lo suficientemente anchas y apretadas para proteger esa zona del cuerpo. Tenía presente el ejemplo de Elisenda: el peligro siempre estaba al acecho. La muerte, también. Para no tentar a ninguno de los dos, usaría los brazaletes a modo de escudo protector y de recordatorio.

Al ajustarse las muñequeras ese día en el cementerio, pensó que, fallecida su abuela, quizá había llegado el momento. Fue tan grande la tentación que tuvo miedo de sí misma. Asustada, se incorporó de un salto y echó a correr.

No paró hasta llegar a su casa, a seis kilómetros de distancia.

7

Florencio era incapaz de controlar el intenso ataque de estornudos que padecía en cuanto se incorporaba a su puesto de trabajo. Se lo provocaba el polvo grisáceo que cubría la superficie de sus manos y de cuanto le rodeaba; provenía del cemento y de la arena de mármol que manipulaba para fabricar baldosas hidráulicas. A sus veinticinco años estrenados en 1895, asumía, como algo inherente a su labor, la reacción de su cuerpo a las pequeñas partículas que permanecían suspendidas en el aire, y que su gruesa nariz inhalaba sin que el bigote denso y ancho pudiera evitarlo.

Hermenegilda, su esposa, conocedora de esa dolencia, cada mañana le colocaba en el bolsillo del pantalón un pañuelo de algodón limpio y planchado, y por la noche lo recogía, convertido en una bola apelmazada de distintos colores. Nunca protestaba. Sabía que el trabajo de su marido era imprescindible para mantener a la familia que formaban junto con Román, su hijo de seis años.

Florencio se colaba a menudo en el dormitorio del pequeño por la noche y observaba cómo dormía. Al mirarlo se acordaba de su infancia: de su madre junto a la ventana cosiendo prendas del vecindario; de su padre, que limpiaba chimeneas y que, mientras se quitaba el hollín del cuerpo, le planteaba acertijos. Estaba empeñado en que su vástago no fuera un analfabeto, como él y como la gran mayoría de la población barcelonesa de aquel entonces, sino una persona despierta, capaz de llegar lejos. El niño aceptaba entusiasmado los desafíos de su padre y siempre los resolvía. Siempre.

—¿Cómo concluyen todas las cosas? —preguntaba el padre.

El crío callaba y cerraba los ojos. Los abría revestidos de confianza.

—Con una ese —respondía y guiñaba un ojo.

Padre e hijo reían y continuaban con la cadena de enigmas, que podía durar hasta bien entrada la madrugada.

El deshollinador falleció de forma repentina. Se precipitó desde lo alto de una chimenea al ceder la cuerda que debía sujetarlo. Aquello no solo sumergió a Florencio en una profunda tristeza, sino que le obligó a empezar a trabajar a la edad de ocho años. Con lo que su madre ganaba ejerciendo de costurera apenas alcanzaba para comprar la comida. Consiguió un trabajo como aprendiz en una fábrica de mosaico hidráulico y piedra artificial. M. C. Butsems, se llamaba. Estaba en un solar del Eixample de Santa Madrona, a unos tres cuartos de hora a pie de su casa, ubicada en el barrio de Sant Pere.

Recordaría siempre su primer día de trabajo. Con sus diminutos pies y la gorra plana de su padre casi tapándole los ojos, cruzó la puerta de la calle para adentrarse en el depósito de materias primas, donde había montones de sacos de distintos tamaños. Unos operarios le indicaron que había sido destinado a la sala de prensas, y para llegar a ella tuvo que atravesar una nave en la que había varios hombres ataviados con delantales manchados con churretes de colores. Era la zona de mezcla de la cara vista de las baldosas.

Su mentor, un hombre afable de cara arrugada y en gran parte oculta por una espesa barba negra, le dijo que su trabajo consistiría en limpiar y engrasar moldes, y en rellenar trepas. Antes de empezar, lo invitó a pasearse por la fábrica para que se familiarizara con el lugar en el que pasaría casi todas las horas del día. El niño anduvo por la sala de prensas, donde unas barras de metal incrustadas en el suelo por las que circulaban vagonetas con cajas de madera repletas de baldosas le llamaron la atención. Siguió las vías y accedió a una sala gigantesca. Era el almacén, con diferencia el espacio más grande de toda la fábrica. Contenía miles de piezas apiladas en estantes repartidos a lo largo de numerosos pasillos. Le dio tanto miedo perderse en el interior de aquella nave que, en el futuro, la evitaría siempre. De nada sirvió que su mentor le explicara que en aquel espacio se guardaban las baldosas durante los seis meses que tardaban en secarse y endure-cerse.

Al salir del almacén, Florencio accedió a la sala de emba-laje. Sobre un largo mostrador, unos operarios empaqueta-ban baldosas en cajas de madera y las protegían con paja para que no se rompieran. Con el olor de tallos secos todavía en la nariz, se adentró en el taller mecánico, donde se mantenía y se reparaba la maquinaria. Lo cruzó y, con las manos gra-sientas por haber tocado algunas herramientas, descubrió la carpintería, lugar en el que se fabricaban las cajas de trans-porte. El suelo estaba salpicado de clavos, uno de los cuales le atravesó la suela del zapato y le rozó el dedo gordo sin llegar a herirlo. Cuando consiguió retirarlo, prosiguió la visita de exploración. La última sala era el laboratorio, donde varios operarios mezclaban materias primas y comprobaban la re-sistencia de las piezas.

Al regresar a la sala de prensas, Florencio estaba impre-sionado. Sujetando la gorra con ambas manos, como si estu-viera en un templo religioso, mostraba su respeto a la diosa que allí se veneraba: la baldosa hidráulica.

8

Florencio no solo aprendió de su mentor el oficio de mosaísta, sino también a leer y a escribir. Practicó con la novela *La isla del tesoro*, el único libro que le acompañaría durante el resto de su vida.

Destacó enseguida. Con sus pequeños dedos, acordes a su edad, manejaba con rapidez las pastas correspondientes a cada color y las colocaba con precisión en el interior de los compartimentos de la trepa, una plantilla, generalmente hecha de bronce o acero, que configuraba el dibujo de la cara vista de la baldosa.

Si bien cada prensa agrupaba a dos o más operarios, años más tarde, Florencio sería el responsable único de la suya. Se le daba tan bien su trabajo, que a menudo los compañeros lo observaban en silencio, admirados, lo que le incomodaba sobremanera porque él era un hombre discreto al que no le gustaba llamar la atención.

Al igual que los demás mosaístas, estaba situado en línea con la pared izquierda de la sala, a la derecha había un pasillo. A su alrededor estaba dispuesto todo cuanto necesitaba para trabajar. Delante, una prensa de hierro, en la que había el molde con el que configuraría la baldosa; fabricado en hierro fundido, podía llegar a pesar más de sesenta kilos. Tenía a mano varias brochas, ya que el protocolo de limpieza era fundamental en todo el proceso; de lo contrario, la pieza no saldría bien. Detrás había unas pasteras de piedra con los colores necesarios para la elaboración de la cara vista de la baldosa. A su lado, un recipiente con agua para aclarar las herramientas. De la pared colgaban distintas cucharas para volcar las pastas en el interior de la trepa. A su derecha y junto a la prensa, dos contenedores de madera con los materiales necesarios para la elaboración de las otras dos capas de la baldosa hidráulica: el grueso, que era la que se enganchaba en el suelo, y el brasage, la intermedia. En el pasillo había un tendedero de madera en el que depositaba las baldosas a medida que las iba fabricando, separadas entre sí por unas piezas de metal para evitar que se rozaran.

Cada mañana seguía el mismo ritual. Primero hacía una reverencia ante la prensa: se retiraba la gorra, agachaba la cabeza durante unos segundos y la cubría de nuevo con la prenda. Después se colocaba un delantal para no ensuciarse demasiado la ropa y, con una paleta, preparaba los colores que fuera a necesitar. Los obtenía mezclando, en las pasteras, cemento blanco, arena de mármol, agua y pigmentos elaborados por un colorista. Proseguía con los preparativos volcando un poco de cemento portland gris en un barril de madera, estornudaba, humedecía el interior, volvía a estornudar, lo removía bien y, cuando conseguía una pasta homogénea, la depositaba en el contenedor correspondiente al brasage o secante. Era la capa intermedia de la baldosa, esencial para absorber el exceso de agua de la primera. A continuación, rellenaba el hueco contiguo con una mezcla de arena y cemento, la esencia del grueso. Estornudaba otra vez, se sonaba e invadía la sala con un sonido parecido al de una trompeta, al que sus compañeros estaban acostumbrados. Agarraba el molde y sentía cómo se tensaba la musculatura de sus brazos, momento en el que siempre se acordaba, con gratitud, de su esposa, que le obsequiaba cada mañana con un bocadillo. Lo engrasaba en su justa medida, consciente de que una carencia de lubricante podía producir desperfectos en la superficie de la baldosa al extraerla y un exceso podía afectar a la intensidad de los colores. Agarraba la trepa por las asas, la introducía en el interior del molde y la calzaba con una pequeña pieza para ajustarla bien. Cualquier movimiento posterior podía resultar fatal.

Llegaba entonces el momento más delicado de todo el proceso de fabricación de la baldosa: el rellenado con los colores. Antes de empezar, proseguía con su particular ritual: cerraba los ojos e inspiraba profundamente, retenía el aire durante diez segundos, que contaba mentalmente, y visualizaba el dibujo final. Después expulsaba el aire despacio y levantaba los párpados. Con sumo cuidado y una exquisita precisión, introducía en el interior de cada compartimento de la plantilla los distintos colores, siempre empezando por los más claros. Para mantener un buen pulso y no verter gotas en el lugar equivocado, se ayudaba con un pequeño palo de madera, que situaba debajo de la cuchara. Con toda su atención centrada en esta labor, conseguía igualar la densidad y el grosor de las distintas pastas, algo imprescindible para que los colores no se mezclaran al extraer la trepa. Después sacudía el molde con suavidad, para que las pastas se repartieran uniformemente por los distintos recovecos de la plantilla. Acto seguido retiraba la cuña, extraía la trepa de forma vertical y, sin vacilar, la aclaraba y la depositaba sobre una rejilla para su secado y reutilización posterior.

Posteriormente introducía en el molde las otras dos capas de la baldosa, estornudaba y lo tapaba. Lo empujaba al centro de la prensa deslizándolo por un camino marcado por unas varillas de hierro paralelas que relucían por el roce del metal, después lo sometía a presión durante medio minuto, estiraba el molde hacia él, lo destapaba, lo inclinaba, recogía la pieza con cuidado y la escrutaba mientras atusaba su bigote. La sonrisa de sus labios indicaba que daba por finalizada la operación. Con gran satisfacción, depositaba su obra de arte, de por lo común dos centímetros de grosor y dos kilos de peso, en el tendedero de madera. Una vez completado, lo colocaba en una vagoneta rumbo al almacén. En promedio, tardaba unos seis minutos en fabricar cada baldosa, aunque todo dependía de la complejidad de la trepa.

Al finalizar la jornada, limpiaba su zona de trabajo. Primero, las pasteras y las herramientas; después, la superficie de la prensa, que despejaba de restos de cemento, estornudaba, colocaba las cucharas en la pared por orden de tamaño, sacudía el delantal y lo colgaba en un perchero.

Cuando todo estaba listo para dar vida a nuevas baldosas al día siguiente, se ponía la gorra y se marchaba a casa.

9

A Florencio nunca le faltó trabajo. Con la Revolución Industrial, irrumpió en escena una poderosa burguesía que impulsó el cambio que se estaba produciendo en Barcelona, iniciado en 1854 con el derribo de las murallas y desarrollado poco después de la mano del ingeniero Ildefons Cerdà i Sunyer. La ciudad se extendía por la llanura que la rodeaba: se construían nuevas viviendas, se remodelaban otras ya existentes y se convertía en una cuadrícula de calles paralelas y perpendiculares al mar, en la que tampoco faltaban avenidas transversales, lo que le permitió conectar de forma ordenada el núcleo antiguo con los municipios colindantes. El mosaísta nunca olvidaría la fiesta que se organizó en su barrio para celebrar la unión, en 1897, con las poblaciones vecinas de Les Corts, Gràcia, Sant Andreu de Palomar, Sant Martí de Provençals, Sant Gervasi de Cassoles y Sants.

En este contexto de prosperidad económica, Florencio

mejoró profesionalmente: se incorporó al equipo de operarios de una de las fábricas más importantes de Barcelona, la Casa Escofet, Tejera i Companyia, S. en C. Ubicada en la calle del Gasòmetre, cerca de la estación de Francia, contaba con sucursales en Madrid y Sevilla. El mosaísta ganaba más dinero, trabajaba cerca de casa y fabricaba baldosas con los diseños que más le gustaban, formados por líneas curvas, elementos florales y animales, la mayoría dragones. Era testigo directo de la evolución artística que vivía el sector del pavimento hidráulico. Los llamados tapices florales eran tan elaborados y coloridos que le resultaba imposible permanecer indiferente al mirarlos. Casi podía oler el aroma de las flores en ellos reproducidas, e incluso le parecía que los animales iban a moverse en cualquier momento. Su baldosa predilecta era una mariposa con alas blancas y negras, sobre un fondo beige con diagonales marrones. Siempre le había fascinado el aleteo de aquel delicado insecto, ahora diseñado por el dibujante Mario López.

Florencio solía acabar su jornada laboral con una sonrisa en los labios, embargado por el placer que le daba la certeza de haber realizado un trabajo bien hecho. Era habitual oírle silbar una melodía alegre mientras devolvía el delantal al perchero.

—Soy un hombre afortunado —le comentaba a su esposa—. Con mis manos creo piezas de un puzle gigantesco destinado a convertirse en una preciosa alfombra de cemento.

—Quieres a tus baldosas más que a mí —le decía Hermenegilda con celos simulados.

—Tú eres mi baldosa más hermosa —le respondía él.

Hermenegilda reía y Florencio la agarraba por la cintura y la besaba en los labios. En ella tenía también a una amiga. Se conocían desde niños, ya que compartían la calle como escenario de juegos. Se casaron jóvenes, enamorados e ilusionados por crear juntos una familia, y se mudaron al segundo piso del número 33 de la calle Sant Pere Mitjà. Pronto llegó Román, un bebé de dos kilos y medio de peso, con el pelo castaño de su padre y la piel pálida y los mofletes rosados de su madre.

Fuera de su familia, y a pesar del tiempo que hacía que se relacionaba con multitud de operarios, a Florencio solo se le conocía un amigo, Tomás. Vecino del mismo barrio, se adentró poco después que él en el mundo de las baldosas hidráulicas, como aprendiz de mecánico en la fábrica M. C. Butsems. Se le daba bien manipular herramientas y maquinaria, e incluso conseguía alcanzar las piezas situadas en los lugares de más difícil acceso. Con el tiempo, se incorporó a un taller de trepas.

Ambos amigos podían conversar durante horas. Quedaban los jueves al salir del trabajo, en una bodega que había a mitad de camino de sus respectivas casas. Se saludaban con una palmada en la espalda casi sin aliento, exhaustos tras una larga jornada laboral. Con las manos doloridas, los dos hombres brindaban y bebían vino tinto. Su conversación se centraba a menudo en la revitalización de los oficios artesanales. Comentaban cómo el vidrio, el hierro, la madera, el yeso y la cerámica se utilizaban cada vez más para revestir, con innovadores diseños, los edificios que nacían en la ciudad, en especial en el nuevo barrio del Eixample.

Florencio se sentía orgulloso de formar parte de un engranaje que dotaba a la ciudad de un carisma particular. A su amigo, en cambio, le interesaba más lo que sucedía en las calles para conseguir mejoras laborales para la clase obrera. Seguía muy de cerca los pasos del movimiento anarcosindicalista de orientación explícitamente revolucionaria, por el que sentía una profunda atracción, y le informaba de los últimos acontecimientos con auténtica pasión. Opinaba que la violencia era la única manera de conseguir que los patronos atendieran las demandas laborales de los trabajadores. Estaba tan entregado a la causa que no comprendía que el mosaísta no fuera de su mismo parecer.

Florencio, que era un hombre tranquilo y pacífico, lo escuchaba horrorizado. Temía por su amigo, sabía que acabaría uniéndose al movimiento revolucionario. Pero sobre todo le preocupaba el futuro de su amistad. Corroboró este temor el día en que España renunció a sus colonias en Cuba, Puerto Rico, Guam y Filipinas. El vino que tomó con Tomás se le indigestó al verlo brindar emocionado por el final del Imperio español. Hacía unos meses el mosaísta se había cruzado con jóvenes soldados que partían rumbo al puerto para defender unas colonias con demasiados pretendientes. La mayoría de aquellos hombres murieron, y su triste final lo frustraba y lo indignaba a partes iguales. Además, estaba convencido de que la pérdida de aquellos territorios lejanos iba a suponer un auténtico desastre económico para el país.

—No entiendo a Tomás —le dijo a Hermenegilda, con la cara desencajada y triste—, está dominado por la rabia y el revanchismo.

—Tranquilo, ya se le pasará —contestó ella.

Pero él intuía que se avecinaban turbulencias y no lograba controlar una profunda sensación de impotencia. En el silencio y la intimidad que confiere la noche, se abrazó al cuerpo de su esposa en busca de un consuelo que la cabeza le negaba.

10

Bernat consiguió un hueco en la apretada agenda de la profesora Miralles, que los esperaba a última hora de la tarde en su despacho de la Facultat de Geografia i Història, situada en el barrio del Raval.

Aunque habían quedado en encontrarse a las cinco, apareció a las seis. Lo recibió en la entrada de la universidad una Clara seria, cansada de la habitual impuntualidad de su amigo, que siempre justificaba mostrando alguna baldosa hidráulica recién rescatada. Ella emitía un chasquido con la lengua y le replicaba que aquello era una falta de respeto por el tiempo ajeno.

—Los artistas son personas afortunadas —dijo él mientras avanzaban por los pasillos del Departament d'Història de l'Art—. Son capaces de conectar con una sensibilidad distinta y de impulsar los cambios que se producen en el mundo. Una vida sin arte sería de lo más aburrida, ¿no crees?

Ella se encogió de hombros a modo de respuesta. No tenía ninguna opinión al respecto, pues era un mundo que no conocía demasiado. Los museos la aburrían, razón por la cual no los visitaba nunca. Del arte culinario sí sabía un poco, aunque le habría gustado saber más. Tanto como para convertirse en una cocinera profesional. Sumergida en estos pensamientos, se encontró de repente frente a una puerta cerrada. Un letrero junto al marco mostraba un número, el nombre de la profesora y su especialidad.

Bernat golpeó la puerta con los nudillos y una mujer menuda, de cara arrugada, pelo blanco y unos ojos marrones agrandados por unos gruesos cristales de miope la abrió.

—Míralo, ¡ya está aquí! —exclamó justo antes de estamparle un sonoro beso en una mejilla—. Pasad, enseguida os atenderá —dijo mientras les indicaba dos sillas para que se sentaran—. Yo ya me iba, ¡te veo en la calle! —gritó justo antes de desaparecer cerrando la puerta tras de sí con un golpe brusco.

Clara se extrañó y le dirigió a su amigo una mirada interrogativa. Este sonrió y le contó que era una profesora jubilada que acudía todos los días a la universidad para ayudar a sus antiguos compañeros de departamento. A pesar de que se rumoreaba que rondaba los ochenta años, su ánimo permanecía intacto. Se la conocía como «la inmortal», mote que a ella le encantaba.

—Es peculiar, sin duda. Oye, ¿por qué te ha dicho que te ve en la calle?

—Porque es una voraz detectora de baldosas. Cada día callejea diez kilómetros en busca de sacos de escombros. Me ayuda a cambio de un ejemplar de cada pieza rescatada, las quiere para su colección particular.

Clara enarcó las cejas, asombrada, y luego observó el despacho. Era una sala grande, en cuyo centro había un escritorio con una pila de libretas, un portalápiz atiborrado y una bandeja doblada por el peso de una decena de carpetas. A un lado vio una lámpara de bronce con una pantalla hecha a base de cristales de distintos colores que representaban flores y lo que parecía un colibrí. En el cuerpo de la lámpara destacaba la figura de una mujer desnuda. Estaba de pie, con las piernas cruzadas y los brazos recogidos detrás de la cabeza. Le pareció la lámpara más sensual que había visto en su vida.

Detrás de la mesa había tres pasillos formados por estanterías abarrotadas de libros, y del fondo provenía cierto estruendo provocado por la profesora, a la que era difícil vislumbrar. Clara resopló pensando que aquella mujer se habría llevado bien con su abuela, pues mostraba el mismo afán por acumular papel.

Oyó el sonido de unos zapatos de tacón y, de la oscuridad, emergió Gisela.

—Disculpad, estaba buscando un libro que no consigo encontrar —dijo a modo de saludo—. Berny, ¡cuánto tiempo!

—¡Qué alegría! —exclamó él fundiéndose en un abrazo con ella.

Clara enarcó una ceja. Nunca había oído a nadie llamar «Berny» a su amigo. Aprovechó el efusivo saludo entre los dos para constatar lo errada que estaba su imaginación. Al pensar en la profesora, se había representado a una mujer madura, pero la que tenía delante no parecía mucho mayor que ella. Era esbelta, y la pulcritud del traje de chaqueta que llevaba contrastaba con una coleta medio deshecha.

—Esta es Clara.

—Encantada —dijo la profesora tendiéndole una gélida mano—. ¿Qué os trae por aquí?

Los tres se sentaron alrededor de la mesa.

—Una baldosa hidráulica, yo diría que modernista —dijo, y dirigiéndose a Clara, añadió—: Muéstrasela.

Clara, que se había zambullido en el iris de Gisela, formado por un círculo exterior marrón y otro interior verde, regresó a la superficie. Depositó el dragón sobre la mesa y retiró la tela.

La profesora encendió la lámpara, se colocó unas gafas que le colgaban del cuello y observó el dibujo.

—Cariño, me traes nada más y nada menos que un dragón —dijo visiblemente complacida—. Tiene algo salvaje que me resulta fascinante.

—Mira —le dijo Bernat a Clara inclinando la cabeza hacia una de las paredes, de la que colgaban cuatro baldosas con distintos modelos de ese mismo animal.

—Vaya, pues sí que hay variedad de dragones.

—Ya lo creo. —Gisela sonrió—. Estos cuatro son obra

de Josep Pascó, gran colaborador de la Casa Escofet. El que me traéis es más completo. Fijaos, escupe una llama. Los míos, no.

—¡Es verdad!

—Coincido contigo, Berny, tiene toda la pinta de ser una baldosa de principios del siglo pasado —prosiguió mientras observaba la pieza—. Aunque la temática de plantas y flores fue la más utilizada en los programas decorativos del Modernismo, también se representaban tres subgrupos de bestiario: el cotidiano, con especies como perros, gatos, caballos, osos, mulas, o bueyes; el solemne, con águilas y leones, y el fantástico, con el dragón o el ave fénix.

—¿Qué significado tenía el uso de animales? —preguntó Clara.

—Buena pregunta, y de respuesta nada sencilla. —Se quitó las gafas—. En general, la presencia de un animal en el arte puede ser de tipo metafórico o, simplemente, responder a un afán decorativo. En el Modernismo se recurría mucho a la simbología, que, en la mayoría de los casos, dependía de la concepción del mundo que tuviera el artista. No existía un simbolismo único, sino el que se le quisiera dar.

—Vaya, ¿tampoco para el dragón?

—Tampoco. Es un animal imaginario y universal, presente en múltiples culturas. Es un ser fantástico que vive en grutas y en lugares subterráneos. También vigila tesoros y secretos ocultos. Es poderoso y contiene los cuatro elementos de la naturaleza: el fuego, por el aliento; el aire, por las alas; el agua, por las escamas del cuerpo, y la tierra, por la morfología del saurio.

—Qué interesante —opinó Clara.

—El dragón suele representar el miedo a lo desconocido, así como la lucha contra el mal —continuó la profesora, y sobre la frente le cayó un mechón de pelo que enseguida recolocó detrás de una oreja—. Pero insisto, el artista era quien decidía su significado. Antoni Gaudí, por ejemplo, ideó un dragón feroz como guardián de la entrada a las caballerizas de la torre Satalia de los Güell, en el barrio de Pedralbes. El forjador Ramón Vallet i Piquer supo plasmar a la perfección esta idea, y el dragón amenaza al intruso con una boca abierta en la que se muestran afilados dientes. En este caso, el animal representa la protección del jardín y, en concreto, de unos frutos muy especiales: las manzanas doradas que concedían la inmortalidad. Cariño —dijo mirándola a los ojos—, ¿qué quieres saber exactamente?

—Todo.

Gisela soltó una carcajada que enseguida tapó con una mano, y Clara se sintió avergonzada. Cogió aire y dijo:

—Es una lástima que esta baldosa no tenga ningún sello en la parte posterior, aunque bien es cierto que no todas las fábricas marcaban el dorso de sus piezas.

—No hemos encontrado el dragón en mis álbumes. Claro que no los tengo todos, ¡ya me gustaría! —añadió Bernat.

—Será difícil localizarlo, se ha perdido mucha documentación de la época. Aunque tengo la sensación de que no es la primera vez que lo veo. Esta llama —dijo acariciándola— me resulta familiar.

—¿Significa que puede ser conocido? —preguntó Clara intrigada.

—Es pronto para saberlo. Durante el Modernismo muchas fábricas tenían dibujantes especializados en plantilla. Incluso llegaron a contratar a destacados artistas para que idearan diseños exclusivos —dijo. Sacó de un cajón un teléfono móvil y le hizo una fotografía a la baldosa—. Lo investigaré —añadió—. Dame tu número para contactarte si averiguo algo.

Clara se lo dio sin rechistar.

Ya en la calle, le alborotó el pelo a su amigo.

—¿«Berny»? —dijo en tono de burla.

—Qué pasa, es un mote cariñoso —contestó sacándole la lengua. Ante la mirada guasona de Clara, prosiguió—: ¡Gisela me encanta! Es guapa, interesante e inteligente. Por mí, ¡como si me llama alcachofa!

—Comprendo. ¿Cómo es que no ha sucumbido a tus encantos? Con lo seductor que eres cuando te lo propones —dijo guiñándole un ojo.

—Supongo que no soy su tipo —contestó él resoplando.

Clara no dijo nada, también a ella aquella mujer le parecía cautivadora. Era tal su poder de seducción que pensó que si volvía a verla le iba a costar no enamorarse. Ante esta evidencia, deseó no encontrarse con Gisela nunca más. Para ella, albergaba el peligro de un dragón.

11

Gisela no tardó en contactarla. La citó un miércoles a las seis de la tarde en la Biblioteca Nacional de Catalunya. A Clara la embargó una fuerte emoción, pues parecía que tenía un hilo del que tirar. Pero había algo más: se había puesto en contacto con ella, no con su amigo común. Sonrió. Acto seguido, avisó a Bernat y le mintió sobre la hora del encuentro.

Tal y como había previsto, su amigo llegó tres cuartos de hora tarde respecto a la hora falsa, pero un cuarto de hora antes de la real. Al verlo aparecer, sonrió para sus adentros, satisfecha con su jugada maestra. De ningún modo quería que Gisela fuera víctima de su habitual impuntualidad.

—A lo mejor vemos al fantasma —rio él.

—¿Cómo?

—Existe una leyenda que afirma que un fantasma recorre el patio del antiguo hospital.

—Sí, claro —dijo mientras se fijaba en los arcos del patio.

—Son chulos, ¿verdad? Este conjunto es uno de los ejemplos de estilo gótico civil más importantes de Catalunya. El fantasma ha elegido bien —dijo guiñando un ojo—. Dicen que por las noches deambula por el claustro, entre la fuente y la cruz barroca —añadió señalándolas—. Se cree que es un paciente del antiguo hospital de la Santa Creu.

—Anda, tonto —dijo dándole un codazo—. ¿Esto era un hospital?

Él asintió. Le contó que la biblioteca estaba ubicada allí desde 1939. El hospital se inauguró en 1401 y fue el más grande de Catalunya durante muchos siglos. Como resultaba insuficiente para atender las necesidades de la creciente población barcelonesa, se decidió levantar otro más grande, de modo que abandonó el masificado y contaminado casco antiguo de la ciudad, y se trasladó a las afueras. Así nació el hospital de la Santa Creu i Sant Pau.

—Diseñado por Lluís Domènech i Montaner —añadió una voz.

—¡Gisela! —exclamó Bernat antes de besarla en las mejillas.

Clara le tendió una mano, que la profesora sujetó mientras la sorprendía con dos besos.

—¿Por qué estamos aquí? —preguntó algo turbada.

—Enseguida lo verás. Venid —dijo invitándolos a subir unas escaleras de piedra perfumadas de orín—. Lo lamento, cariño —dijo al ver que Clara fruncía la nariz—, por la noche este lugar se convierte en cobijo de trasnochadores, drogadictos y vagabundos.

—Y fantasmas —bromeó Bernat, lo que le valió una colleja.

Llegaron a una nave gótica con estanterías de madera que cubrían las paredes. Para acceder a ella era imprescindible disponer del carnet de la biblioteca. Clara no lo tenía, así que rellenó un formulario y se dejó fotografiar. Después cruzó el control de seguridad y avanzó por el pasillo.

—Las salas de lectura tienen forma de «U» y nombres de los vientos —explicó Bernat en voz baja—. Esta es la nave de Poniente, a la derecha la de Tramontana y, de nuevo a la derecha, la de Levante. En el diseño original se había previsto una cuarta nave, pero nunca se construyó.

Gisela se detuvo frente a una larga mesa de madera, sobre la que había varios cuadernos, un portaminas y un libro de grandes dimensiones. Ocupó una silla y les indicó que se sentaran uno a cada lado. Situada en medio, le resultaría más fácil enseñarles lo que había descubierto.

—Ya sé quién es el fabricante de la baldosa, y también el artista que la diseñó —anunció en voz baja.

Clara y Bernat se miraron, y, sin mediar palabra, se inclinaron hacia ella, de forma casi simultánea.

—Una de las fábricas de baldosas hidráulicas con más prestigio es, desde 1886, la Casa Escofet. Este álbum-catálogo es una de sus creaciones más importantes —dijo señalando el libro.

Clara lo miró. La portada era de piel, estaba pintada de color verde y en ella aparecían las palabras «Pavimentos artísticos Escofet, Tejera y Comp.» grabadas en mayúsculas. A continuación, se mostraban tres nombres de ciudades separados entre sí por una pequeña flor de cinco pétalos: Barcelona, Madrid y Sevilla. Los escudos de estas poblaciones se alineaban en vertical a la izquierda de la portada, adornados con motivos vegetales plateados.

—Este álbum se publicó en el año 1900 —prosiguió Gisela— y es una obra de arte en sí mismo. Para empezar, tiene un formato excepcional, mide cuarenta y cuatro por cincuenta y cinco centímetros, algo totalmente inusual para la época. La portada la diseñó Josep Pascó.

—Es preciosa —intervino Clara.

—Es la antesala de lo que contiene el álbum en su interior: treinta y cinco páginas con treinta y dos diseños distintos, ojo al dato, de los mejores dibujantes y arquitectos del momento. En definitiva, una joya poco frecuente que situó a Escofet en el punto más alto del Modernismo industrial. Sabía que había visto la baldosa en alguna parte y recordé que hace años, cuando era una estudiante, consulté este álbum en esta misma biblioteca. Forma parte del catálogo depositado en L'Hospitalet de Llobregat. Lo tenemos a nuestra disposición solo durante el día de hoy.

—Vaya, gracias.

—De nada, cariño. Me encanta investigar. ¡Sobre todo cuando sale bien! —gritó.

Desde la otra punta de la sala, un anciano protestó. Gisela se disculpó con la mano y agachó la cabeza. A continuación, puso el libro en horizontal, lo abrió y, con suma delicadeza, fue pasando las páginas. Se detuvo en la número veintitrés, correspondiente al dibujo número 1.019.

Clara contempló un rectángulo horizontal, marrón, granate y gris verdoso, enmarcado por algo parecido a unos flecos. Le recordó a una alfombra.

—Aquí —dijo Gisela triunfal indicando la parte central.

—¡El dragón! —exclamó al unísono con Bernat, lo que motivó otro gruñido del anciano, que recogió a regañadientes su periódico y se trasladó a otra sala.

—El mismísimo, obra de Lluís Domènech i Montaner. Este diseño no es en absoluto corriente —prosiguió—. Está compuesto por muchas más piezas de lo habitual, veinte —indicó mostrando la relación de cada una de ellas al pie del dibujo—. Eso, unido a la riqueza ornamental que contiene, lo convierte en un pavimento hidráulico extraordinario. Junto con el modelo 1.017, diseño del mismo arquitecto, son los dibujos más caros del álbum. Con diferencia.

—¿Esto son lagartijas? —preguntó Clara.

—En efecto, otro animal. Y hay quien afirma que esto —dijo señalando el dibujo con el que se alternaba el del dragón— son cuatro murciélagos mirando cada uno a un punto cardinal distinto. Aunque también hay quien dice que es la cruz de Sant Jordi.

—Alucino, qué pasada de diseño. ¿Esto son cardos?

—Lo son.

—Entonces, ¿el dragón es una pieza de coleccionista? —preguntó Clara.

—Me temo que no, cariño. ¿Es esta la baldosa que encontraste? —dijo mostrando una fotografía que sacó del interior de una de las libretas.

—Sí.

—¿Segura al cien por cien?

—Ya lo creo.

—Lo tenemos claro los tres, ¿no, Berny? Es esta.

Él asintió varias veces.

—Bien —dijo, y giró el álbum noventa grados hacia la derecha—. Ahora, observad con atención el dibujo que proyectó Domènech i Montaner. —Mostró con el dedo la pieza identificada con la letra «B», al pie del tapiz—. ¿Hay algo que os llame la atención?

—¡Está al revés! —exclamó Clara.

—Correcto. Ambos dragones son idénticos. Pero en el dibujo original, el animal mira a la derecha, no a la izquierda. Este —dijo agitando la fotografía— parece su reflejo en un espejo.

—¿Podría ser que hubiera dos orientaciones distintas? —preguntó Bernat.

—Al principio pensé lo mismo. Pero al estudiar otros dibujos de este álbum, vi que eso era imposible. Mirad —dijo retrocediendo un par de páginas hasta situarse en el otro diseño de Domènech i Montaner repleto de flores—. Si os fijáis, hay varios dibujos invertidos: A y B, C y D, E y F, G y H, J y K, N y O, V y X —enumeró mientras los señalaba con el dedo índice—. Lo mismo ocurre con diseños de otros artistas. Tienen piezas invertidas que aparecen recogidas en el pie del dibujo. Pero esto no ocurre con el número 1.019, donde no hay ninguna. Si el arquitecto hubiera querido que el dragón pudiera ponerse de dos modos distintos, lo habría especificado.

—Así que estamos como al principio —constató resignada Clara.

—No, cariño. Hemos averiguado que tu dragón está inspirado en un dibujo muy apreciado en la época. Lo que desconocemos es el motivo de su alteración. Creo que lo mejor es que consultemos a un taller que fabrique baldosas hidráulicas, quizá arroje algo de luz sobre este misterio. Tengo uno en mente: Mosaics Martí, en Manresa. Preguntaré si podemos ir un sábado.

—¡Buena idea!

—Me muero de curiosidad —confesó Clara.

—Creo que los tres nos morimos de curiosidad —rio Gisela—. No lo dudes, sacaremos a tu dragón de su guarida —dijo guiñándole un ojo a Clara mientras esta cruzaba los dedos índice y corazón.

12

El calendario avanzaba implacable hacia la fecha en la que Clara debía abandonar el piso. Llevaba tres días sin salir a la calle, concentrada en un esprint final organizativo que culminó con el cierre de veinte cajas de cartón, acumuladas en la sala de estar.

Había realizado las gestiones pertinentes para distribuirlas: el ayuntamiento recogería la ropa y los zapatos, y los repartiría entre personas de escasos recursos; la farmacia del barrio se quedaría con los medicamentos; una entidad privada, que empleaba a personas en riesgo de exclusión social, se llevaría muebles y electrodomésticos; distintas bibliotecas, incluida la de un centro penitenciario, se quedarían con los libros, y un chatarrero, con todo lo demás.

Solo faltaba decidir qué hacer con las plantas. No pensaba llevárselas con ella, pero tampoco quería abandonarlas a su suerte. Deseaba encontrarles un buen hogar y alguien que las cuidara.

Ding, dong, sonó el timbre de la puerta. Clara se incorporó y se dirigió al recibidor. La mirilla le mostró la imagen de Ágata envuelta en una bata azul celeste y calzada con unas zapatillas del mismo color. Recordó entonces que la anciana le había pedido que fuera a verla; con el ajetreo de los últimos días, lo había olvidado por completo. Contrariada, se rascó la cabeza y abrió la puerta, la invitó a pasar, pero no cruzó el umbral. La mujer se quedó de pie, apoyada en el marco de la puerta, con los ojos húmedos.

—Perdona, mi niña, es que ha pasado mucho tiempo desde la última vez que estuve aquí —dijo.

Clara le tendió el brazo para que se agarrara a ella y la condujo al salón, donde la acomodó en el sofá. Se sentó a su lado y le dio un pañuelo de papel, conmovida ante aquella mujer menuda incapaz de contener las lágrimas. Se fijó en que las gafas que llevaba tenían un cristal rayado y una patilla rota, sujetada con esparadrapo.

—¿Quieres un vaso de agua? —le ofreció.

Ágata asintió. Le dio un par de sorbos y se recompuso un poco. Luego se dedicó a observar alrededor suyo con la mano al pecho. Parecía compungida. Empezó a hablar. Primero, le dijo que si necesitaba algo podía pedírselo. «Por los viejos tiempos», susurró. Después, le recordó que tenía algo para ella y sacó del bolsillo de la bata un pequeño paquete envuelto con un papel marrón de los de antaño, sin ningún tipo de dibujo. Se lo dio con manos temblorosas, que Clara atribuyó a la emoción. Lo cogió y la miró atónita. No entendía qué hacía aquella mujer en su salón, ni mucho menos por qué le daba aquello.

—Tu abuela me pidió que te lo diera cuando ella faltara.

—No sabía que os hablabais —comentó. Temerosa de que el paquete se perdiera, lo guardó en el bolso para mirarlo en otro momento.

—Fue antes del silencio —dijo quebrándosele la voz.

La anciana la miró a los ojos y le acarició la mejilla.

Le contó que conoció a su abuela en 1968, cuando esta se mudó a aquel edificio, con su marido y su hija de once años. Las dos mujeres no tardaron en hacerse amigas. Mientras sus maridos jugaban eternas partidas de dominó en el bar de la esquina, ellas hacían la compra juntas y compartían confidencias. Ágata también la ayudaba con los cuidados de Elisenda, a la que le tomó un inmenso cariño, quizá porque ella no pudo tener descendencia. Al recordar a la niña, la anciana detuvo su narración y Clara se estremeció. No había oído hablar mucho de su madre, a su abuela le dolía demasiado. Por lo que veía, a su vecina también.

Ágata bebió más agua y retomó su relato. Explicó que, cuando la droga irrumpió en aquella casa, Teresa se quedó sola al frente. No contaba con el apoyo de su marido y padre de la criatura, pues, en lugar de ayudar, empeoraba la situación.

—Usaba el cinturón para imponer su autoridad. Tu abuela lloraba de rabia y apretaba los puños mientras me lo contaba. Lo mejor que hizo tu abuelo en la vida fue morirse —sentenció.

—¡Malnacido! No soporto a los hombres maltratadores. Ágata asintió.

—Teresa lo intentó todo para ayudar a su pequeña. Nunca le reprochó que le robara las escasas joyas familiares para malvenderlas y comprar veneno. Y al enterarse de su embarazo, consiguió mantenerla limpia durante unas semanas. Por desgracia, no pudo protegerla del desamor.

Ágata cerró los ojos y suspiró, y Clara sentía que se le cortaba la respiración. Sabía lo que venía después: la sobredosis, su orfandad.

La anciana continuó narrando lo acontecido, como si no pudiera detener el torrente de palabras que brotaba de su interior. Contó que, cuatro semanas después de aquella tragedia, Teresa enviudó. Ella ya le llevaba unos años de ventaja en ese estado civil y supo que sería su liberación.

—Bueno, en realidad, fue mucho más que eso —dijo.

—¿Qué quieres decir?

—...

—Puedes contármelo.

—Le dimos forma a nuestro verdadero sentir. Fueron los mejores años de mi vida —confesó.

Clara se quedó pasmada. Si no hubiera estado sentada, se habría desplomado sobre el suelo. Luego le asaltó el recuerdo de una calurosa tarde de verano. Estaba en el parque y jugaba a mojar a su abuela con el agua de una fuente. Esta, entre risas, consiguió agarrarla y la alzó en el aire. No muy lejos, una mujer sonreía y las fotografiaba. Lo comprendió en el acto: Ágata era la autora de aquella imagen con la que había crecido y que, hasta hacía pocos días, colgaba enmarcada de una pared.

—¿Por qué dejasteis de hablaros? ¿Apareció otra mujer? —preguntó intrigada.

La anciana soltó una carcajada involuntaria.

—No, mi niña. Lo que pasó fue que tu abuela enfermó de Alzheimer.

Le explicó que, lo que al principio parecían pequeños despistes, pronto fue motivo de alarma: dejaba objetos fuera de su sitio, no sabía qué día de la semana era, tenía cambios bruscos de humor. Ágata creía que todo se debía al fuerte impacto emocional causado por la muerte de Elisenda, y lo comprendía, porque era antinatural que una madre tuviera que enterrar a una hija. Pero cuando el médico le diagnosticó la enfermedad, cada pieza se colocó en su lugar mostrando un puzle compuesto por interrogantes resueltos.

—Aquello fue mi final —dijo agachando la cabeza. Lloraba.

Con el estómago encogido, Clara escuchó lo que Ágata le contó: su abuela se sumergió en un profundo silencio que duró días, solo lo rompió para disculparse por todo el dolor causado, aun sin querer. También, para decir lo que en realidad no precisaba palabras: que la amaba. Precisamente por el fuerte vínculo que las unía, se atrevió a pedirle dos cosas. La primera, que cuando la enfermedad le quitara la vida, le entregara a su nieta aquel paquete marrón. La segunda, que se alejara de ella y no volviera a hablarle nunca más. De ninguna manera permitiría que viera cómo se deterioraba, hasta el punto de no reconocerla o de hacerse las necesidades encima. No quería que su última imagen fuera la de un ser desahuciado.

Si bien Ágata se comprometió a guardar el paquete, se negó a cumplir la segunda petición. Le parecía inconcebible abandonarla a su suerte, precisamente cuando más la necesitaría. Pero Teresa halló el modo de echarla de su lado: un día en el que Ágata había ido al mercado, cambió la cerradura de la puerta del piso y, en el rellano, junto al felpudo, dejó una bolsa con sus pertenencias, incluida la máquina de fotografiar.

De nada sirvieron los golpes que Ágata propinó a la puerta ni las insistentes llamadas telefónicas. Tampoco los forzados encuentros en la escalera o en el vestíbulo, donde solo recibía miradas gélidas y un hiriente silencio. No tuvo más remedio que ceder a la voluntad de la persona que más amaba en el mundo. Habló con una agencia inmobiliaria, alquiló su piso y se marchó a su pueblo natal, con su anciana madre.

Nunca se acostumbró al ambiente opresivo del pueblo y, tras veinte años de exilio voluntario, decidió regresar a la ciudad. Aprovechó que el inquilino se marchó del piso y se mudó. Estaba recién instalada cuando por un vecino se enteró de la muerte de Teresa.

Clara escuchó cada palabra mordiéndose el labio inferior, mientras un ligero temblor recorría todo su cuerpo. Apretaba las muñequeras con insistencia, intentando asfixiar un pensamiento que le oprimía el pecho. Le resultaba inevitable asociar a la anciana con su infancia, y, cuando lo hacía, podía oír la risa de su abuela. No le cabía la menor duda, ambas mujeres se habían profesado un profundo amor, hasta el punto de llegar a destruirlo para salvarlo.

Ágata regresó a su casa con geranios, claveles, rosales, ficus y potos. Y con su palabra cumplida, veinte años después.

Más tarde, Clara gritó. Golpeó la pared del salón con un pie y con los puños. Una vez. Dos. Decenas de veces. Chillaba de dolor y de rabia, y de sus ojos salían lágrimas despedidas con furia. Mientras se maldecía a sí misma, teñía el muro con sangre.

13

La agenda indicaba que ese era el día estipulado para visitar el taller de Mosaics Martí. Bernat le había dicho a Clara que pasaría a recogerla con su Vespino a las siete y media de la mañana, y lo cumplió con tan solo un cuarto de hora de retraso. Cuando llegó, no le esperaba nadie en la calle. Miró el reloj varias veces y después se dirigió al interfono, del que solo recibió silencio. La llamó al teléfono móvil, pero enseguida saltó un mensaje avisando de que el aparato estaba o apagado o fuera de cobertura. Se metió la mano en el bolsillo y extrajo una llave.

Tan solo cruzar el portal oyó música a todo volumen. Subió los escalones de dos en dos, abrió la puerta y luego la cerró de un portazo. No tardó en verla, tirada en el suelo, rodeada de montones de cajas apiladas y de botellas de cerveza vacías. Gritó su nombre sin obtener reacción alguna y la zarandeó, pero ella no se inmutó. Bernat comprobó que respiraba, suspiró y se incorporó de un salto. Apagó el altavoz bluetooth y se dirigió a la cocina. Regresó con una jarra llena de agua y la vació encima de su cara. Ella gritó, sobresaltada. Se reincorporó frotándose los ojos con las manos cerradas en puños ensangrentados.

—Estás hecha un asco.

—Bern —alcanzó a decir ella con la lengua pastosa.

—Anda que, entre tú y Efe, estoy apañado. A la ducha. Ya.

Clara se tomó un ibuprofeno para frenar la migraña que le martilleaba el cráneo. Después se dirigió al cuarto de baño y abrió el grifo de la ducha. Sin esperar a que el agua se calentara y sin quitarse la ropa, entró en el plato de ducha, tan necesitada estaba de reaccionar. Sujetó la alcachofa y se situó debajo de ella. Permaneció allí un rato, quieta y en silencio, a pesar del escozor que sentía en las heridas de las manos.

Tenía la cara de preocupación de su amigo grabada en la retina, y protegida por la intimidad que le ofrecían las cortinas, decidió compartir con él lo que le angustiaba.

—Soy lo peor. Mi abuela me pidió que, cuando ya no fuera capaz de reconocerme, la ayudara a matarse. Quería que la dejara sola en la azotea y que me marchara al mercado para que la gente me viera comprando. No fui capaz de hacerlo —confesó con voz trémula—. Durante años he justificado el quebranto de mi promesa diciéndome que ese deseo provenía de una mente alterada y enferma. Pero ayer comprendí que me había mentido a mí misma. Mi abuela sabía bien lo que no quería… —Sin poder controlarse, rompió a llorar, sus lágrimas se mezclaron con las gotas de agua.

Bernat no esperó a que ella saliera de la ducha para abrazarla. Se metió en ella y la apretó con fuerza contra él.

—Jamás debió pedirte algo que sabía que no podrías cumplir —le dijo, mojándose él también.

—Le fallé. Ojalá pudiera dar marcha atrás —decía entre sollozos.

—Pero no puedes, así que no le des más vueltas, lo único que haces es machacarte, sé bien de lo que hablo.

Ella apoyó la cabeza en el hombro de Bernat. Permanecieron abrazados en silencio, cómplices de sus heridas.

Una hora después, llegaron a la parada de los ferrocarriles de la Generalitat de Catalunya de la plaza de España. Allí se reunieron con Gisela y Felipe, quienes, durante la espera y a falta de sus dos amigos, habían hecho ya las debidas presentaciones.

Cogieron por los pelos el tren previsto y ocuparon cuatro asientos enfrentados dos a dos.

—Berny, ¿vas vestido de mujer? —preguntó Gisela.

—Fantoche —rio Felipe.

Bernat se encogió de hombros y agachó la cabeza, señal inequívoca de que había sido un caso de fuerza mayor. Las bajas temperaturas de finales de noviembre desaconsejaban llevar la ropa empapada, así que se había vestido con prendas de Clara, unos tejanos negros que le quedaban muy ajustados y una sudadera escotada del mismo color, en la que se veía una banda de rock formada por cuatro esqueletos. Uno tocaba la batería, dos la guitarra y otro cantaba. En letras mayúsculas se leía: «Never die!».

Durante el trayecto Clara apenas habló. Todavía le dolía un poco la cabeza y, a pesar de las gafas oscuras que llevaba, le molestaba la luz del sol. Su aspecto era atildado, pero no consiguió disimular el rastro de una noche de exceso alcohólico. Tampoco logró ocultar sus heridos nudillos, en los que vio clavada la mirada de la profesora más de una vez.

Se repuso un poco gracias a Felipe, que compartió con ella un bocadillo de atún y una lata de un refresco con cafeína casi helado, lo que le provocó más de un escalofrío. Mientras comía, escuchaba a Gisela contar que el día anterior había visitado el Colegio de Arquitectos de Catalunya, donde estaba depositado el fondo documental de Lluís Domènech i Montaner. Se componía de gran cantidad de planos, dibujos, croquis y esbozos originales, tanto de sus obras arquitectónicas como de sus aportaciones en las artes gráficas. Por desgracia, lamentó, no encontró nada relacionado con el diseño del dragón.

—Final —dijo Felipe tras haber recorrido las veintiséis paradas.

Los cuatro se encaminaron al taller de Mosaics Martí, situado a escasos metros de la estación. Les esperaba un hombre alto, delgado y con abundante cabello gris. Era Albert, uno de los nietos del fundador de la fábrica, Bernat Martí i Arlandis. Él los guiaría durante la visita. «Un paseo para personas amantes del arte, del diseño, del turismo industrial y artesanal», dijo.

Clara no estaba muy segura de pertenecer a ninguna de aquellas categorías y, de pronto, la visita se le antojó una penitencia. No tenía cuerpo para seguir una disertación ni para participar en la actividad que tendría lugar al final: elaborar una baldosa hidráulica de forma totalmente artesanal. Emitió un suspiro sonoro y recibió un codazo de Bernat y la mirada cómplice de Felipe, que se puso a su lado y le ofreció otro refresco. Tenía varias latas en la bolsa que llevaba cruzada sobre el pecho. Clara rechazó la oferta agitando la mano en el aire, como si quisiera espantar a una mosca.

Gisela se acercó a ella de forma repentina, el rostro de la profesora quedó a pocos centímetros del suyo.

—Vamos a ver si le ponemos un lazo a tu dragón —dijo, y le guiñó un ojo.

Clara se dio cuenta de que se sonrojaba y balbuceó algo incomprensible. Se sintió una estúpida y el martilleo en el cráneo regresó.

—¿Filmación y fotografías? —le preguntó Felipe salvando la situación. Ella asintió.

La visita empezó con la explicación de que el mosaico hidráulico nació para imitar otros materiales, como el mármol, la madera o los tapices. Su desarrollo estuvo ligado a la industria del cemento, material básico en su producción. La gran facilidad para adaptar modelos y colores, así como su buena conservación, volvieron muy popular aquella técnica, hasta el punto de convertirse en el principal sistema de revestimiento de los pavimentos modernistas.

La explicación avanzaba describiendo los componentes de las distintas capas de las baldosas hidráulicas, que se fabricaban en el orden inverso al de su colocación. Clara ya sabía, gracias a Bernat, que la parte que se pegaba al suelo era la más importante para los coleccionistas y estudiosos de este arte, porque era la que tenía el nombre de la fábrica. En el caso de su dragón, estaba muda.

Mientras el hombre proseguía explicando lo que todo taller o fábrica de mosaico hidráulico necesitaba para poder trabajar, Clara observaba a Gisela. Había elegido un atuendo informal, lejos del estilo clásico que solía vestir para ir a la universidad. Y si bien durante el viaje en tren llevaba el pelo suelto, en un instante y con la ayuda de un lápiz, se había recogido la melena en una especie de moño improvisado. Convertida de pronto en alumna, tomaba nota de todo en una libreta. Le hizo gracia verla tan aplicada mientras ella, la primera interesada en aquella visita, solo deseaba que se acabara.

El mosaísta se detuvo ante una máquina robusta, en cuya parte frontal se leía: «Soler Barcelona»; era una prensa hidráulica. Eso fue lo que le resultó más interesante de la visita, ya que descubrió la existencia de una plantilla que, con la ayuda de unas láminas, separaba los colores que formaban el dibujo de la cara vista. Era la trepa.

—¡Mi madre! —gritó Bernat al descubrir una pared con distintos modelos que colgaban de un clavo.

—No tienes remedio —le dijo Clara.

—Tonta, es el *panot*, ¡la típica baldosa de las aceras de Barcelona!

La visita continuó con explicaciones sobre cómo se elaboraba la trepa. Primero se copiaba el dibujo, generalmente en un papel. Después, se colocaba sobre una madera, en la que se clavaban pequeños clavos a cada lado de las curvas y vértices, que después sujetarían las láminas de latón hasta que quedaran soldadas. Finalmente se hacía un marco para darle cuerpo.

—Quizá se equivocaron y pusieron la trepa al revés, cambiando la orientación del dragón —le susurró Clara a Bernat.

El artesano no tardó en desmentir la teoría del error, al mostrarles que en una de las caras tenía dos asas soldadas que permitían colocarla y extraerla del molde. Ponerla boca abajo no solo dificultaría esas tareas, sino que alteraría la estampación del dibujo en la cara vista de la baldosa.

Al oír esto, Clara frunció el ceño, ya que, con esta aclaración, resultaba evidente que el dragón no era fruto de una equivocación. «¿Quizá de una imitación?», preguntó. El maestro artesano admitió que era habitual que los fabricantes se copiaran unos a otros, aunque cambiando colores y tonalidades, pero consideró bastante improbable que alguien plagiara un dibujo de una empresa tan prestigiosa como Escofet, que protegía sus diseños con patentes.

—Quizá fuera algún trabajador de la fábrica —comentó Gisela.

—Es posible —contestó el hombre.

Al finalizar las explicaciones, llegó el momento de poner en práctica los conocimientos adquiridos con la ayuda de Jaume, un experimentado maestro mosaísta provisto de una poblada barba y de un delantal. Clara y Felipe se autodescartaron, pero Bernat y Gisela asumieron el reto con entusiasmo. Eligieron el diseño de una rosa.

Entre ambos artesanos improvisados hubo equivocaciones, manchas y codazos que recordarían entre risas durante el trayecto de vuelta, bajo la atenta mirada de Clara, a medio camino entre la diversión y los celos. De los dos.

14

El último día de noviembre Clara se despidió del que había sido su hogar. Recorrió cada una de las estancias en silencio, deslizando una mano por la pared mientras apretaba la otra con fuerza. Al salir, tal y como había quedado con el dueño del apartamento, dejaría en el buzón cuatro juegos de llaves: el suyo, el de su abuela, el de Bernat y el de Felipe. «Fin de etapa», le dijo este último al entregárselas. Lo era.

El piso se le antojó de pronto más pequeño, tan vacío de muebles, de objetos, de vida. Compungida, miró el reloj. Constató que todavía faltaba tiempo para su cita. Agarró una bolsa de basura medio vacía que había en la sala de estar, se sentó en el suelo apoyando la espalda contra la pared que hasta entonces había ocupado un sofá y de su bolso sacó pipas de girasol que empezó a comer. La tentó la idea de dejar el suelo cubierto de cáscaras a modo de regalo de despedida, pero optó por encestarlas en la bolsa.

Durante un rato estuvo comiendo como una autómata, iluminada por la luz que entraba por la ventana. Pensaba en el giro que había pegado su vida: llevaba un par de noches durmiendo en un piso compartido con estudiantes universitarios, en la avenida del Paral·lel. No había sido capaz de encontrar nada mejor en tan poco tiempo, porque, además, los precios del alquiler estaban por las nubes. Esperaba no tener que estar muchos meses rodeada de los que consideraba unos niñatos, más interesados en emborracharse y ligar que en aprender y labrar su futuro. Los envidiaba y detestaba por igual.

Suspiró y cogió más pipas, que se comía tras lamer la cáscara y dejarla libre de sal.

Sonó la alarma del teléfono móvil que le indicaba que debía partir. Ante la insistencia del pitido, revolvió el bolso para localizar el aparato y acallarlo. No lo encontraba y vació el contenido en el suelo. Apareció junto al paquete que le había dado Ágata; lo había olvidado por completo.

Apagó la alarma y rasgó el papel con prisa. Ante sus ojos había un ejemplar del *La isla del tesoro*, de Robert Louis Stevenson. Las páginas estaban amarillentas y la portada, rasgada. Desconcertada, lo envolvió con el papel y lo metió en el bolso. Cogió la bolsa de basura y se marchó con prisa.

Media hora después se reunía con Bernat y Gisela en la granja Viader, situada en la calle Xuclà. La profesora tenía noticias y su amigo había propuesto quedar ese día para distraerla, estaba convencida de ello, por eso le perdonó los veinte minutos de retraso.

Mientras los demás miraban la carta, Clara inhaló el dulce aroma que flotaba en el ambiente y se le hizo la boca agua. Le llamó la atención el mostrador de la entrada, que tenía todo tipo de pastas, quesos y embutidos. También se fijó en el desgastado suelo, que intuyó era de la época modernista, y observó las paredes, llenas de carteles del mismo periodo, y de fotografías en blanco y negro. Le pareció que aquel lugar estaba detenido en el tiempo y se alegró de que no hubiera sucumbido a la presión del turismo ni a la especulación inmobiliaria, que parecían haberse apoderado de la ciudad.

El teléfono móvil de Bernat vibró. Él lo miró, se disculpó y salió pitando antes de que ninguna de las dos mujeres pudiera articular palabra.

—¿Adónde va con tanta prisa? —preguntó Gisela desconcertada.

—A por alguna baldosa hidráulica —contestó Clara sin inmutarse—. La culpa es de Efe. Ha creado una aplicación que permite enviarle una fotografía y la localización en tiempo real. A menudo te deja plantada para correr al punto marcado en el mapa.

—No tiene remedio —rio Gisela.

—Es un caso perdido.

Les sirvieron un chocolate caliente con *melindros* y un café suizo con una ensaimada. Ya desde el primer bocado Clara comprendió que el éxito del lugar se debía a la calidad de sus productos.

Mientras se deleitaba con la merienda, Gisela le contó que

la granja había sido pionera en el embotellado de leche, en los años veinte del siglo pasado. Le sorprendió descubrir que, además, había inventado el Cacaolat.

Cuando el camarero retiró las tazas y los platos, completamente vacíos, Gisela cogió la cartera de piel que colgaba de su silla. A Clara le llamó la atención el dibujo que tenía grabado, recordaba la cuadrícula de las calles del Eixample.

—¿Verdad que es bonita? Es de Calpa, ¿la conoces? —Al verla negar con la cabeza, prosiguió—: Es una tienda de marroquinería artesana que está en la calle Ferran. Sus diseños se inspiran en los símbolos de la ciudad. A mí me resulta imposible resistirme —dijo con una sonrisa mientras sacaba del interior una carpeta.

Clara la miró con ternura.

—He investigado un poco y he descubierto algo interesante.

—Te escucho, Sherlock.

Gisela rio cubriéndose la boca con una mano.

—En la actualidad, algunas fábricas de baldosas hidráulicas reproducen modelos modernistas. Mosaic Girona tiene, entre sus diseños, uno de Lluís Domènech i Montaner. ¿Te suena? —le preguntó mostrándole una hoja de papel impresa.

—¡El dragón!

—El mismísimo.

—¿Crees que alguna de estas dos fábricas hizo mi baldosa?

—No. Me parece que la tuya tiene unos cuantos años, y

no hace tanto tiempo que se reproduce este diseño. Pero les he escrito un correo electrónico, a ver si pueden aclararnos algo sobre la trepa.

—Gracias —dijo Clara devolviéndole los papeles.

Gisela los recogió y le acarició la mano. Clara sintió una corriente eléctrica y se puso nerviosa, no estaba segura de si había sido algo accidental o voluntario. El debate interno se resolvió cuando Gisela le cogió ambas manos.

—¿Cómo te dañaste los nudillos? —le preguntó mirándola a los ojos.

Clara agachó la cabeza e interrumpió el contacto visual. Guardó silencio.

—Entiendo. La próxima vez que sientas vértigo, llámame y nos tomamos unas copas. Es más divertido y no duele —le dijo con un guiño.

A Clara se le encogió el estómago y se le secó la boca, lo cual se agravó poco después, cuando la profesora se despidió con sonoros besos en las mejillas. No dejó de pensar en ellos en todo el trayecto hasta su habitación del apartamento.

Al llegar, se tumbó sobre la cama y pasó largo rato mirando el techo, como si en este pudiera hallar alguna respuesta al torbellino emocional en el que estaba sumergida. Para apartar a Gisela de su cabeza cogió el libro que le había dado Ágata. Se preguntó por qué su abuela se lo había hecho llegar, si su nieta solo leía recetas de cocina. «Encima, viejo y con olor a rata muerta», pensó.

Ojeó las páginas sin motivación alguna para leerlo, pero

algo le llamó la atención. Se fijó en que algunas letras tenían una raya horizontal en la parte inferior y lo atribuyó a un error de imprenta. Las miró más de cerca y le pareció que la raya estaba hecha con tinta de pluma. Extrañada, se mojó la yema del dedo índice con saliva y la deslizó encima de una de las letras. La tinta se corrió. Comprendió que no se trataba de ningún fallo.

Intrigada y guiada por su intuición, revisó desde la primera hasta la última página del libro, mientras anotaba en una libreta las letras subrayadas. Localizó un número, el seis, las cinco vocales y cinco consonantes: «d», «g», «n», «r» y «s». Las letras «i», «o» y «u» solo estaban marcadas en una ocasión. En cambio, la vocal que inauguraba el abecedario estaba repetida dos veces más y, tanto la «e» como las consonantes, una. En total, dieciocho letras y un número.

Apuntó cada dato en un trozo de papel distinto y jugó a combinarlos, como si se tratara de un rompecabezas. Estuvo entretenida largo rato con aquel desafío, incluso se olvidó de cenar. Vencida por el cansancio, cayó dormida con la luz encendida.

Despertó en plena madrugada, agitada. Recogió los trozos de papel, que habían caído al suelo, y empezó a colocarlos uno tras otro, siguiendo el orden que acababa de vislumbrar en ese estado semiinconsciente que confiere el sueño nocturno. Al ver el resultado, dejó escapar un grito de sorpresa. Frente a ella había un mensaje: «6 dragones guardianes».

Sintió cómo se le aceleraba el ritmo cardiaco. Quiso llamar de inmediato a Bernat, pero miró el reloj y constató que eran las cuatro de la madrugada. Optó por enviarle un wasap: «Urgente verte, alucinarás».

Era tal la emoción que sentía que se desveló por completo. Observó el cielo nocturno a través de la ventana y sonrió al interpretar el sueño que había tenido como un mensaje que su abuela le había enviado desde donde estuviera.

15

A Clara su trabajo la aburría sobremanera. Odiaba estar encerrada entre cuatro paredes sin ventana alguna, iluminada por una fría luz de neón. Su mesa estaba siempre cubierta por cantidades ingentes de facturas que se acumulaban las unas encima de las otras. Primero volcaba su contenido en un programa de contabilidad y después las almacenaba en unos archivos con anillas, ubicados en una estantería repleta de ellos. Era un trabajo mecánico que requería mucha precisión. Cualquier error en la introducción de datos, por pequeño que fuera, podía traducirse en un descuadre en el balance anual.

Desde niña había soñado con ser cocinera. Sus referentes eran Teresa Carles y Carme Ruscalleda. Incluso había conseguido un prospecto informativo sobre estudios de turismo, hostelería y gastronomía, pero abandonó la idea abofeteada por la cruda realidad: tenía que trabajar para cuidar de su abuela.

Mientras agujereaba hojas de papel, calibraba su nueva situación y se permitía soñar con estudiar para convertirse en chef. Hasta podía imaginar su nombre cosido en una chaquetilla de cocinera.

Pronto volvía al presente. No solo no podía pagar el alquiler de un piso para ella sola, sino que encima había contraído una deuda de seis mil euros con la funeraria. Nunca pensó que morirse resultara tan caro. «Quizá algún día», se decía.

¡Ploc! Un sonido parecido a una gota de agua la distrajo de sus pensamientos. Miró la pantalla del teléfono móvil. Era Bernat, que respondía a su mensaje de la noche anterior con el emoji de una cara gritando. Le proponía que se encontraran en su loft aquella misma tarde.

Clara agradeció tener un trabajo de jornada intensiva que la liberaba todos los días a las tres de la tarde. Tras la muerte de su abuela y el consiguiente vaciado del piso, podía dedicar el resto del día a lo que le diera la gana. En este caso, a un dragón. O a seis.

Horas más tarde, sonreía satisfecha al constatar que había acertado: su amigo estaba asombrado por el hallazgo del mensaje cifrado. Teniendo en cuenta el título del libro, afirmaba que no tenía duda alguna sobre su significado: había seis dragones protegiendo un tesoro.

—¿Te das cuenta? ¡En algún lugar hay un tesoro escondido! ¿En qué consistirá? ¿Y dónde están los seis dragones? —preguntaba de forma atropellada—. Me meo, ¡voy al baño!

Enternecida, miró cómo se alejaba. No dejaba de sorprenderle que conservara intacta su ilusión. Cualquiera que no lo conociera podría calificarlo de necio, pero ella sabía que era justamente lo contrario: una persona sabia que había aprendido muy pronto que la vida había que vivirla.

Jamás olvidaría el día en que decidió compartir con ella la carga de su mochila. Estaban en COU y acostumbraban a merendar en casa de Clara, donde su abuela los mimaba con cruasanes y ensaimadas de la panadería Roura. Pero una tarde no lo reconoció, lo abofeteó y lo echó a la calle hecha una furia, convencida de que era un ladronzuelo. Cualquier persona en el lugar del muchacho habría salido corriendo. Él no. Se sentó en el suelo del rellano y esperó a que su amiga se reuniera con él. Permanecieron el uno al lado del otro, cabizbajos y en silencio, cómplices en el dolor. En ese momento, Bernat se sinceró y le contó la historia de Magda, y Clara comprendió que serían amigos de por vida. El dolor compartido, guste o no, une.

—Hay que contárselo a Felipe, ¡con lo que le gustan las novelas de aventuras! —exclamó a su regreso.

—No te precipites. No creo que haya ningún tesoro oculto, la verdad.

—¡Sí que lo hay! Si no, ¿a qué viene tanto misterio? Primero la baldosa, luego el libro.

—Flipado —rio.

—Hala, ya me ha caído el mote que me puso Efe, el muy…

—Quizá Ágata sepa algo.

—¡Seguro! Se acostaban, ¿no? ¡En la cama no hay secretos!

Clara dio un respingo y apartó de un manotazo la imagen de su abuela retozando con la vecina.

Al ver el convencimiento de Bernat, decidió que le haría una visita.

16

Clara se encaminó hacia su antiguo barrio. Diciembre había traído un viento tan helado que optó por ir en metro desde Poble Sec hasta plaza de Catalunya, donde se subió a un tren de los ferrocarriles rumbo a la parada de Muntaner. Tomó la salida de la calle Santaló, se ajustó la bufanda y bajó rumbo a la calle Madrazo.

Se detuvo en la floristería Sant Antoni, donde compró un ramo con largas hojas y rojas flores de eucaliptus. Mientras lo embellecían con papel y lazo, observó el mercado Galvany, que estaba justo delante de ella. Siempre le había gustado aquel majestuoso edificio. Inaugurado en 1927, se había erigido en unos terrenos propiedad de Josep Castelló i Galvany, quien además promovió la urbanización de la zona. Le gustaba la combinación de ladrillo visto y hierro, y los ventanales estrechos y largos, con las contraventanas verdes de madera. Aquel mercado era el corazón que daba vida al barrio y también fue la fuente de ingresos de Teresa durante varias décadas, aceitunera en un puesto situado frente a las escaleras que daban a la calle Calaf.

Lo recordaba bien, en especial los estantes, abarrotados de botes con todo tipo de olivas. Como los sábados no había escuela, su abuela se la llevaba con ella y, mientras la mujer atendía a las clientas, la niña permanecía detrás del mostrador, sentada en un taburete haciendo los deberes o preparando algún examen.

De vez en cuando, robaba alguna que otra aceituna sin que nadie la viera. Su preferida era la manzanilla negra con hueso, que mordisqueaba con deleite hasta dejarlo mondo. Para no ser descubierta, se guardaba la simiente en un bolsillo del pantalón y, de camino a casa, la abandonaba con disimulo en una papelera.

Aquel mercado fue un segundo hogar para ella. Creció con la sonrisa de Margarita la carnicera, la verborrea de Marta la huevera, la gordura de Paca la verdulera, la peste de Miguel el pescadero y las bromas de Carlos el conservero.

Todo se esfumó cuando su abuela empeoró y se vio obligada a dejar de trabajar, poco antes de que su nieta alcanzara la mayoría de edad. Clara, incapaz de gestionar el dolor que le producía tener que responder a las preguntas que le formulaban las dependientas cuando iba a comprar, dejó de visitarlas. Con el tiempo, aquellas mujeres se jubilaron y sus puestos cerraron para no reabrir nunca más, dejando aquella ala del mercado sumida en la oscuridad.

Inmersa en el pasado, llegó como una autómata al edificio de la calle Madrazo que, hasta no hacía mucho tiempo, había sido también el suyo. Al saberse de visita y ya no vecina, se estremeció.

Ágata la abrazó en cuanto abrió la puerta y, si bien a Clara le sorprendió ese gesto de afecto, le resultó agradable sentir la calidez que le ofrecían aquellos delicados brazos y apoyó su cabeza en la de la anciana. Después le tendió el ramo. Por la reacción de la destinataria supo que había sido una elección acertada.

Pasó a la sala de estar y se sumergió en una luminosa estancia repleta de macetas con plantas de distintos tamaños y formas. Sonrió al reconocer las de su abuela en el balcón.

—Mi niña, ¿quieres una infusión? —ofreció mostrándole un humeante poleo menta.

Clara negó con la cabeza y, en su lugar, pidió un poco de agua.

La anciana regresó de la cocina con un vaso que, a pesar de que lo tenía bien sujeto, se tambaleaba tanto que a punto estuvo el líquido de derramarse en varias ocasiones de tanto que le temblaban las arrugadas manos. «Parkinson», confesó encogiéndose de hombros. Clara se preguntó cómo conseguía salir adelante sola y con un pulso tan agitado como aquel.

Permanecieron un rato en silencio, una disfrutando de tener una visita, y la otra, de la imagen de los potos que colgaban del techo a ambos lados de la ventana, sujetos con un portamacetas de macramé. Le parecieron unas cortinas naturales asombrosas, aunque prefirió no pensar en los insectos que podían albergar.

—Quería preguntarte una cosa —se decidió por fin.

—Dime —dijo la anciana sorbiendo su bebida.

—¿Mi abuela te habló alguna vez de una baldosa con un dragón?

—¡La has encontrado! —exclamó emocionada, y depositó la taza en una mesa que había junto al sofá—. Ten cuidado, tu bisabuela Angustias aseguraba que estaba maldita.

—¿La baldosa? ¿Maldita por qué?

—Por lo que le pasó a su marido: perdió la cabeza.

—¿Por culpa de la baldosa? No entiendo nada.

—Román, el padre de Teresa, estaba convencido de que era una pista clave para encontrar un tesoro.

—¿Qué tesoro?

La anciana le cogió una mano y la abrigó entre las suyas. Le explicó que su bisabuelo no pensaba en otra cosa, ni siquiera le prestaba atención a su niñita recién nacida. Estaba tan obsesionado con el tema que enloqueció. Lo encerraron en un manicomio, donde murió al poco tiempo, cuando su hija tenía tan solo dos años.

—Vaya, nunca me contó nada —dijo Clara sorprendida, sintiendo que su mano temblaba entre las de la anciana.

Ágata quiso saber dónde había encontrado la baldosa y Clara se lo contó todo. Incluso le enseñó una fotografía del dragón. La mujer la miró con sus maltrechas gafas.

Clara no sintió ni frío ni calor al oír la teoría de un tesoro. Lo que la apesadumbraba era no entender por qué su abuela nunca le había contado nada de aquella historia. En realidad, se daba perfecta cuenta, le había hablado muy poco de su familia. Cogió el vaso de agua y bebió hasta vaciarlo.

—Así que Angustias no se deshizo de la baldosa, sino que la ocultó —comentó Ágata para sí misma. Al recibir una mirada interrogativa, se explicó—: Supongo que, en el fondo, sí creía que había un tesoro escondido. Al fin y al cabo, su suegra se lo confesó en el lecho de muerte.

—¿Cómo dices?

—Antes de recibir la extremaunción, tu tatarabuela, Hermenegilda, quiso ver a su nuera.

—A ver, que me lío. Quiso ver a la esposa de su hijo loco. O sea, la madre de mi abuela.

Ágata asintió, divertida con el embrollo. Clara quiso saber más.

—Si la memoria no me falla —prosiguió la anciana—, Hermenegilda le explicó que su marido, Florencio, era mosaísta y un amante de los enigmas. Cuando el hombre falleció, la mujer encontró, debajo del colchón, un libro atado con un cordel a una baldosa con un dragón.

—Que se quedó su hijo, Román.

—Así es, mi niña —asintió—. Entonces tenía veintidós años. Estaba convencido de que su padre había preparado aquello para él, que eran pistas para encontrar un tesoro. Tan seguro estaba que no dejó de buscarlo durante los veinticuatro años siguientes. Sin éxito, claro. Después, tu abuela encontró la baldosa y el libro ocultos en el fondo de un armario. Quiso saber qué era aquello, pero su madre le respondió con evasivas. Como buena tozuda que era, no dejó de preguntar, y Angustias, fuera de sí, le contó que aquello había matado a su padre. Le rogó que lo olvidara y, por si acaso, decidió deshacerse de todo para que nadie enloqueciera nunca más por culpa de un enigma sin solución. Teresa consiguió rescatar el libro desobedeciendo a su madre cuando le pidió que lo quemara en la chimenea. En su lugar, ardió un ejemplar de la Biblia —rio—. Respecto a la baldosa, en teoría, Angustias la destruyó.

—¿Mi abuela nunca la buscó?

—Ya lo creo que sí. Le habría venido muy bien encontrar un tesoro. Sobre todo años después, viuda y contigo a su cargo —suspiró—. Nunca la encontró y acabó convencida de que su madre se había deshecho de ella. Lo que sí descifró fue un extraño mensaje. Lo extrajo del libro que te di.

—Si la clave está en la combinación del mensaje y la baldosa, y ella no la encontró, ¿por qué quiso que me dieras el libro? —preguntó.

Ágata se encogió de hombros, incapaz de ayudarla más.

Cuando Clara se marchó de su casa, se sentía como si tuviera una bomba de relojería en su interior, lista para estallar en cualquier momento. Llamó a Felipe, pero le patinaba la lengua. Colgó y probó con Bernat, que, para variar, estaba en pleno rescate de baldosas. Quedaron en tomar algo al cabo de una hora, en la cafetería Els Tres Tombs.

Como se notaba alterada, decidió templar los nervios poniéndose a correr. Bajando por la calle Amigó, se encaminó por la avenida Diagonal hasta la rambla de Catalunya y la recorrió entera. Giró por ronda Universitat y se adentró por la de Sant Antoni. Cuando llegó a la cafetería estaba acalorada, pero también relajada. Correr la calmaba, aunque el intenso dolor que sentía en los pies la impulsó a prometerse que no habría más carreras sin un calzado apropiado.

17

A Clara la historia de un tesoro oculto le impresionó tanto como la técnica de seducción empleada por el pájaro azulito coroniazul. Es decir, nada. Para ella la fantasía era un lujo que no se podía permitir, bastante tenía con sobrellevar el día a día. Creció viendo cómo el Alzheimer le robaba a su abuela con paso firme y, al mismo tiempo, la convertía en el centro de su universo. Su vida había pasado a ser una estricta cuadrícula de horarios y rutinas que se desarrollaban entre el piso de la calle Madrazo y su trabajo en el supermercado.

Si no hubiera conocido a Bernat y a Felipe antes de que su abuela empeorara, con toda probabilidad habría sido una persona solitaria y asocial. Aunque ya de por sí era una mujer de carácter taciturno, de modo que las circunstancias solo empeoraron la situación. Había llegado al extremo de tener que encerrar a su abuela en su dormitorio para que no se autolesionara, empeñada como estaba en secarse el cabello con los fogones de la cocina encendidos.

Sin embargo, Clara no había hecho voto de castidad y, cuando el cuerpo le pedía un desahogo, se lo proporcionaba. Nunca tuvo una relación sentimental que durara más de seis horas, que era el tiempo que transcurría entre la seducción, la intimación y la despedida, siempre apresurada y sin facilitar ningún dato personal que pudiera crear falsas ilusiones. Para qué, si apenas tenía tiempo para sí misma.

Contrariamente a lo que pudiera parecer, no se sentía una persona desdichada. Tenía en Bernat a un buen amigo que la divertía con sus conquistas y rescates de baldosas, y en Felipe un hombro sobre el que apoyarse cuando sentía que la tierra se abría bajo sus pies.

Esas eran las reglas de juego de su mundo. Las que conocía y las que la protegían de adquirir falsas esperanzas con nadie más. Con este panorama, era comprensible que rechazara la idea de un tesoro escondido con la misma rapidez y precisión con la que se golpea una pelota de tenis en un partido reñido.

No obstante, a la vida le gusta sorprender y tiene sus propios mecanismos para retomar asuntos en apariencia olvidados. En este caso, Bernat, que apareció en la cafetería Els Tres Tombs con casi una hora de retraso, con la ropa polvorienta y la rueda trasera de la Vespino chafada por el peso de la mochila que cargaba. Aguantó con estoicismo la justificada protesta de su amiga, y también su habitual disertación sobre la importancia de respetar el tiempo ajeno. Sin mediar palabra, extendió sobre la mesa cuatro baldosas octogonales con margaritas, que Clara miró sin inmutarse, y no dijo nada hasta que su malhumor se disipó. Lo consiguió mediante varios tragos seguidos a una cerveza helada que su cuerpo agradeció. Después informó a su amigo de la visita a Ágata.

—¡Así que es cierto!

—No grites, vas a conseguir que me duela la cabeza.

—Perdona, es la emoción. ¿No te das cuenta? —prosiguió él—. Esto confirma nuestras sospechas. En algún lugar hay algo escondido, ¡por tu tatarabuelo Florencio!

—Sí, pero de eso hace más de un siglo, y entremedias ha habido una guerra y una dictadura. ¿Qué probabilidades hay de que siga oculto?

—Aunque sean mínimas, ¡existen!

Clara apuró de un trago la cerveza y, con la mano, le hizo un gesto al camarero para que les sirviera otra ronda.

—Perdone —intervino Bernat—, traiga también una tapa de bravas y otra de boquerones. Sé bien cómo acaban estos encuentros si no ingerimos nada de comida —rio—. Entonces qué, ¿vas a buscarlo?

—Lo pensaré.

—¿Qué tienes que pensar, tontaina? Búscalo, ¡te pertenece! ¿No lo ves? ¡Podría cambiarte la vida!

—Es cierto, pero...

—No hay peros que valgan. Venga, di que vas a buscarlo con todas tus fuerzas. ¡Dilo!

—Estás loco —rio.

—¡No oigo nada! —dijo poniéndose la mano detrás de la oreja.

—Está bien.

—¿Cómo dices?

—Lo buscaré.

—¡Más alto!

—Que sí, pesado, ¡lo buscaré!

—Así me gusta, ¿ves cómo no era tan difícil?

La velada acabó poco después, con Clara emocionada. Nunca había viajado ni en avión ni en barco ni en globo aerostático, pero se imaginaba que, antes de partir, los pasajeros debían de sentir lo mismo que ella en aquel momento, una presión en el estómago combinada con algo parecido al revoloteo de un montón de mariposas alrededor.

Esa noche le costó mucho conciliar el sueño. Tumbada sobre la cama, con la baldosa y el libro en su regazo, soñaba despierta con la idea de estudiar cocina y convertirse en chef. Se relamía pensando en los platos que ofrecería a sus comensales, y lo hacía con tal nivel de detalle, que incluso le pareció percibir su aroma. Se quedó dormida con una sonrisa en los labios.

18

Durante los últimos meses de 1899, en Barcelona se fueron encadenando huelgas de cocheros, curtidores, tranviarios, albañiles, metalúrgicos, fundidores, yeseros adornistas, caldereros y trabajadores del sector textil. Reclamaban, entre otras mejoras, una jornada laboral de nueve horas.

A Florencio le escandalizó la noticia de que los huelguistas intentaran tirar al mar la caseta en la que se había refugiado un corneta de patronos, al que previamente habían agredido. Cuando lo comentó con Tomás, no pudo evitar ponerse nervioso.

—¡Bravo! —Tomás aplaudió entusiasmado—. Lástima que no lo hayan conseguido.

—No era necesario llegar a ese extremo —protestó Florencio—. Los albañiles de Valencia han conseguido reducir su jornada a ocho horas de forma pacífica.

—Eso es imposible.

—Lo he leído en la prensa. Miles de personas se han manifestado sin que mediaran coacciones ni detenciones policiales.

—Está claro que nuestros patronos son más duros de mollera y necesitan otras formas de convicción.

Florencio se dio cuenta de que no conseguiría que su amigo cambiara de opinión. Suspiró y calló, mientras constataba que sus pareceres eran cada vez más diferentes.

Durante la primavera, todo se complicó. Con motivo de una huelga de trabajadores de tranvías, ómnibus y ferrocarriles suburbanos, las compañías optaron por ignorar las demandas, despedir a los empleados huelguistas y reanudar el servicio con esquiroles. La reacción fue inmediata y los días siguientes la ciudad se convirtió en un campo de batalla en el que grupos de mujeres, adolescentes y huelguistas armados con barrotes agredían a los rompehuelgas e impedían la salida de los transportes.

Florencio no pudo acudir a su puesto de trabajo porque los huelguistas se dividieron en grupos de personas que, convertidas en piquetes, invitaban al resto de los trabajadores a secundar el paro. Permaneció en casa cabizbajo, calculando la cantidad de horas extra que tendría que trabajar para alcanzar el número de baldosas que su patrono le había encargado. Pegado a la radio, escuchaba cómo la ciudad se convertía en escenario de enfrentamientos violentos que provocaron la intervención del Ejército y de la Guardia Civil. Finalmente, el gobernador Larroca cedió el mando a la autoridad militar, quien proclamó el estado de guerra y la consiguiente suspensión de garantías. La ciudad fue ocupada militarmente y la huelga perdió fuelle.

Esta tensa situación disgustaba e incomodaba a Florencio a partes iguales. Se daba perfecta cuenta de que la clase obrera trabajaba demasiadas horas y estaba mal pagada, pero de ningún modo aprobaba la reivindicación violenta. Para combatir su malestar se regalaba largos paseos en solitario por una Barcelona que crecía como si le hubieran dado una sobredosis de vitaminas. Las calles eran un ajetreo constante de peatones, bicicletas, carruajes y tranvías; había que prestar especial atención para no ser arrollado. Tenía predilección por el paseo de Gràcia, que conectaba la antigua ciudad amurallada con la Vila de Gràcia. Observaba los cambios que se producían en el bulevar, con fachadas cada vez más atrevidas, revestidas de adornos y rebosantes de colores, desde las que incluso se proyectaban tribunas, columnas adosadas y glorietas. De vez en cuando se detenía para observar cómo se instalaban cines, teatros, tiendas, cafeterías y restaurantes exclusivos. También, casas de la aristocracia y la burguesía más adinerada, que decidían edificar allí sus viviendas con la ayuda de los arquitectos más prestigiosos del momento.

Uno de los edificios que más le gustaban existía desde 1875. Su nuevo propietario, el industrial chocolatero Antoni Amatller, había encargado una reforma de la fachada, y el resultado poco tenía que ver con la original. No sabía qué le sorprendía más, si la forma escalonada o los detalles de inspiración medieval, que incluían una representación de Sant Jordi atravesando con una lanza al perverso dragón.

Florencio no comulgaba con la popular leyenda porque siempre había sentido una especial predilección por aquel ser mitológico. En especial desde que descubriera, de la mano de su padre, una casa de la Rambla, conocida como «la Casa dels Paraigües». Le fascinaba el dragón chino de hierro forjado que sobresalía de su fachada; tenía un abanico en la cola y con las patas sostenía una lámpara. Debajo, y sujeto al balcón, había un paraguas del mismo material. Era un reclamo comercial de la tienda que había en los bajos, en la que también se vendían sombrillas, bastones y otros complementos.

Cuando algo preocupaba al pequeño Florencio, su padre lo llevaba allí. Le pedía que cerrara los ojos y que imaginara que el animal le daba aire con el abanico. Funcionaba, porque, poco a poco, el niño se tranquilizaba. Desde que falleciera, no se había vuelto a acercar a aquel lugar, pero con el ambiente tenso y revolucionario que impregnaba la ciudad, esto cambió. Echaba de menos la época en la que se sentía protegido entre los brazos de su progenitor y todavía podía rememorarlo frente a la casa, pronunciando uno de sus últimos acertijos:

—De pergaminos, sedas o papel hechos estamos. En verano gusto damos. Las manos no han de estar quedas si es que nuestro oficio usamos.

Florencio sonreía al recordarlo y en voz baja, casi un susurro, respondía:

—Abanico.

Los ojos se le humedecían al visualizar a su padre gritando de alegría y cogiéndolo en volandas, mientras él se le abrazaba con la fuerza de un niño.

Conmovido por ese recuerdo, decidió iniciar a Román en el mundo de los acertijos. Pronto se dio cuenta de que su hijo no había heredado su rapidez mental, porque rara era la vez que conseguía resolverlos sin ayuda. Sin embargo, Florencio se convenció a sí mismo de que con la práctica mejoraría.

19

Florencio se despidió del año 1901 con un ojo morado.

En la penúltima semana del año, los principales oficios metalúrgicos se habían declarado en huelga y los piquetes se presentaron en la fábrica de pavimentos hidráulicos. A pesar de su insistencia, el mosaísta se negó a interrumpir su trabajo.

—Si me marcho, ¿quién removerá las pastas de colores? ¿Quién les añadirá agua? Se solidificarán y se echarán a perder —dijo con los brazos en jarra.

—Compañero —repuso uno de los huelguistas—, nada es más importante que la causa obrera.

—Comprendedme. Tengo entre manos un complejo pedido para la farmacia del doctor Ferran Grau Ynglada. —Señaló cuatro piezas depositadas en el tendedero que, combinadas entre sí, revelaban un cisne envuelto de hojas de acanto—. Es un diseño hermoso, ¿verdad? Es obra de Alejandro de Riquer.

Florencio estaba tan entusiasmado mostrando su trabajo que no se percató de la mueca de desprecio en el rostro de uno de los miembros del piquete; tampoco, de su creciente indignación. El hombre le increpó y le arreó un fuerte puñetazo en la cara. Florencio emitió un gemido de dolor y su gorra salió disparada. Se agachó para recogerla y se reincorporó con una mano sobre la mejilla. Miró fijamente a su agresor y negó con la cabeza.

—De ningún modo me uniré a una huelga que usa la violencia como método de persuasión.

—¡Esquirol! —gritaron al unísono varios huelguistas mientras le agarraban del delantal.

De su tozudez lo salvó la llegada de la policía, que a duras penas consiguió disolver al grupo.

El año 1902 nació con la tensión en aumento. Hubo múltiples enfrentamientos entre las fuerzas de seguridad y los huelguistas. La situación estaba tan descontrolada que incluso un piquete fue recibido a tiros por un patrono. Ante este panorama, era inevitable que la relación entre Florencio y Tomás se tensara cada vez más. El trepista lo tachaba de acomodado y cobarde pues, insistía, había llegado el momento de actuar y demostrar de qué lado estaba cada uno. El mosaísta se defendía diciéndole que él estaba de acuerdo en el fondo pero no en la forma. Para demostrárselo, acudió con él a una reunión que tuvo lugar en el teatro Circo Español, que congregó a más de tres mil personas.

Poco después se inició un paro general en solidaridad con

los trabajadores metalúrgicos. En la mayoría de las fábricas y talleres, la casi totalidad de los obreros estaban ausentes en el momento de la lectura de las listas. Entre ellos, Florencio. No salió de su casa porque sospechaba que la cosa podía ponerse fea. Y acertó. Como ya iba siendo habitual, hubo algunos enfrentamientos de carácter violento, se declaró el estado de guerra y llegaron a Barcelona numerosos refuerzos del Ejército. La represión se intensificó y las piedras lanzadas por los piquetes recibieron como respuesta balas de ametralladoras. Quinientos dirigentes sindicales fueron detenidos y encarcelados, hubo cuarenta y cuatro heridos y doce muertos. Los obreros regresaron a sus respectivos trabajos bajo la amenaza de despido, sin haber conseguido ninguna de sus demandas.

Aunque Tomás nunca llegó a reconocérselo a Florencio, la huelga fue un absoluto fracaso. No se logró lo pretendido, se prolongó el estado de guerra hasta el mes de octubre y las garantías quedaron suspendidas hasta enero del año siguiente, 1903. No obstante, el trepista era un optimista convencido. Siempre que recordaba lo ocurrido, que pasó a conocerse como «los sucesos de Barcelona», subrayaba que había sido la huelga general más importante de la ciudad hasta el momento, porque la habían secundado ochenta mil trabajadores. Según él, ese era motivo suficiente para creer que, tarde o temprano, la clase obrera retomaría sus reivindicaciones y vencería. Florencio deseaba que se equivocara. Estaba cansado de estados de guerra, de desfiles militares y de las patrullas de soldados con las que se cruzaba en sus paseos. Pero, sobre todo, estaba siempre en alerta. Aunque algunos obreros recurrieran a la violencia para hacerse oír, era muy consciente de que esta no era comparable a la ejercida por los hombres de uniforme, legitimados para cometer abusos.

Muy a su pesar, su barrio se había convertido, casi de forma permanente, en un campo de batalla, con hogueras y trincheras improvisadas. Escapaba de allí dando largos paseos, que cada vez compartía más con Hermenegilda y con Román.

—Mirad qué maravilla. —Florencio señaló la fachada de la antigua Casa Rocamora, reformada a petición de Francesca Morera i Ortiz, la nueva propietaria.

—Papá, ¿qué pintan ahí esas mujeres? —Román señaló unas esculturas situadas en los balcones del primer piso.

—Fíjate bien: cada una sujeta un objeto distinto. Estas cuatro mujeres representan los aspectos más característicos de la modernidad: la fotografía, la electricidad, la fonografía y la telefonía.

Hermenegilda se agarró del brazo de su marido y le dijo:

—Querido, ya sé por qué te encanta esta casa. —Guiñó un ojo y señaló un dragón situado en la parte interior derecha de los arcos de la planta baja, sujetados por columnas de mármol rosa.

—Me has descubierto.

Los tres observaron el animal, que parecía amenazar, con intensa mirada y afilada dentadura, a otro ser mitológico alado situado justo enfrente. Este, con cabeza de serpiente, le respondía mostrando dos colmillos puntiagudos.

En esos paseos Florencio hallaba paz y se reafirmaba en la idea de que el Modernismo estaba cambiando Barcelona y vistiéndola de gala.

20

En 1905, Florencio decidió no hablar nunca más del Modernismo con Tomás, aunque sus respectivos trabajos estuvieran directamente relacionados con él. La última vez que compartió su entusiasmo por esa corriente artística, los dos amigos a punto estuvieron de enzarzarse en una pelea. Y no solo verbal. La discusión empezó cuando el mosaísta le confesó al trepista su deseo de visitar el interior de cualquiera de las casas de paseo de Gràcia. Le intrigaban mucho, pues había oído que los arquitectos ya no se limitaban a proyectar un edificio, sino que, con la ayuda de artistas y artesanos, diseñaban el mobiliario, la vajilla e incluso la cubertería.

—Los pavimentos hidráulicos han dejado de ser alfombras de cemento. Se han convertido en hermosas bandejas sobre las que se presentan obras de arte —dijo Florencio con ojos brillantes.

—Estás de broma, ¿no? ¡Hablas en serio! —Tomás frunció el ceño y golpeó con un puño la mesa, tan fuerte que los vasos de vino salieron disparados. Uno de ellos se rompió—. Debería darte vergüenza adular de ese modo a la clase alta, que se ha enriquecido a base de explotarnos y de fomentar desigualdades sociales —le espetó furioso.

Florencio quedó estupefacto ante ese repentino ataque de ira de su amigo, pero le replicó:

—El Modernismo está construyendo una ciudad maravillosa de la que se hablará siempre —dijo con convicción.

Tomás se levantó de la silla y la dejó caer al suelo. El estruendo llamó la atención del resto de la clientela.

—¡Todo cuanto admiras es una vergüenza! —replicó rojo de ira mientras agitaba el dedo índice en el aire—. La burguesía y la aristocracia usan sus casas como un escaparate social. ¡Por eso recurren al lujo exhibicionista! En su empeño por pavonearse se aprovechan de personas como tú y como yo, que dedicamos casi toda nuestra existencia a trabajar para que ellos puedan consagrarse a, atención, ¡decorar! Florencio, ¡eres un necio!

Acto seguido, cerró la mano en un puño cargado de rabia que acercó de forma sospechosa al rostro de su amigo. Deshizo la amenaza segundos después. Metió la mano en un bolsillo del pantalón y extrajo unas monedas que lanzó con violencia sobre la mesa. Luego se dio la vuelta y se marchó, dejando tras de sí a un Florencio mudo y tembloroso. Si bien había visto a Tomás enfadado en más de una ocasión, aquella era la primera vez que él se había convertido en el objeto de su rabia. Se le pasaría, de eso no tenía duda, porque su amigo era como una cerilla en la que el fuego prendía y se consumía veloz. Pero también sabía que ese día algo se había roto para siempre entre los dos.

Cuando recuperó la compostura, recogió los fragmentos de cristal que se habían desparramado por el suelo y depositó unas monedas de más sobre la mesa para costear el desperfecto ocasionado. Después, y con voluntad de calmar los ánimos, se encaminó a una obra que se había iniciado en la calle Sant Pere Més Alt, en el solar del antiguo convento de Sant Francesc de Paula. Aquella noche, en la que sintió más oscuridad en su interior que la que había en la calle, las pocas piedras que habían colocado sobre el terreno, y que acabarían convertidas en el Palau de la Música Catalana, le transmitieron la calma que le había sido arrebatada.

Durante los tres años que duraron las obras, vio crecer aquel edificio día a día y llegó a sentirlo como algo propio. Ahorró cuanto pudo, con el fin de asistir, alguna vez, a un concierto. En 1908, su perseverancia le permitió disfrutar, junto con Hermenegilda y un Román de diecinueve años ya, del concierto inaugural. Compró localidades situadas en el segundo piso. Para acceder a él, subió por una escalinata que conectaba el vestíbulo con los niveles superiores, era de mármol y, a cada escalón que pisaba, mayor era su sensación de estar viviendo una fantasía en la que representaba un papel muy alejado de su vida real.

Interpretaron piezas maestras de Clavé y Händel, y Florencio quedó cautivado por la decoración de la sala de conciertos. Nunca había visto una explosión de alegría y vitalidad como aquella. Le embeleso la claraboya, una cúpula invertida de vidrio coloreado que mostraba un sol en llamas rodeado por rostros de doncellas, en alusión a un coro celestial; iluminaba la sala con luz natural y mostraba las distintas artes que se combinaban allí dentro: mosaico, escultura, vidriería y forja.

Aquella noche, Florencio salió del Palau de la Música visiblemente emocionado, convencido de que vivía en el mejor barrio de la ciudad. Empezó a cambiar de opinión con el inicio de las obras de Via Laietana, un proyecto destinado a comunicar el Eixample con el puerto, atravesando el barrio de Ciutat Vella. Para poder abrir el espacio suficiente, había que derribar centenares de viviendas y desalojar a miles de vecinos.

La oposición del vecindario había sido dura, pero de nada sirvió. Florencio escuchaba a menudo las protestas de Tomás, quien estaba convencido de que detrás de aquella nueva vía de comunicación había una intención oculta: acallar las protestas de la clase obrera destruyendo la densa red de calles por las que los huelguistas se movían con auténtica pericia. Al afirmar sus sospechas, golpeaba con contundencia la mesa de la bodega, y en más de una ocasión volcó los vasos derramando el vino que contenían. El mosaísta ni se inmutaba, sabedor de que su amigo necesitaba quejarse en voz alta. Se limitaba a levantar la mano para pedir otra ronda, qué más podía hacer.

Con el tiempo, Florencio fue espaciando los encuentros con Tomás. Le agotaba tanta exaltación y le molestaba tener que medir sus palabras para no provocar otra confrontación. Para justificar sus ausencias, usaba a su hijo como excusa:

—Román está en una edad difícil. Necesita a su padre para abrirse camino.

—¡Pero si tiene diecinueve años! A su edad, nosotros ya no necesitábamos a nadie. Déjamelo una tarde, ¡verás si espabila!

Ante la insistencia de Tomás, Florencio jugaba la carta de su esposa:

—No es solo por Román. Trabajo de sol a sol y apenas estoy con mi mujer. Si encima me voy de vinos, la tengo de morros tres días enteros.

—Por eso no me he casado. ¡Quiero ser un hombre libre! —reía Tomás.

En realidad, Florencio se refugiaba en la sala de prensas, donde se quedaba solo hasta finalizar su jornada laboral.

Una noche se dedicó a fabricar un modelo de baldosa del nuevo álbum de Escofet, el número siete: era una pieza hexagonal, monocromática y con un extraño relieve. El encargado le había comentado que la luz y las sombras la dotarían de dinamismo, pero Florencio la miraba perplejo mientras intentaba comprender la imagen final. No era fácil, pues cada pieza tenía un tercio de cada uno de los componentes del diseño. Necesitó juntar siete unidades para vislumbrar el conjunto y entender que eran motivos marinos: una estrella de mar, una caracola y un alga.

Estaba en plena faena, cuando un hombre irrumpió en escena. De poca estatura y barriga generosa, respiraba con dificultad. Portaba una pequeña bolsa de cuero marrón que sujetaba contra su pecho con ambos brazos. Parecía agitado y, a pesar de que su boca se hallaba prácticamente cubierta por una espesa barba gris, se notaba que jadeaba. Se le acercó, miró en todas direcciones como si quisiera asegurarse de que nadie más podía oírle y se dirigió al mosaísta.

—Hágame un favor. Guárdeme esto y no lo abra. Nunca —dijo con voz entrecortada mientras dejaba la bolsa sobre la prensa, y se marchó con la misma rapidez con la que había llegado.

Florencio se quedó atónito. Se preguntó quién era aquel hombre que había surgido de la nada, por qué le había dado aquello y, sobre todo, qué había dentro. Angustiado con la idea de que pudiera contener alguna bomba, decidió ver de qué se trataba. Desabrochó un par de hebillas de latón que sujetaban unas tiras de piel y, al ver el interior, dio un respingo al tiempo que se tapaba la boca con las manos. Después lo tocó, tan necesitado estaba de que el tacto le diera la razón a la vista. Lo hizo. Con sus dedos revolvió puñados de monedas de oro. Perplejo e incapaz de recuperar la concentración, cerró la bolsa y la dejó debajo de las pasteras, detrás de los sacos de pigmentos. Recogió sus herramientas, limpió y se marchó a casa.

No consiguió dormir en toda la noche, obsesionado por averiguar quién era aquel hombre y por qué lo había elegido a él para custodiar algo tan valioso.

21

Las fiestas de Navidad llegaron a Barcelona sin que Clara pudiera evitarlo. A la tristeza que siempre le producían unas fechas centradas en la familia, se añadía la nostalgia de su abuela. De haber podido, habría borrado de un plumazo aquellos días del calendario. Tan solo rescataría la Nochebuena, que acostumbraba a celebrar con sus dos amigos en el loft, con una cena a base de caprichos. Ese año, el menú constaba de salmón ahumado, jabugo, *foie* de oca de Estrasburgo, gambitas de Huelva y un pescado al horno adquirido aquella misma mañana en el mercado de la Boqueria. Como era costumbre, el anfitrión compró la comida, Felipe trajo una caja de cava de l'Alt Penedès y Clara cocinó.

—¿No has comprado demasiado picoteo? —preguntó mientras ponía el horno a precalentar.

—*Four?* —se sorprendió Felipe al disponerse a colocar los cubiertos, los platos, las servilletas y las copas que

Bernat había dejado en un lateral de la mesa. Había para cuatro personas.

—Ay, ¡qué cabeza! —dijo escapándosele una risita—. No os lo he comentado. Este año tenemos una invitada.

Clara y Felipe se miraron atónitos.

—¿Quién? —preguntaron al unísono.

¡Rin, rin!

—¿Abrís la puerta? —preguntó Bernat mientras descorchaba una botella.

—Feliz Navidad, Efe —dijo Gisela tendiéndole una bandeja de cartón envuelta en un papel rosa, atada con un cordel del mismo color—. Es el postre, necesita nevera. Cariño, qué guapa estás —le dijo a Clara justo antes de estamparle un sonoro beso en los labios. Acto seguido, se quitó el abrigo y lo colgó en el perchero de la entrada. Después saludó a Bernat.

Si a Clara la hubieran pinchado en ese instante, no le habría salido sangre. Incapaz de coordinar ningún movimiento, se quedó quieta en el recibidor, con el tacto de los labios de Gisela sobre los suyos, y la imagen de su cuerpo con un vestido corto y ceñido, zapatos de tacón y un pronunciado escote.

Felipe regresó de la cocina con dos copas de cava llenas y una sonrisa en los labios.

—Flamante entrada —le susurró al oído mientras ella vaciaba de un trago su copa.

Varios mililitros después, la cocinera cogió una fuente y puso en ella una lubina de kilo y medio de peso sobre una cama de finas láminas de patatas, cebollas y tomates. Dispuso encima unas ramas de romero, regó el pescado con aceite de oliva y vino blanco, y lo salpimentó. Después colocó la bandeja en el horno y activó la cuenta atrás de su teléfono móvil.

Se sentaron alrededor de la mesa y, mientras degustaban las exquisiteces, Clara compartió con Felipe y Gisela los últimos descubrimientos.

—¡Flipo! —gritó Felipe al oír la historia del tesoro. Sus rizos pelirrojos se agitaron e incluso parecieron más anaranjados que de costumbre.

—¡Sabía que te gustaría!

—Es increíble. Aunque es cierto que, a lo largo de la historia, el libro se ha convertido en un buen instrumento de comunicaciones secretas —dijo la profesora.

Clara la escuchó sin dejar de mirar el colgante que llevaba, parecía estar acariciándole el escote. Era una mariposa dorada, con el cuerpo de una sirena y unas alas verdeazuladas.

—¿Te gusta? Está inspirada en una joya de René Lalique, un maestro vidriero y joyero francés.

—¿Dónde crees que podemos encontrar esos seis dragones? —preguntó disimulando la contrariedad de sentirse descubierta.

Las miradas se clavaron en Gisela, que abrió los ojos y soltó una carcajada que encadenó con un ataque de risa. Mientras con una mano se tapaba la boca, con la otra intentaba calmar el dolor que aquel arrebato le provocaba en la barriga.

Clara, totalmente perpleja, miró a sus amigos y constató que estaban tan sorprendidos como ella. Pensó que el par de sorbos que Gisela le había dado al cava no podían habérsele subido a la cabeza, así que, o bien aquella mujer era alérgica al alcohol, o bien se estaba perdiendo algo.

Al cabo de unos segundos se hizo el silencio.

—Disculpad, no he podido contenerme. Veréis, es que en Barcelona habitan centenares de dragones, si no miles. No en vano hay quien la llama «Drakcelona».

En cuestión de segundos se armó un revuelo. Gisela pidió calma. Explicó que esos seres mitológicos habitaban en fachadas modernistas, en retablos góticos y en todo tipo de obras de arte, como la baldosa hidráulica que habían encontrado. Podían ofrecerse a la vista o camuflarse en los balcones. Los había inmensos, como el del tejado de la Casa Batlló, pero también diminutos, como el del patio dels Tarongers del Palau de la Generalitat. A veces aparecían solos y otras acompañados por Sant Jordi o Sant Miquel. Podían mostrar expresiones diversas, desde una mirada amenazante hasta un toque exótico, como el dragón chino de la Casa dels Paraigües. Y, para colmo, también existían dragonas, con cola de serpiente, alas de murciélago y pechos de mujer. En la fachada de la pastelería Foix de Sarrià podían verse cuatro ejemplares tallados en madera.

—Qué locura —dijo Clara, abrumada de pronto ante la evidencia de que aquella búsqueda no iba a resultar ni fácil ni rápida.

—Hay un libro que quizá pueda ser útil, luego te apunto el nombre. Por cierto, la lubina estaba deliciosa. Berny tiene razón cuando dice que eres una cocinera excelente.

Gisela aplaudió y Clara se sonrojó doblemente, por el piropo y por la mirada pícara de Felipe, con la que le confirmaba que sabía que aquella profesora no le resultaba del todo indiferente.

22

La curiosidad la comía por dentro desde que Gisela le comentara la existencia del libro *Drakcelona, ciudad de dragones.* En cuanto tuvo ocasión, se dirigió a la Biblioteca Poblesec - Francesc Boix para consultarlo. Al llegar, entró y se acercó al mostrador de información, con el fin de pedir ayuda. De ninguna manera quería adentrarse por unos estrechos pasillos abarrotados de libros. Encontrar por sí sola el ejemplar que buscaba le parecía una tarea imposible. E impensable.

Una bibliotecaria le indicó que el libro que quería estaba disponible pero que, si deseaba llevárselo prestado, debía poseer un carnet. Le mostró el de la Biblioteca Nacional de Catalunya, pero la mujer negó con la cabeza y le dijo que aquel no valía, necesitaba uno de la red de bibliotecas de la Diputació de Barcelona. Clara frunció el ceño, disgustada, y facilitó sus datos.

La mujer le dio la opción de consultar el libro allí mismo, en cualquiera de las mesas libres. En esta ocasión, fue Clara la que negó con la cabeza. De ninguna manera contemplaba aquella posibilidad, quería estudiar su contenido con atención, y para eso precisaba dedicarle tiempo.

Se marchó con el libro en su bolso y, de camino a su habitación alquilada, pensó en su abuela. Imaginó que, si hubiera podido verla en aquel instante, se habría reído a carcajadas, porque uno de los lugares que su nieta había jurado y perjurado que jamás pisaría era precisamente una biblioteca. Y mucho menos para llevarse un libro prestado. Casi pudo oírla diciéndole: «Nunca digas de esta agua no beberé ni este cura no es mi padre ni este trasto no cabe».

Cuando llegó a su habitación se tumbó en la cama, leyó el prólogo de un tal Carlos Ruiz Zafón, que supuso era un escritor enamorado de los dragones, y lo hojeó. Quedó pasmada al descubrir en él múltiples fotografías y localizaciones de ese animal en Barcelona. Quinientas, según la portada. Para contemplar los dragones, el autor del libro proponía realizar doce recorridos distintos.

Se imaginó al fotógrafo paseando por las calles, cámara en mano, retratando aquellos extraños seres. Había dedicado cuatro años de su vida a capturarlos con su objetivo: él mismo se autodenominaba un «cazador de dragones» y, desde que se publicara aquel libro, ya había encontrado medio millar más. «La ciudad está llena de cazadores de cosas», pensó. Al darse cuenta de que ella también se estaba convirtiendo en una cazadora, en su caso, de un tesoro, se llevó las manos a la cabeza. Sin más demora, escrutó cada imagen al milímetro con el fin de localizar seis dragones idénticos.

La luz que entraba por la única ventana de su dormitorio fue menguando sin que ella se diera apenas cuenta, inmersa como estaba en aquel mundo que acababa de descubrir. Ni siquiera oía rugir su tripa reclamando alimento. Estaba perpleja. Hasta ese momento no se había dado cuenta de que vivía rodeada de dragones. Los había por todas partes, en especial en el Eixample, donde se hallaban aupados en torreones, suspendidos en cimborios, escalando balaustradas, escondidos en grandes vestíbulos de monumentales fincas o vigilando desde balcones, canecillos, cornisas y mirillas. Les daban forma distintos materiales: piedra, madera, hierro forjado, latón, cerámica, mosaico y cemento. También eran diferentes sus características, porque, si bien todos escupían fuego y nacían de un huevo, no todos tenían alas ni coincidían el tamaño o número de patas ni el tipo de cuernos.

Leyó que Barcelona era la ciudad con la representación de dragones más variada del mundo. Contrariada, emitió un chasquido con la lengua y se rascó la cabeza. Intuía que no iba a ser fácil encontrar los seis dragones que buscaba.

A medida que la noche avanzaba, sintió que la cabeza le iba a estallar. Su cerebro no dejaba de torpedearla con preguntas sobre los seis dragones guardianes, para las que no tenía respuesta. ¿Tenían que ser idénticos? ¿Estarían ubicados en el mismo lugar? ¿Estaban elaborados con el mismo material? ¿Se hallaban en edificios de cualquier estilo arquitectónico? O, por el contrario, ¿solo en edificios modernistas? ¿Estaban solo en la ciudad de Barcelona? De todas estas preguntas, la que más la desesperaba era la relacionada con la baldosa que había encontrado: ¿cuál era su significado?

Cerró el libro exhausta y con el cuerpo rígido por haber estado sentada durante horas en la misma postura. Para colmo, tenía la sensación de que se encontraba en un callejón sin salida.

Mientras comía unas galletas saladas, pensó en el bisabuelo que murió en un manicomio y comprendió que enloqueciera buscando el tesoro porque, aunque el libro sugería varias rutas por la Ciudad Condal, iba a llevarle una eternidad explorar todas las localizaciones que mostraba. Y, por si fuera poco, el fotógrafo había encontrado más.

Apagó la lámpara a las tres de la madrugada y renegó del iluminado de su tatarabuelo.

—A quién se le ocurre —protestó en voz alta.

23

Un viernes, Clara salió del trabajo hecha una furia. Estaba harta de su jefe, especialista en encargarle faena a última hora que siempre era urgente. «Para ayer», acostumbraba a decirle con una sonrisa. «Malnacido», callaba ella.

No es que el hombre fuera un desorganizado que no manejaba bien el calendario, sino que, estaba convencida de ello, le gustaba presionarla para ver si perdía el control, renunciaba a su puesto y así le ahorraba el pago de una sustanciosa indemnización. En su opinión, tenía el orgullo herido porque nunca había accedido a acostarse con él. Ni siquiera después de la cena de empresa de Navidad, en la que el alcohol acostumbraba a correr con una ligereza casi ingrávida.

Ella no cedía y soportaba con estoicismo sus embestidas. Cogía aire y tragaba la rabia que le subía por la garganta en forma de palabras cargadas de protestas. No se permitía ni la más mínima muestra de disgusto, que habría sido recibida como un triunfo. Y al salir de su cubículo siempre se aseguraba de dejar en su interior los problemas laborales. Pero ese viernes se marchó dando un portazo. Por culpa de su jefe se veía obligada a trabajar el fin de semana.

Felipe, que había observado la escena, salió tras ella. Le propuso ir a comer juntos y Clara aceptó enseguida, aunque le advirtió de que tan solo disponía de dos horas, porque después había quedado con Bernat para ayudarle en un rescate.

Durante la comida compartieron anécdotas y cotilleos de la oficina. También improperios contra un jefe puesto a dedo por ser el hijo del anterior director. En lo que duró el desahogo vaciaron dos botellas de vino.

Clara se sorprendió al verlas boca abajo en la cubitera, porque no recordaba haber bebido tanto ni haber pedido otra botella. Supo quién lo había hecho al abandonar el restaurante y ver a Felipe. Se tambaleaba y caminaba errante, hasta el punto de que algunos peatones precavidos se apartaban para no chocar con él. Intentó convencerlo de que se marchara a su casa a dormir una siesta, pero él insistió en acompañarla.

Bernat frunció el ceño al verlo llegar y le dirigió a su amiga una mirada interrogativa. Ella se limitó a encogerse de hombros.

—Están aquí —dijo señalando varios montones de baldosas que había junto a un saco de escombros—. Fijaos, son una pasada, un racimo de uva roja con dos hojas de parra verdes. Son de la fábrica de Salvador Tomás.

—¿Cuántas hay?

—Cuarenta. Yo solo no puedo. Ese señor me las ha vigilado para que nadie me las quitase —dijo señalando a un hombre de pronunciada barriga y sonrisa afable.

—Yo también puedo ayudar —se ofreció Felipe tropezando con el saco.

—No, gracias —contestó seco Bernat.

—¿Por qué?

—Tío, ¿tú te has visto?

—Venga ya —dijo Clara poniéndose en cuclillas.

Bernat se agachó y entre los dos fueron colocando las baldosas en el interior de dos mochilas. Felipe intentó colaborar, pero al arrodillarse perdió el equilibrio, se cayó y se quedó sentado en el suelo. Los párpados se le cerraban, y los abría con la lentitud y el esfuerzo de quien empuja hacia arriba una persiana metálica oxidada. Se incorporó con una baldosa entre las manos.

—Efe, deja eso. Tío, se te va a caer.

—De esta uva seguro que sale un buen vino —dijo relamiéndose.

Contra todo pronóstico, logró mantenerse de pie con el cuerpo ladeado y caminó a donde estaba una de las mochilas, pero la brusquedad de un hipo repentino le sorprendió en el camino y soltó la baldosa.

¡Cataplán!

—¡No! ¡Joder, Efe! —gritó Bernat al verla en el suelo hecha pedazos.

—Una menos que cargar.

—¡Serás…!

—¡Calma! —dijo Clara interponiéndose entre los dos—. ¿No ves cómo está? Venga, recojamos y vayamos a tu casa. Necesita cafeína por un tubo.

—Una buena hostia es lo que necesita.

—Haya paz, venga.

Media hora después, los tres amigos llegaron al loft. Clara suspiró aliviada al desprenderse de la pesada carga. Se tumbó y notó que le dolía un montón la espalda. Se preguntó cómo su amigo resistía aquel abuso diario. Mientras Bernat le buscaba un hueco a su nuevo hallazgo, ella preparó una cafetera.

Felipe se fue al cuarto de baño, del que regresó un rato después con la cara y el pelo mojados. Se sirvió una taza de café humeante y bebió.

—Perdóname, Bern, me ha sentado mal el vino de la comida.

—¿Que te ha sentado mal, dices? ¡A ti lo que te sienta mal es la vida!

Clara pegó un bote y se asustó al ver auténtica ira en los ojos de Bernat.

—Jo, tío, lo siento, de verdad.

—¿Que lo sientes? ¡Yo sí que siento verte así! ¡Eres un borracho!

—No, por favor —intervino ella.

—¿No? ¡Sí! ¿Este tiene que ayudarte a encontrar el tesoro? ¡Si no puede ayudarse ni a sí mismo!

—Basta ya, Bern. No estás siendo justo.

—Déjalo, me lo merezco.

—Claro que te lo mereces. Te pasas las noches bebiendo whisky y de día solo aguantas a base de bebidas con cafeína. Mira, sé que fue una putada que tu prometida muriera atropellada a pocos días de la boda. Pero, tío, ¡te has convertido en el borracho que iba al volante!

—Te lo suplico, ¡cierra ya la boca! —pidió Clara.

—¡No!, tiene que oír la verdad de una puta vez. Mira por lo que has pasado tú con tu abuela. O lo que me pasó a mí. Y no vamos bebiéndonos hasta el agua de los floreros, ¡joder! Efe, la vida sucede aquí y ahora, ¿entiendes? ¡Vívela de una maldita vez!

—Lo intento, te lo juro.

—¡Pues esfuérzate más!

—¡Basta! Bern, se te va la olla —dijo Clara.

—Mira, hay más mujeres ahí fuera. ¡Que se busque otra!

Felipe se levantó de golpe. Apretaba los puños con fuerza, y tenía la cara desencajada y roja. Su cuerpo temblaba y de sus ojos cayeron lágrimas que se enjuagó con un brazo. Se acercó a Bernat, lo miró y, cuando Clara pensó que iba a arrearle un puñetazo, se dirigió a la puerta y se marchó sin mediar palabra.

—Te has pasado un montón. Necesita ayuda, no puñales.

—A veces solo se reacciona con un buen golpe.

—¿Tan cruel? Felisa estaba embarazada de cinco meses.

Bernat se llevó las manos a la cabeza.

—No lo sabía —dijo con un hilo de voz.

—Haznos un favor: la próxima vez que le llores a una baldosa rota, muérdete la lengua.

Clara se marchó dando el segundo portazo del día.

24

Enero arrancó sin Felipe. Desapareció sin dejar rastro, como una nube empujada por un fuerte viento. Clara le llamó y le escribió en varias ocasiones, pero no obtuvo respuesta. Tampoco Bernat tenía noticias de él, a pesar de sus innumerables intentos por contactarle y disculparse. A través de un compañero de trabajo Clara supo que de forma repentina se había cogido tres semanas de vacaciones.

Extrañada, acudió a su domicilio en cuanto finalizó su jornada laboral. Pulsó un descolorido botón situado en la parte superior del interfono. Nada. Insistió varias veces con idéntico resultado. Aprovechó que salía un vecino con un perro diminuto que vestía un abrigo rojo con cuatro mangas y capucha, para colarse en el interior del edificio. Subió cinco pisos por una estrecha y oscura escalera con el borde de los peldaños desgastado. Cuando llegó al rellano del ático, sentía que se ahogaba. Se preguntó cómo su amigo podía vivir sin ascensor.

Aporreó la puerta de madera en cuya mirilla de latón, se fijaba en ello por primera vez, había un dragón. Escuchó unos pasos y de pronto vio unos ojos azules que la miraban desde detrás del animal de metal. La puerta se abrió.

—Efe, por fin —dijo abrazándolo.

—¿Qué haces aquí?

—¿A ti qué te parece? Preocuparme por ti. Anda, déjame pasar.

Se adentró en el apartamento con techo abuhardillado y vigas de madera. La recibió una Felisa sonriente desde una fotografía a tamaño natural que colgaba, enmarcada, en la pared. Enseguida se percató de que el piso estaba reluciente. Nunca lo había visto tan limpio ni tan ordenado.

—¿Estás bien?

—Tú estás roja. ¿Un refresco de cola, naranja o limón?

A Clara le extrañó que no le ofreciera cerveza, pero no dijo nada. Eligió agua.

Mientras esperaba a que regresara de la cocina, le llamó la atención una carpeta roja que vio sobre la mesa del comedor. Tenía una esquina doblada y no estaba cerrada con las gomas. Intrigada, abrió la solapa y vio un cuaderno en cuya portada estaban escritas las palabras «desintoxicación», «compromiso» y «valentía».

—Faro de guía —dijo Felipe tendiéndole un vaso.

—¿Has buscado ayuda profesional?

—*Finally* —asintió él poniendo los ojos en blanco.

La invitó a acompañarlo a un diminuto balcón adyacente

al salón. Dos sillones de mimbre ocupaban todo el espacio, iluminados por los últimos rayos de sol del día. Frente a ellos se veía una de las torres de la basílica de Santa Maria del Mar.

Se sentaron y se cubrieron con unas gruesas mantas de lana.

Clara se dio cuenta de que las manos de su amigo temblaban. Un movimiento sutil, pero perceptible. Él la descubrió mirándolo. Ante la evidencia de que padecía abstinencia alcohólica, apretó los labios y se encogió de hombros.

El repique de campanas anunció las cuatro de la tarde. Felipe, con los ojos cerrados, acompañó con una mano la melodía que componían las piezas de metal. Al observarlo tan sumergido en ella, a Clara le embargó una súbita emoción y se le puso la piel de gallina. Sin pensárselo dos veces, grabó el sonido con el teléfono móvil, para después ponerlo como tono de llamada de Felipe.

—Siento mucho lo que pasó con Bern. Está muy arrepentido —dijo cuando las campanas enmudecieron.

—Forma desmedida.

—Es que a veces le pierde su ímpetu. Es por lo de su hermana, ya sabes. No soporta que nadie desperdicie su vida.

—¿Cómo falleció?

—Fue horrible. Sucedió una tarde al regresar a casa en el autocar escolar. Se produjo una explosión en el motor y las llamas se colaron en el habitáculo. La temperatura subió rápidamente y los cristales de las ventanillas se hicieron añicos y se formaron oscuras columnas de humo negro. Él huyó como pudo del vehículo, al igual que los demás niños y niñas, pero Magda quedó atrapada en el interior. Cuando Bern se dio cuenta, intentó regresar a por ella, pero el conductor se lo impidió porque el fuego lo estaba devorando todo. Ella tenía seis años y él, once.

Felipe enmudeció.

—Desde entonces está convencido de que debe vivir por dos. Dice que se lo debe a su hermana.

Estuvieron un rato en silencio, mirando al frente.

—Forma desmedida, pero fondo cierto. A Felisa le horrorizaría verme así.

—¿Cómo puedo ayudarte?

—Sabes cómo —dijo cogiéndole la mano y apretándola.

De nuevo se instaló el silencio. Clara recordó los meses posteriores al fallecimiento de su prometida, en los que ella actuó como un perro fiel. Permanecía horas al lado de su amigo, haciéndole compañía. No le mentía diciéndole que con el paso del tiempo se sentiría mejor ni perdía energía intentando distraerlo. Simplemente se quedaba junto a él, callada, acompañándolo en el dolor. Poco a poco, Felipe fue despertando de su letargo. Aunque, en realidad, ella lo sabía, seguía roto por dentro. Estaba convencida de que la esencia de su amigo se había marchado con Felisa y había dejado, en su lugar, un cuerpo capaz de comunicarse tan solo lo justo. Era como si el accidente hubiera fundido las luces que antes lo encendían. Solo sentía que su amigo seguía allí cuando lo abrazaba. Entonces sí, entonces era capaz de notar su calor y de escuchar los latidos de un corazón todavía vivo.

—Te necesito, Efe —dijo tendiéndole el libro de *La isla del tesoro.*

—*Fuck! A first edition* —dijo con un ligero temblor en la voz.

Sus ojos brillaron del mismo modo en que lo hacían los de Bernat ante una baldosa hidráulica rescatada. «Vaya par de locos», pensó Clara.

Él le confesó que era un ferviente lector de las novelas de Julio Verne, del que hablaba usando su nombre real, Jules Gabriel Verne. Con auténtico deleite y sin escatimar palabras, le contó que aquel escritor había sido un visionario, porque describió con una exactitud asombrosa muchos descubrimientos y logros científicos que no se producirían hasta después de su fallecimiento, como los viajes por el espacio, en globo, en submarino o en helicóptero.

Clara se quedó atónita al saber que se había gastado auténticas fortunas en conseguir primeras ediciones de sus novelas más conocidas. Por desgracia, se lamentaba, algunas tenían precios tan elevados que ni siquiera se había planteado seriamente adquirirlas.

Con una intensidad que no le había vuelto a ver desde antes de la muerte de Felisa, se ofreció enseguida a ayudarla a identificar seis dragones idénticos. Conmovida, Clara accedió. Sacó del bolso el libro del fotógrafo y se lo prestó. Además, le pidió que le echara una mano con su árbol genealógico. Solo conocía el nombre de pila de algunos antepasados y quería saber de dónde venía. Necesitaba sentir que, si bien su vida era fruto de un accidente, tenía una familia más allá de su abuela.

Cuando Clara se marchó de la casa de Felipe, deseó haberle lanzado el mejor flotador con el que podía soñar un náufrago en alta mar.

25

El sábado por la mañana, cuando el sol atravesaba la maltrecha persiana de la ventana del dormitorio de Clara, su teléfono móvil vibró y la despertó. Molesta, soltó un resoplido y cogió el aparato. Había recibido un mensaje de Felipe. Perpleja, miró el reloj en la parte superior de la pantalla y vio que eran las ocho y media de la mañana. Extrañada, se incorporó en la cama y leyó el cuerpo del mensaje; «funny», decía. Había un documento adjunto, con distintas direcciones y anotaciones:

Avenida del Tibidabo, 21 (Torre Salvador Andreu), 1918. Cornisa, piedra. Tres parejas, uno frente a otro.
Paseo de Sant Gervasi, 51-53 (La Rotonda), 1906. Seis dragones sobresalen del templete.
Boqueria, 1 (Casa dels Paraigües), 1898. Cimborrio, piedra.

Diputació, 310. Esculpidos en fachada.

Paseo de Gràcia, 75 (Casa Enric Batlló), 1896. Barandillas hierro forjado, plantas primera a cuarta.

Rambla de Catalunya, 17, (Casa Pia Batlló), 1896. Barandilla piso principal, hierro forjado.

Se rascó la cabeza, sorprendida por la rapidez de su amigo. En ese instante comprendió que, mientras ella dormía plácidamente, él había estado de lo más entretenido. Tras quitarse las legañas de los ojos le respondió dándole las gracias y le dijo que era el mejor. Felipe le contestó con un emoji de cara sonriente.

Acto seguido se levantó, se vistió con ropa cómoda y se calzó unas zapatillas de deporte negras recién compradas que conjuntaban con unas muñequeras de tenis de la misma marca. Después, sustituyó su bolso habitual por una pequeña mochila de la que colgaba un llavero con un mono.

Se acercó a la cocina para desayunar algo, pero enseguida cambió de idea. El fregadero estaba repleto de platos, vasos y cubiertos sucios, y la basura rebosaba. Por si esto no dañara lo suficiente la vista, en una pequeña mesa y en la encimera había varias cajas de cartón con trozos de pizza resecos en su interior, así como múltiples latas de refresco y de cerveza vacías.

Dio media vuelta.

Mientras desayunaba un café con leche y un cruasán en una cafetería de la calle Blai, ideó un recorrido para visitar los seis edificios de la lista. Cuatro estaban ubicados en el Eixample, uno en el barrio Gòtic y otro en Sant Gervasi. Decidió que iría corriendo de un sitio a otro.

Regresó a su piso por la tarde, agotada, dolorida y hambrienta, pero también con una sensación de satisfacción hasta entonces desconocida. Por primera vez en su vida había cruzado la ciudad de sur a norte y de norte a sur sin necesidad de tomar ningún medio de transporte. Aunque las piernas le temblaban, se sentía orgullosa de sí misma, y eso la complacía.

Después de una merecida ducha y de devorar un *durum* mixto de pollo y ternera con salsa picante, se sentó en la cama. Estuvo un rato reflexionando sobre todo lo que había visto y mirando las fotografías que había hecho con la cámara de su teléfono móvil.

Las fachadas de aquellos edificios le habían resultado llamativas y se había dado cuenta de que nunca se paraba a observar nada. Transitaba por las calles de la ciudad sin reparar en los múltiples detalles que la dotaban de una fuerte personalidad. ¿Cómo, si no, podía explicarse su sorpresa al enterarse de que Barcelona estaba repleta de dragones? Ante la vergüenza que le provocó reconocer que los turistas valoraban más su ciudad que una barcelonesa como ella, se prometió que empezaría a mirar su entorno de otro modo.

Por desgracia, de las seis visitas no obtuvo ninguna pista. El tesoro podía estar oculto en cualquiera de aquellos edificios o en ninguno.

El lunes, Felipe cumplió con su segundo encargo. En esta ocasión envió un correo electrónico, cuyo texto decía: «Factible, funcionaria fiable», en relación con una mujer que trabajaba en el Registro Civil y a la que conocía a través de un colega.

Clara enarcó las cejas, no porque esperara menos de él, sino porque no dejaba de sorprenderla su capacidad para expresarse con palabras iniciadas por la letra efe. Tenía que reconocer que en esta ocasión se había superado a sí mismo. Imaginó la reacción de Bernat en cuanto se lo contara: se iba a desternillar.

Aunque al cabo de media hora tenía una reunión de departamento, se dispuso a ver el archivo adjunto, titulado «Genealogía Clara». La mano le temblaba cuando con el cursor del ratón pulsó los botones de descarga y de apertura. Recorrió la lista referente a su familia materna, que era la única que podía consultar. En su partida de nacimiento figuraba «padre desconocido», porque Elisenda nunca reveló su identidad.

Ante sus ojos apareció una serie de nombres y apellidos, con los años de nacimiento y fallecimiento indicados entre paréntesis: Florencio Vera Moya (1870-1911), casado con Hermenegilda Pascual Vidal (1872-1955); Román Vera Pascual (1889-1933), casado con Angustias Gil Casas (1903-1963); María Teresa Vera Gil (1933-2015), casada con Benito Alonso Torres (1930-1982); Elisenda Alonso Vera (1957-1982); Clara Vera Alonso (1982).

Al leer los nombres de su madre y de su abuela, sintió un nudo en la garganta. Los ojos empezaban a humedecérsele cuando la reclamaron con un grito proferido desde el otro lado de la puerta de su despacho. Se incorporó de un salto, cogió un bolígrafo y una libreta, y se marchó a la reunión de equipo, un suplicio al que se veía obligada a asistir cada inicio de semana.

Al finalizar la reunión, las tripas le rugían. Como era habitual, el orden del día no se había respetado y se había desperdiciado el tiempo en comentar cosas que, a su parecer, podían haberse resuelto con una buena planificación previa. Estaba convencida de que estaba rodeada de incompetentes a los que les encantaba hablar de lo mucho que trabajaban, aunque trabajar era lo único que no hacían. Su abuela ya se lo advertía: «Dime de qué presumes y te diré de qué careces». Por fortuna, su jornada había terminado, así que apagó el ordenador, cogió sus cosas y se marchó. Tenía prisa.

Al llegar a casa, se encerró en su habitación sin comer nada y se sentó en la cama, con la espalda apoyada en la pared. Colocó el ordenador portátil sobre sus piernas, abrió internet y, en un buscador, introdujo una consulta. Buscaba información sobre la Barcelona de finales del siglo XIX y principios del XX.

Su intuición le indicaba que, si su tatarabuelo había decidido esconder algo, pudo deberse a circunstancias externas que le infundieron miedo o inseguridad. Al fin y al cabo, había visto un documental en el que se explicaba que, años después de la Guerra Civil, algunas personas habían descubierto fajos de dinero y joyas escondidos en paredes de casas pertenecientes a familiares exiliados o fallecidos durante la contienda.

Navegó por la red durante horas y lo único que le quedó claro era que no le habría gustado vivir en aquella época. Cuanto más leía, más comprendía que Barcelona había estado atravesada por luchas obreras, rebeliones populares, represiones arbitrarias y condenas desmedidas, y todo aderezado con altas dosis de violencia en un sentido u otro. Tanta, que Barcelona fue apodada a nivel internacional como la «Rosa de Foc».

En aquel contexto, pensó, era normal que alguien —en este caso, su tatarabuelo— escondiera objetos valiosos. Lo que no lograba comprender era que lo hubiera ocultado detrás de un enigma del que solo él conocía la solución.

—Florencio Vera Moya, si no estuvieras muerto, ¡te mataba yo! —exclamó.

26

Clara estaba sorprendida por el inusual calor del mes de febrero. Desde hacía algunos días, las temperaturas diurnas habían rebasado los 25 °C y la habían obligado a vestir con ropa primaveral. Comprendió lo que sucedía cuando oyó al hombre del tiempo explicar que habían llegado a la Península masas de aire cálido tropical a través de un pasillo generado por dos anticiclones.

Aprovechó esta extraña circunstancia para estrenar su última adquisición, dos brazaletes negros con hebillas que tenían incrustados sendos dragones plateados, de ojos rojos y afilados dientes. Los había descubierto hacía unos días en una tienda de las galerías Maldà donde vendían guantes, armaduras, máscaras, escudos, arcos y flechas. Siempre estaba abarrotada porque, gracias a diversas series de televisión, se habían puesto de moda extraños atuendos, inspirados en un mundo de fantasía que solo algunos aseguraban su existencia.

Salió temprano de su piso compartido. Caminaba rápido por andenes y túneles del metro, y observaba cómo el brillo de los dragones atraía y repelía miradas por igual. Sonreía para sí misma. Le gustaba infundir cierto respeto en el prójimo y sabía que su estética oscura mantenía a la gente alejada, al otro lado de una barrera invisible que reducía las posibilidades de que alguien se le acercara y la dañara.

Aquella mañana, el único contrapunto de su atuendo era una bolsa de tela de rayas verdes y rojas que colgaba de su brazo. Contenía varias fiambreras llenas de comida cocinada por ella misma la tarde anterior, en casa de Bernat. Este comprendía que la cocina de un piso de estudiantes donde ella vivía no era el lugar ideal para que Clara diera rienda suelta a sus guisos y aderezos, y acordaron que le cedería la suya dos tardes a la semana. A cambio, solo pedía alguna ración.

Clara compró los ingredientes en un supermercado cercano al loft y utilizó su método particular para recordar qué necesitaba: a partir del resultado, que era capaz de visualizar e incluso saborear, desgranaba los distintos componentes y los ordenaba en una lista mental, en función del tipo de alimento del que se tratara. Después, recorría los pasillos en su búsqueda y, cuando los encontraba, los introducía en el carro. Solo se permitía improvisar y alterar el menú elegido si algún producto estaba de oferta.

Luego se dirigió al piso de Bernat y se puso su delantal con dibujos de frutas y un bolsillo frontal que nunca entendió para qué servía. No tardó en invadirla una profunda calma, como le sucedía cada vez que cocinaba, a medida que perfumaba el ambiente con distintos aromas. Se relajaba siempre tanto que incluso canturreaba canciones de su infancia, que aprendió de su abuela. Una hablaba de un ratón que encontró Martín debajo de un botón; otra, de los tres gatos que Don Melitón hacía bailar sobre un plato. Las cantaba de memoria y, cuando prestaba atención a la letra, sonreía al reparar en su inocencia.

Antes de marcharse, dejó un papel sobre la encimera de la cocina en el que había anotado los platos que había cocinado, de los que su amigo encontraría una ración en la nevera: *trinxat*, espinacas a la catalana, *sanfaina*, fricandó y guisantes con butifarra negra. Había utilizado las recetas de su abuela, que custodiaba como el más preciado de sus bienes.

El resto de las fiambreras eran para ella y para Ágata, ante cuya puerta detuvo sus pasos al día siguiente. Aunque eran las siete y media de la mañana, intuía que ya estaría despierta. Llamó al timbre y esperó.

—El día no puede empezar mejor —dijo la anciana al verla.

Iba en camisón y comentó que ya llevaba una hora despierta. Al sonreír, descubrió una boca sin dientes.

A Clara ese gesto de alegría desdentada la reconfortó, porque le recordó a su abuela, aunque también le provocó una punzada de nostalgia que reprimió de un manotazo.

Depositó un beso en la arrugada mejilla de la mujer y le tendió la bolsa.

—Comida para algunos días. Regresaré el viernes.

Ágata la miró perpleja, y antes de que pudiera decir nada, Clara se dio la vuelta y se escabulló escaleras abajo. Tenía prisa, dijo, al cabo de media hora debía estar en su puesto de trabajo. A su espalda, los ojos de la anciana se humedecieron. Sujetaba la bolsa con manos temblorosas de gratitud.

27

Clara miraba el escaparate de la concurrida tienda esotérica Karma, uno de los reclamos de la avenida del Paral·lel. A diferencia de las personas que entraban y salían de ella, Clara no creía que hubiera nada después de la muerte. Jamás le había tentado la idea de un paraíso, ni tampoco le había asustado la amenaza de un infierno. Estaba convencida de que, al morir, solo había silencio, y no entendía la obsesión de algunas personas por contactar con un supuesto más allá. Mucho menos comprensible le resultaba la existencia de la ouija, un juego consistente en hablar con hipotéticos espíritus que vagaban por la Tierra.

Sin embargo, le habría gustado tener la oportunidad de preguntarle a su madre por qué prefirió destruirse, en lugar de criar a su bebé. Por qué le dio más poder a un mal hombre que a su recién nacida hija. No se martirizaba con ello, sabía que las drogas anulaban la voluntad de una persona y la convertían en un ser ingobernable. Aun así, le habría gustado preguntárselo. Saber si se arrepentía de su decisión.

Sí, hubiera querido conocer al ser humano que se ocultaba en el interior de Elisenda, porque, cuando pensaba en ella, solo sentía desprecio. Detestaba su debilidad, su dependencia de un desgraciado que la desechó con la misma facilidad con la que se tira un pañuelo de papel después de utilizarlo. Sabía que no era justa, pero prefería no creer en la posibilidad de contactar con ella. Era mejor para las dos que las cosas continuaran como estaban.

No obstante, sí le habría gustado poder hablar con su abuela. No la de años atrás, cuya memoria iba y venía. Mucho menos la de los últimos meses, con la cabeza ya totalmente ida. Lo que de verdad le hubiera agradado habría sido charlar con la mujer fuerte, divertida y cariñosa que fue. La que le sonreía a la vida a pesar de los golpes que esta le asestaba. La que tuvo el valor de mantener una relación con Ágata y la capacidad de renunciar a ella por dignidad personal.

Sí, habría estado hablando horas y horas con su abuela. Porque, más allá de querer compartir con ella vivencias y confesiones, Clara necesitaba respuestas. Entender de qué iba toda aquella historia del tesoro escondido.

En un momento de debilidad, a punto estuvo de entrar y comprar un tablero ouija, pero su teléfono móvil sonó. Miró la pantalla y vio un mensaje de Felipe: «Farmacia Bolós. Rbla. Cat. 77. Fly!». Se inquietó y corrió a la parada de metro de Poble Sec. Se subió a un tren en dirección a Trinitat

Nova y se bajó siete paradas después, en la estación de paseo de Gràcia. Corrió hasta la esquina de rambla de Catalunya con la calle València, en la que se hallaba la farmacia en cuestión.

Su amigo la esperaba junto a la puerta.

—Efe, ¿qué te pasa? —preguntó con la respiración entrecortada.

—Frenadol —respondió él mostrándole una caja naranja. Tenía la nariz roja y congestionada.

—¿Me has hecho correr porque tienes mocos?

¡Brrrum, brrrum!

Clara reconoció el inconfundible sonido del motor de la Vespino de Bernat y se giró de forma automática. Vio cómo aparcaba sobre la acera y después aseguraba la motocicleta con un candado que unía el manillar y el sillín, en el que enganchó su casco.

—¡Ya estoy aquí! —dijo abriendo los brazos—. ¡Qué ilusión que me hayas escrito! Se me fue la pinza, tío. Lo siento mucho, ¡de verdad! —Agachó la cabeza frente a él, en un gesto de arrepentimiento.

—*Forgiven* —le dijo Felipe dándole unas palmadas en la espalda.

Bernat lo miró con lágrimas en los ojos, lo abrazó y le besó el cuello varias veces.

—¿Tan fácil? —preguntó ella con ironía—. Efe, como mínimo, deberías hacerle tragar una de sus baldosas.

Los tres rieron.

—Bueno, ¿por qué tanta urgencia? —preguntó.

Felipe señaló la farmacia.

Clara la observó. Tenía una puerta de madera con tres paneles de vidrio emplomado. En ellos se veía un árbol con cuatro letras a cada lado, que, unidas, formaban la palabra «Novellas». Más tarde descubriría, gracias a Gisela, que aquel era el apellido del primer propietario de la farmacia. Se la vendió a Antoni de Bolós i Vayreda, cuyo primer apellido figuraba sobre la puerta, en un letrero rodeado de adormidera.

A través de los cristales vio un mostrador de caoba, vitrales, vitrinas con forma ondulada y pinturas murales. Emitió un silbido de asombro ante la belleza de aquel establecimiento modernista, reconocida en una placa cuadrada de metal que había situada en la acera. Había sido otorgada por el Ayuntamiento de Barcelona en agradecimiento a los años de servicio a la ciudad.

Clara vio cómo Felipe entraba con paso decidido y le siguió.

—¡Oh! —gritó en cuanto cruzó la puerta.

Se tapó la boca con las manos, pero eso no evitó que se convirtiera en el centro de atención de la clientela que hacía cola frente al mostrador.

—¡Menudo estornudo! —dijo Bernat para salvar la situación.

Funcionó, pues la gente dejó de mirarla.

—Fascinante, ¿verdad? —le susurró Felipe al oído.

—¿Cuántos habrá? —preguntó ella en voz baja.

Bajo sus pies había un pavimento hidráulico repleto de baldosas con el dragón diseñado por Lluís Domènech i Montaner. El dibujo se alternaba con otro, y el contorno, con unos simulados flecos, le confería al conjunto la imagen de una alfombra.

Vio el mismo suelo en cada una de las tres salas de la farmacia, separadas por arcos de madera tallada, con vidrieras florales a ambos lados. Caminaba con cuidado, sintiendo algo parecido al pudor por pisar una obra de arte.

Observó la decoración de la farmacia y comprendió que aquel lugar evocaba una época de esplendor situada más de un siglo atrás. Vio representaciones de plantas y flores medicinales y, en una de las paredes laterales, cuatro apellidos que pertenecían a los farmacéuticos admirados por Novellas: Fors, Carbonell, Scheele y Lemery. Los acompañaban una copa y una serpiente, símbolos de la ciencia farmacéutica.

Bajo la atenta mirada de los dependientes, acostumbrados a turistas que se colaban en la farmacia simulando ser clientela, Felipe la agarró del brazo con suavidad y la condujo a la sala dedicada a la homeopatía. Se situó justo detrás de la vitrina de la izquierda y señaló un lugar concreto del suelo.

Clara gritó.

Ante sus ojos, un dragón invertido. Se quedó absorta y en silencio, hasta que una dependienta se les acercó y les indicó que el horario de apertura había finalizado.

En cuanto les dio la espalda, Bernat tomó varias fotografías con su teléfono móvil y, ya en la calle, se las envió a Gisela, junto con dos signos de exclamación. Al instante, sonó su teléfono.

Quedaron para cenar los cuatro, al cabo de una hora, en el café de la Pedrera, situado a tan solo seis minutos a pie de la farmacia. Los tres amigos decidieron esperarla allí. Mientras Bernat y Felipe aprovechaban para escribir algunos mensajes y consultar las redes sociales, Clara miró a su alrededor. Era la primera vez que estaba en el interior de la Pedrera, ya que siempre había asociado el edificio con largas colas de turistas de las que prefería huir. Por fortuna, hacía algunos años que aquel local había abierto sus puertas a los barceloneses y había recuperado los comedores de la antigua pensión Hispano-Americana, de más de un siglo de antigüedad.

Disfrutó de las espectaculares vistas del paseo de Gràcia que ofrecían los amplios ventanales y sintió que su cuerpo se relajaba. Se deslizó por la butaca hasta apoyar la cabeza en el respaldo y miró el techo ondeante, que le recordó las olas. Pensó que Gaudí era un auténtico genio.

Gisela se incorporó al grupo, ávida de una buena cena entre amigos tras una larga jornada corrigiendo exámenes.

—Contádmelo todo —dijo a modo de saludo.

Mientras esperaban a que les trajeran la comida, Clara la puso al día del descubrimiento de Felipe. Este sonrió satisfecho y alzó su vaso de zumo de tomate, contra el que Bernat y las dos mujeres chocaron unas copas de vino tinto.

—Gisela, ¿qué sentido puede tener un dragón invertido en una farmacia? —preguntó Bernat.

—Lo desconozco. Me sorprendería que se tratara de una equivocación, puesto que la decoración del lugar está estudiada al milímetro. En este artículo —dijo enseñando la pantalla de su teléfono móvil— se explica que en ella colaboraron prestigiosos artesanos de la época, como los pintores Marcel·lí Gelabert i Lluís Brú, o los vidrieros de Rigalt i Companyia.

—Y Escofet —añadió Clara.

—Así es. No hay duda de que la decoración del establecimiento tiene la armonía simétrica y la elegancia propias del Modernismo de principios del siglo pasado. Incluso hay connotaciones simbólicas. ¿Habéis visto el naranjo?

—¿El de la puerta principal?

—Ese. La medicina tradicional le atribuía la curación de la fiebre y la sedación.

—Es la farmacia más bonita que he visto en mi vida —dijo Clara.

—Fabulosa —corroboró Felipe.

—Pues se salvó del derribo de milagro —dijo Gisela poniendo los ojos en blanco.

—¿Qué?

—Lo leí hace poco. Por fortuna, gracias a su alto valor artístico, el ayuntamiento decidió conservarla. Aunque fue el actual propietario, Jordi de Bolós Giralt, quien asumió la práctica totalidad de la restauración. Invirtió una importante suma de dinero, incluso tuvo que vender su piso para hacer frente a los gastos de esa inmensa tarea de rescate.

—¡Es una vergüenza! —dijo Bernat. Los demás asintieron.

—Por cierto, cariño —le dijo Gisela a Clara—, no he conseguido averiguar nada sobre la trepa del dragón invertido. En Mosaic Girona me han dicho que reproducen el diseño original desde hace poco y que no les consta que lo haga nadie más.

—Gracias por intentarlo.

—Un placer.

Dado que todos tenían que madrugar al día siguiente para ir a trabajar, la velada finalizó temprano.

Clara regresó a su piso compartido con una sonrisa en los labios: Gisela la había invitado a su casa para enseñarle su colección particular de objetos modernistas. Aunque no había concretado fecha, sabía que tarde o temprano visitaría su guarida.

28

Clara odiaba los domingos. La ciudad parecía volcarse en la vida familiar y los parques y plazas se llenaban de seres diminutos moviéndose sobre todo tipo de ruedas. «¡Si al menos lo hicieran en silencio!», se decía. No es que no le gustara el ruido, lo había buscado en muchas ocasiones, en locales nocturnos que superaban con creces el límite de decibelios legalmente permitido. Lo que le molestaba sobremanera eran los testimonios de infancias alegres, con progenitores cargando a hombros a sus criaturas o aupándolas para que dejaran de tocar el suelo con los pies. Pruebas de que era posible una niñez sin más preocupaciones que las de decidir por qué árbol trepar o a qué jugar.

La suya había sido una infancia difícil, marcada por las estrecheces económicas e infinitas horas de estudio. Era la única manera de garantizarse siempre una puntuación alta y, de este modo, tener acceso a las becas. «A mente aplicada, recompensa asegurada», le decía siempre Teresa.

Los compañeros del colegio la tachaban de empollona y la evitaban, seguramente porque con su perseverancia evidenciaba la mediocridad de los demás. A pesar de que la afearan, la niña había crecido deseando ser una de ellos, dedicar las tardes a pulsar el interfono de cualquier desconocido para luego huir calle abajo. Tropezar en el asfalto y abrirse la rodilla en la caída. Regresar a casa herida pero contenta porque había vivido una gran aventura.

Sí, odiaba los domingos. Consideraba que lo mínimo que podía hacer la gente feliz era disimular. Aunque solo fuera como gesto solidario hacia quienes eran, o habían sido, desgraciados. No es que sintiera lástima de sí misma; al fin y al cabo, había contado con el infinito cariño de su abuela, al menos hasta que el Alzheimer empezó a nublarle el cerebro. Simplemente, no soportaba que nadie le recordara que ella había sido una niña distinta, con una madre muerta y un padre desconocido.

Aquella mañana de domingo de finales de invierno se le estaba antojando una pesada losa con la que lidiar. Era el único día de la semana en el que el piso que compartía parecía habitado. Sus ocupantes, con aspecto demacrado y aliento de ultratumba, deambulaban por las estancias comunes y eso la molestaba. Quería estar tranquila y no tener que mantener conversaciones estúpidas sobre conquistas y juegos con el alcohol como protagonista. Le habría gustado salir a correr y perderse por la ciudad, pero llovía y eso la deprimía todavía más. Se sentía agobiada, encerrada en su habitación como una pantera enjaulada.

Harta de mirar al techo, pensó en quedar con Felipe, pero recordó que no regresaría hasta mediodía de un retiro de fin de semana con su grupo de alcohólicos anónimos.

Llamó a Bernat. Lo pilló a punto de salir de casa, rumbo a un encuentro con una rescatadora de baldosas hidráulicas. Su amigo se había propuesto catalogar todas las piezas que pudiera y quería ver su colección. Clara se apuntó a la visita sin dudarlo. Si había más locos como él, quería conocerlos.

Se encontraron en Horta, en el exterior de la parada de metro. Bajo un paraguas de tela negra con calaveras blancas, se encaminaron hacia la Baixada de la Plana y se detuvieron frente a una puerta sin nombre ni timbre, que él golpeó con los nudillos.

Abrió una mujer de escasa estatura y con una larga cabellera rosa. Los observaba a través de unas gafas verdes de cristales redondos.

—Tú debes de ser Bernat. Bienvenida, monocromo —dijo después de repasarla de arriba abajo. Clara se limitó a saludarla con un movimiento de cabeza.

—Mi queridísimo templo —les dijo Anna mientras señalaba el interior con un gesto teatral.

—¡Mi madre!

—Pues sí que parece un templo —afirmó Clara—. Bern, deberías ordenar también las tuyas —añadió dándole un codazo.

Ante sus ojos se abrió un espacio diáfano con claridad natural, gracias a un techo acristalado. Sobre el suelo reposaban columnas de metro y medio de altura formadas por numerosas baldosas hidráulicas, apoyadas unas sobre otras en perfecto equilibrio. Formaban una cuadrícula y un estrecho pasillo central dividía en dos el espacio.

—Tengo más de cuatro mil baldosas —informó orgullosa—. Y unos quinientos modelos distintos. Ordeno las piezas según su diseño. A la izquierda y en primer lugar —dijo señalándolas—, las baldosas lisas de un solo color. A continuación, las de dibujos geométricos. A la derecha, las que tienen motivos florales, que son las más numerosas. Después, las que contienen animales. Seguidme.

Avanzaron por el pasillo en dirección a un extenso mural. Sobre una base de corcho había centenares de fotografías sujetas con chinchetas. Anna les explicó que cada imagen se correspondía con un modelo distinto de baldosa y que, debajo, anotaba el lugar del hallazgo, la fecha, el número de ejemplares y, en caso de conocerlo, el nombre de la fábrica. Detrás, el lugar en el que estaba amontonada.

—Por aquí —les dijo.

Accedieron a la sala contigua a mano derecha. Al cruzar el umbral, Anna dio un traspié.

—¡Uy! Un día me abriré la cabeza —bromeó—. ¡Mi jardín! —anunció extendiendo los brazos.

De una pared colgaban numerosas baldosas enmarcadas. Sobre el suelo había distintas composiciones con motivos florales. Algunas estaban formadas por cuatro piezas; otras, por muchas más.

—¡Qué maravilla!

—¿Verdad que encandilan? —constató satisfecha—. ¡Son una cura para el alma!

Clara la miró estupefacta. Recordó entonces que su amigo le había comentado que aquella mujer, además de maestra de Ciencias Naturales, era también terapeuta hortícola. Utilizaba el huerto y las flores como herramientas para conectar a sus pacientes urbanitas con la naturaleza, que, sostenía, tenía un efecto muy beneficioso. Proporcionaba relajación, bienestar emocional y paz. Clara discrepaba. Creció rodeada de plantas, con sus consiguientes insectos polinizadores y pequeños depredadores, que se dedicaban a asustarla con sus repentinas apariciones.

—¿Desde cuándo rescatas baldosas? —preguntó Bernat, deslumbrado ante la cantidad de piezas.

—Empecé hace seis años. Quiero reforzar la terapia con la ilusión óptica de una alfombra floral. Pero hasta ahora no he conseguido un modelo entero.

—¡Tienes diseños de todo tipo!

—Sí, recojo cuanto encuentro en buen estado. Luego lo intercambio con otros rescatadores de baldosas hidráulicas. ¡Como si fueran cromos! —rio—. Bueno, ¿qué es exactamente lo que quieres hacer con mis baldosas?

—Catalogarlas. Forman parte del patrimonio histórico y artístico de la ciudad. No deben perderse.

—Pues ya puedes darte prisa, porque la especulación inmobiliaria provoca muchísimas reformas de pisos. Cada día se tiran a la basura centenares de baldosas —dijo llevándose las manos a la cabeza.

—Acaban destruidas en una planta de trituración. ¡No lo comprendo! Con el auge del Modernismo se crearon diseños osados e innovadores, impensables en otra época. ¡La gente no los aprecia!

—Le he dado vueltas a este tema, ¡muchísimas! Quizá sea porque, como la baldosa se pisa, no se le da importancia. O porque, como está hecha de cemento, se considera algo vulgarísimo. ¡La gente prefiere el parquet!

Clara asistía atónita a aquella conversación. Pensó que Bernat había encontrado a su alma gemela. Soltó un resoplido y decidió alejarse de ellos, no fuera a contagiarse. Se acercó a una de las paredes para mirar de cerca las flores de cemento coloreado. Vio margaritas amarillas con el interior marrón, claveles rojos, rosas amarillas, cardos y campanillas grises. Cruzó la sala y observó el muro de enfrente. Sostenía baldosas con hojas de castaño de indias, de acanto, de plátano de sombra, de morera. También vio una forma extraña de color anaranjado que le recordó a un coral.

Al ver que Bernat y Anna continuaban enfrascados en su conversación, se dirigió a la sala contigua y se plantó frente al mural. Estaba dividido en cuatro secciones, de acuerdo con las categorías con las que se habían ordenado las baldosas. Miró las imágenes y, además de flores y hojas, vio triángulos, cuadrados, rectángulos y círculos. Se entretuvo en la parte animal y vio libélulas, mariposas, cisnes, abejas, lagartijas, murciélagos y dragones.

—¡Es igual! —gritó de pronto.

Ante sus ojos, un dragón invertido.

Anna y Bernat se acercaron con la mirada interrogativa, pero como no podía articular palabra, señaló la fotografía.

—¡Increíble! ¿Todavía tienes esta baldosa?

—Deja que mire —dijo Anna cogiendo la fotografía del mural. En la parte de atrás tenía enganchada una pequeña pegatina, redonda y de color verde, con un número y una letra—. Eso parece, y solo tengo un ejemplar. Tiene que estar en aquella pila.

La mujer se deslizó con cuidado entre las columnas de baldosas y se detuvo delante de una de ellas. Cogió la pieza que había en la parte superior, que representaba un camaleón, y la depositó en el suelo. Sobre esta fue colocando las que iba sacando del montón.

—Hache ocho, ¡tocado! —dijo mostrando el dragón—. Para ordenar las baldosas, me inspiré en el juego de hundir la flota —rio.

Sopló para liberar el polvo que se había acumulado en la superficie.

—Es el mismo —constató Clara con un hilo de voz.

—Vaya, no eres de hielo.

En otras circunstancias habría sido implacable con aquella desconocida, pero estaba tan abstraída palpando la pieza que hizo oídos sordos. Se fijó en la parte trasera de la baldosa, pero los restos de mortero no permitían ver si había algún sello de fábrica.

—¿Nos la podemos llevar? —preguntó Bernat.

—Ni regalo ni vendo baldosas. Solo las cambio. ¿Llevas alguna ahí dentro? —le dijo señalando su mochila.

Bernat negó con la cabeza.

—Podrías dárnosla y venir un día a mi casa a elegir la que más te guste de mi colección —le propuso—. Así te explicaré con calma mi plan de catalogación.

—Qué descaradísima manera de pedirme una cita —observó Anna con un atisbo de sonrisa.

Bernat se marchó con una cita marcada en el calendario y Clara, con un segundo dragón. Cogió el teléfono móvil y escribió: «Hallado otro invertido. ¿Te vienes al loft? Cocino».

Recibió dos respuestas afirmativas.

29

Los días pasaban sin que Florencio tuviera noticias del misterioso señor que le había confiado centenares de monedas de oro. Poco a poco, la superficie de la bolsa se cubrió de una capa de polvo gris que la integró en el entorno y la sepultó.

Una mañana, el mosaísta vio un corrillo en la entrada de la fábrica. Extrañado, se acercó a sus compañeros. Un mozo de almacén le contó que el comercial había desaparecido y que había dejado numerosos pedidos sin atender. Los clientes empezaban a impacientarse y, con una Barcelona en plena ebullición urbanística, la situación era insostenible.

Dos días después, el cuerpo sin vida del comercial flotaba en el río Besòs. Lo habían apuñalado varias veces y había muerto desangrado. El impacto en la fábrica fue tal que en todo el día no se habló de otra cosa. Florencio estaba conmocionado. Se preguntaba quién querría matar a un simple vendedor de baldosas hidráulicas y por qué motivo.

A la mañana siguiente, cuando se disponía a cargar en la vagoneta un tendedero con seis baldosas, le sorprendió un ataque de estornudos más fuerte de lo habitual. Tan violento fue, que las piezas cayeron al suelo y no pudo evitarles su triste destino: hacerse añicos al chocar contra el suelo. Florencio maldijo su torpeza, que le iba a suponer trabajar varias horas extra y un mordisco en su jornal. Se sonó con el pañuelo y se agachó para recoger los trozos. Incluso dentro de los sacos de pigmento encontró algunos. Al ver la bolsa de piel completamente mimetizada con el entorno se llevó las manos a la cabeza, asaltado de pronto por un mal presentimiento. Se incorporó y paró para almorzar. Necesitaba que le diera el aire.

Hojeando un periódico mientras comía su bocadillo, en la sección de sucesos vio una noticia que captó su atención. Narraba el hallazgo del cadáver de un operario de una prestigiosa fábrica de mosaico hidráulico y mostraba una fotografía del fallecido. Era el hombre de la bolsa. Florencio se puso tan nervioso que se le atragantó el trozo de bocadillo que había ingerido segundos antes y a punto estuvo de ahogarse. Tras expulsar el bocado y toser, le dio un ataque de estornudos. Sus compañeros contaron hasta veintiséis seguidos, algo desmesurado incluso para alguien experimentado como él. De pronto sin hambre y con los ojos y la nariz irritados, envolvió lo que quedaba de su almuerzo y se marchó. Regresó a su puesto de trabajo con las manos temblorosas, la respiración agitada y el cuerpo cubierto de sudor. Por primera vez en su vida de mosaísta deseó que la jornada pasara rápido. Incluso se alegró de haber quedado con Tomás.

Al salir, se dirigió como un autómata al encuentro de su amigo, que ese día no pudo seguir el ritmo bebedor del mosaísta ni pareció percatarse de su alterado estado de ánimo.

—Las reivindicaciones obreras son continuas. ¿Cómo es posible que los patronos sigan cometiendo arbitrariedades y abusos? —protestaba Tomás.

—...

Florencio bebía en silencio.

—¿No dices nada? Claro, ¡tú tampoco lo entiendes! Al final me darás la razón: la violencia es la única manera de conseguir mejoras.

El mosaísta no contestó, sumido en un debate interno sobre si confesarle o no a su patrono lo sucedido. Sentía que solo cabía la segunda opción, porque la bolsa era un claro móvil de asesinato que le señalaba con los dedos de ambas manos. Aunque intentara defender su inocencia, nadie le creería. Era un trabajador entre tantos, del que solo se esperaba obediencia y una vida austera.

Esa noche no logró conciliar el sueño. Dio vueltas y vueltas entre las sábanas y su cabeza no paraba de pensar. Sabía que tenía que deshacerse de la bolsa porque, si alguien la descubría, sus peores temores se harían realidad. Pero también tenía claro que nadie en su sano juicio renunciaría a un tesoro como aquel. Y menos aún si había tenido que trabajar muy duro para sacar adelante a su familia. No obstante, sabía que, aunque se quedara con la bolsa, jamás podría utilizar su contenido. Ni el mejor mosaísta del mundo podría pretender tener ahorros transformados en oro. Era tan inconcebible como altamente sospechoso.

Agitado, se levantó de la cama. Se mojó la cara con agua e intentó calmar los ánimos. Con la respiración normalizada, se dirigió al cuarto de Román, que descansaba plácidamente y emitía un leve ronquido. Se sentó en el suelo, junto a la cama, y observó cómo dormía. Pensando que su hijo tenía toda una vida por delante, lo tuvo claro: hallaría el modo de guardar el tesoro para que pudiera disfrutar de él algún día.

30

El tiempo pasaba sin que el mosaísta hallara una salida para las monedas de oro que se habían cruzado en su camino. Él, que siempre había sido tan bueno resolviendo enigmas, era incapaz de solucionar este. Su torpeza a la hora de despachar un problema real lo carcomía por dentro y lo desvelaba cada noche. Se despertaba obsesionado y sudoroso buscando pistas en sueños.

Tampoco lo tranquilizaba lo que le había contado un compañero de la fábrica. Según él, el comercial asesinado se había codeado con gente poco recomendable y se ganaba un sobresueldo facilitando la entrada a torres de la zona alta de la ciudad. Su cargo no solo le permitía ofrecer pavimentos exclusivos, sino también supervisar su colocación, lo que le daba acceso a múltiples propiedades dotadas de tentadoras cajas fuertes. Por lo visto, le dijo, había decidido robar al ladrón y quedarse con un sustancioso botín.

Al principio Florencio rechazó esa información. Se dijo a sí mismo que eran rumores, acusaciones infundadas contra alguien que ya no podía defenderse, pero, con el paso de los días, empezó a barajar la posibilidad de que esa versión de lo sucedido fuera veraz. Al fin y al cabo, se recordaba a sí mismo, el hombre estaba muy nervioso cuando le confió la bolsa y, cuanto más repasaba su extraña aparición, más crecía la impresión de que estaba huyendo de alguien. Quizá de sus cómplices, que sin duda iban tras él.

Le estremeció la idea de que descubrieran que él tenía lo que buscaban. Al peligro de que la policía lo acusara de un asesinato que no había cometido, se añadió el de que unos matones pudieran adivinar lo sucedido en la sala de prensas. Se decía que eso era imposible, que aquella noche no había nadie más en la fábrica. Sin embargo, un torrente de preguntas hacía cola ante sus ojos. ¿Y si se equivocaba y aquella noche no estaba solo? Quizá alguien lo vio todo y luego lo contó. También cabía la posibilidad de que el comercial hubiera hablado antes de que lo mataran. ¿Y si lo había señalado? Para tranquilizarse se decía que si alguien hubiera sabido lo sucedido, ya habría ido a por él. Habían transcurrido varias semanas desde la desaparición y posterior muerte del comercial y no había visto a su alrededor a nadie sospechoso de querer asesinarlo. Aun así, la angustia le comía por dentro.

Desmoralizado, empezó a acudir a la iglesia de Sant Pere de les Puel·les, situada al lado de su casa. Buscaba respuestas entre los muros de piedra milenaria y rogaba por alguna señal que le indicara el camino a seguir. Que Florencio entrara en un templo religioso era algo inaudito. Era ateo y se enfadó mucho cuando el papa León XIII afirmó que los hombres no podían ser iguales. Sin embargo, la desesperación obliga a transitar por caminos antes inimaginables, incomprensibles para los demás. Aun así, era cauteloso al entrar y al salir del templo. Sabía que, si Tomás lo veía, le arrearía un guantazo y le recordaría que la Iglesia no solo no luchaba por mejorar la vida de la clase obrera, sino que encima competía con ella en el mercado laboral ofreciendo como mano de obra, a un precio más económico, a los huérfanos y asilados a su cargo.

Del mismo modo que el estado de ánimo del mosaísta se resentía, también lo hacía su trabajo. Al introducir los colores en la trepa, se confundía de compartimento y alteraba el diseño original de la baldosa en la que estaba trabajando, lo que le obligaba a empezar de nuevo. También perdía el pulso cuando sostenía la cuchara, que goteaba en el compartimento equivocado. El mosaísta refunfuñaba y, con la ayuda de un pincel, retiraba la gota intrusa. Incluso en más de una ocasión prensó en demasía el molde y los colores se desparramaron sobre la cara vista de la baldosa. A cada error que cometía se abanicaba con la gorra. Intentaba darse el aire que necesitaba, tan impactado estaba por la presencia de una amenaza constante a la altura de sus pies. Al agobio por el trabajo mal hecho se añadía la vergüenza de saber que sus compañeros se daban cuenta de que cometía fallos impropios de alguien con su experiencia. Los oía murmurar a sus espaldas, pero guardaba silencio. ¿Qué otra cosa podía hacer, salvo callar?

31

Florencio estaba tan preocupado que perdió el apetito.

—Se te va a enfriar la tortilla —dijo Hermenegilda.

Él miraba el humeante círculo amarillo, pero la mano que sujetaba el tenedor no se movía.

—No tengo hambre.

—¡Pues me la como yo! —exclamó Román.

—Manos quietas, caradura, que la tuya es de dos huevos. Querido, ¿te encuentras bien?

Florencio asintió sin demasiado entusiasmo.

—Es por la peste de la calle —alegó—. La tengo metida en la nariz.

Deslizó el plato hacia su hijo, que lo cogió y se relamió.

El mosaísta se escudó en el olor nauseabundo que se había apoderado del casco antiguo de la ciudad, donde se acumulaban excrementos y orines de un gran contingente de soldados, indianos y religiosos procedentes de Cuba, Filipinas y

Puerto Rico, la mayoría en condiciones pésimas. La miseria se había extendido por las calles como una enorme mancha de aceite, y raro era el día en el que no se producía algún altercado al lado de su casa.

Y lo peor estaba por llegar.

—¿Te has enterado de la última? —le preguntó Tomás mientras dejaba dos vasos de vino sobre la mesa.

Florencio negó con la cabeza.

—Sabrás que España está explotando las tierras del Rif marroquí, donde lleva a cabo negocios mineros.

Florencio asintió.

—Resulta que los obreros españoles que trabajan en la construcción del ferrocarril que unirá Melilla con una de las minas han sido atacados por las cabilas de la zona. ¡Han muerto cuatro de los nuestros! ¿Y cómo lo soluciona el gobierno de Antonio Maura? Enviando reservistas. Como siempre, irán los más pobres, mientras que la gente rica permanece lejos y a salvo. ¡Estoy harto! —dijo golpeando la mesa con ambos puños.

Días después, Florencio se estremeció al oír la noticia que lo cambiaría todo: medio centenar de muertos y más de doscientos heridos españoles tras intentar tomar el melillense monte Gurugú. Supo que se avecinaba una tormenta de intensidad descomunal. La gente se echó a la calle en señal de protesta y se creó un comité obrero clandestino que convocó una huelga general, en el que participó activamente un Tomás enfurecido. Durante una semana, las calles se llenaron de barricadas, columnas de humo negro y llamaradas que mostraban un profundo y arraigado malestar social. Los reproches se centraron en la Iglesia, y se quemaron y profanaron conventos, templos y otros edificios de su propiedad.

—Compañeros, ¡os necesitamos en la calle! —gritaba un exaltado Tomás.

La respuesta por parte de las autoridades fue contundente y la revuelta dejó un balance de centenares de heridos y millares de detenidos. Se impusieron numerosas penas, algunas muy duras, pues conllevaban destierro, cadena perpetua e incluso la muerte. Además, se clausuraron los sindicatos y se cerraron las escuelas laicas. No en vano, aquellos siete días de verano de 1909 se conocerían después como «la Semana Trágica».

Entre los edificios incendiados figuraba la iglesia de Sant Pere de les Puel·les, cuya estructura quedó gravemente afectada. Florencio tuvo que disimular el impacto que le causó ver la fachada ennegrecida y una parte del tejado desplomado sobre el suelo, cubierto de piedras y restos de objetos utilizados para avivar el fuego. Entre las cenizas reconoció un banco de madera en el que, con toda probabilidad, él se había sentado en más de una ocasión. Los ojos se le humedecieron ante la evidencia de que había perdido su refugio secreto.

La pérdida del equilibrio llegó después, cuando Hermenegilda le contó que Tomás había sido detenido. Había agredido a unos policías que huían del lanzamiento de piedras por parte de los huelguistas. A Florencio no le sorprendió que su amigo hubiera sido arrestado, pero lo que le obligó a agarrarse al marco de la puerta para no caer desplomado al suelo fue el hecho de que lo condenaran a una pena de cárcel. Lo acusaron de haber cometido un delito contra el orden público y lo castigaron con dos años, cuatro meses y un día en una prisión correccional. Esa noticia lo dejó tan pálido que era como si la sangre hubiera dejado de fluir por sus venas. Compungido, solo pudo taparse la cara con las manos para intentar ocultar su llanto. No lo consiguió.

32

Florencio había adelgazado. Al temor de que se descubriera su secreto, se añadió el hartazgo que sentía de las obras de Via Laietana. La primera fase se había iniciado en 1908 y finalizó al año siguiente, el trecho comunicó el puerto de Barcelona con la plaza de l'Àngel. A continuación empezaron los trabajos de la segunda fase, que tenían que unir esa plaza con la calle Sant Pere Més Baix, la paralela por debajo de la calle donde vivía él. Después la nueva vía se uniría a la plaza de Urquinaona. Las obras, cuya fecha de finalización no estaba prevista antes de 1913, comportaban despedidas de vecinos de toda la vida, cuyas viviendas eran demolidas para dejar paso a la nueva vía de comunicación. La separación de sus vecinos le provocaba una inmensa tristeza, que, para colmo, se acompañaba del ruido, el polvo y el trajín de operarios que trabajaban sin descanso.

El mosaísta tampoco llevaba bien la ausencia de Tomás, a

quien echaba de menos más de lo que habría reconocido. Dejó de frecuentar la bodega a la que solían acudir y también de beber vino. Sentía que, si lo hiciera, le traicionaría. Por fin se armó de valor y lo visitó en la cárcel, que le pareció un agujero oscuro, húmedo y frío. Le compungió verlo con las manos y los pies encadenados y con el cuerpo repleto de heridas, algunas cicatrizadas, otras sangrantes. Quiso abrazarlo, pero el guardia no le permitió tocarlo. Los ojos se le humedecieron.

—Tranquilo. No van a poder conmigo.

—Cabezota —consiguió decir.

Se sentaron en unas desvencijadas sillas de madera que crujieron bajo su peso y permanecieron un rato en silencio, mirando el uno el rostro del otro.

—Oye, que el que está encerrado soy yo, menudas ojeras tienes.

—No duermo muy bien.

—Y estás flaco. ¿Qué te pasa?

—…

—Desembucha, que nos conocemos desde niños.

El mosaísta compartió con su amigo el secreto que llevaba meses atormentándolo. Lo hizo en voz baja y sin mirarlo a los ojos, como si estuviera en un confesionario. Cuando acabó, levantó la mirada y vio que Tomás se mordía el labio inferior. A Florencio le preocupó su reacción. ¿Y si le traicionaba? Pensó que había sido un necio, el trepista podía utilizar aquella información para intentar salir de allí.

—No puedo dejarte solo. En menudo lío te has metido. —dijo Tomás sonriendo.

—Ya.

—Si te pillan con eso, te cortarán el cuello. Lo hacen por mucho menos.

—Lo sé, por eso no consigo ni dormir ni comer.

—Tu secreto está a salvo conmigo, pero hazme caso: esconde la bolsa en un lugar seguro.

—Lo haré. —Florencio se sintió aliviado y también avergonzado por haber dudado de su amigo.

El tiempo de visita finalizó y a empujones se llevaron al preso. Antes de desaparecer tras una puerta, Tomás se giró y asintió con rotundidad. Florencio se sintió bendecido por su amistad y decidió que seguiría su consejo.

Pensando en encontrar un buen escondite, empezó a barajar la idea de dejar atrás el pasado y cambiar de barrio. Ir a vivir a un lugar donde las calles no fueran tan estrechas, ni tan oscuras, ni tan húmedas, ni tan violentas. En una ciudad que crecía sin descanso y dibujaba nuevas calles y paisajes, estaba convencido de que no tardaría en encontrarlo. Su esposa lo alentaba, convencida de que el barrio de Sant Pere no era un buen lugar para que su hijo echara raíces.

Florencio visitó un piso en un edificio recién construido. Era amplio y contaba con un patio. Tenía paredes de ladrillo visto, techo de bóveda catalana, puertas de robusta madera y seis modelos distintos de pavimento hidráulico. No obstante, lo que le cautivó fue el arrimadero, hecho con baldosas de cerámica esmaltada. Representaba unas naranjas, decoradas con lazos azules sobre un fondo amarillo claro. La cenefa consistía en una guirnalda de color rosa con flores de azahar blancas sobre un fondo con motivos amarillos y rojos. El borde estaba realizado con ondulantes piezas marrones en relieve, que no pudo evitar recorrer con las yemas de los dedos. El pulso se le aceleró e inspiró profundamente. Tuvo la certeza de que un mosaísta tan amante de su profesión como él tenía que vivir en aquel lugar. Gracias al aval y a las dotes negociadoras de su patrono, consiguió alquilarlo a buen precio. Poco antes de la mudanza, Florencio despertó asaltado por una idea: ocultaría el tesoro debajo del pavimento de su nuevo hogar.

33

Clara y Bernat estaban excitados con el descubrimiento que habían hecho en el almacén de Anna. Se pusieron manos a la obra enseguida despejando la mesa y extendiendo sobre ella papeles de periódico. Encima pusieron una vieja toalla en la que depositaron boca abajo el dragón hallado.

Bernat cogió un cincel, un martillo y un cepillo, y se sentó frente a la baldosa. Se colocó las gafas y se dispuso a empezar su tarea de despejar el mortero de la parte trasera, y Clara se situó junto a él, tan cerca que le respiraba en la oreja. Estaba deseosa de encontrar alguna pista.

—Tranquila, esto me llevará un rato —le advirtió él—. Para limpiar es necesario tener paciencia y mucho cuidado. Despiste igual a pieza rota.

—Entiendo —le dijo ella sin moverse.

Al percibir la mirada asesina de su amigo, se marchó a la cocina, nerviosa. Necesitaba tener la mente entretenida y, para ello, nada mejor que centrarla en preparar una comida para cuatro. Para variar, la nevera estaba vacía. Cogió su monedero y salió rumbo a un supermercado que había cerca de allí, que, por fortuna, abría los domingos.

Mientras tanto, el arquitecto cogió un cincel con la mano izquierda y situó sobre la baldosa el extremo acabado con un filo en forma de cuña. Con la mano derecha, cogió un martillo y golpeó el cincel, ¡toc, toc! Se desprendió una pequeña parte adherida, levantando un poco de polvo.

Una hora después, de la cocina provenía un delicioso aroma a curry y del comedor, un profundo silencio. Clara apagó el fuego y se acercó a su amigo, quien, con las manos emblanquecidas, cogió un cepillo y limpió el polvo de la pieza. La parte trasera de la baldosa quedó expuesta.

—No tiene ningún sello —constató él ante una superficie casi lisa.

—Aquí —indicó ella señalando la esquina superior derecha.

—Es una muesca.

—¿Seguro? Yo veo dos letras.

Bernat sacó de su mochila una lupa de gran aumento provista de una bombilla led de alta potencia. Enfocó la zona y asintió.

—«TA» —leyó—. Parece que se grabó con un punzón —dijo acariciando la superficie.

Los dos se miraron perplejos.

—¿Qué significará? —preguntó Clara. Su amigo se encogió de hombros—. Quizá la baldosa de mi abuela tenga algo parecido —pensó en voz alta—. ¿Me prestas tu moto?

—Ten cuidado, que como te pillen sin carnet, se nos cae el pelo —le dijo dándole las llaves.

—Tranquilo —rio ella.

Minutos después, Clara cruzaba la ciudad sobre dos ruedas. Regresó al cabo de media hora con la baldosa en el bolso y una multa por exceso de velocidad a nombre del dueño de la Vespino.

Puso la pieza al lado de la otra e iluminó la esquina superior derecha.

—¡«79»! —chillaron al unísono.

Embargados por una súbita emoción, se abrazaron.

—Bern, ¿y si los dragones guardianes son los de estas baldosas?

—¿Tú crees?

—Es que, ahora que lo pienso, Ágata me dijo que mi tatarabuelo era mosaísta.

—¡Tiene lógica! Eso explicaría por qué acompañó el mensaje cifrado con una baldosa.

—El dragón de la farmacia, ¿tendrá también este extraño código? —especuló ella.

—¿Te imaginas? ¡Habríamos hallado tres de los seis dragones guardianes!

—Pero no hay forma de saberlo, está pegada al suelo.

Se quedaron callados, mirando los dos dragones invertidos.

Un botellín y medio de cerveza rubia después, Clara confesó que, hasta aquella misma mañana, había tenido serias dudas sobre la posibilidad de encontrar el tesoro. Gracias al hallazgo de aquellas extrañas inscripciones, estaba cambiando de opinión.

—Partiendo de la hipótesis de que hemos hallado tres dragones guardianes, considero muy difícil, si no imposible, encontrar el resto sin ayuda —dijo—. Debemos identificar tareas y distribuirlas.

—¡No te creo! ¿Me estás proponiendo crear un grupo de búsqueda del tesoro?

—Sí. Formado por nosotros dos, Felipe y Gisela. Si lo encontramos, nos lo repartimos.

—Ni hablar, es tuyo. Sería como robarte, y me niego a ello —dijo cruzándose de brazos—. Además, creo que todos estaremos encantados de participar. ¡Quién no ha soñado alguna vez con encontrar un tesoro! —rio.

—¿Aceptas? —preguntó Clara acercando su botellín de cerveza al de Bernat.

—¿Acaso lo dudas?

¡Chinchín!

34

Gisela y Felipe se relamieron solo entrar en el loft. Minutos después, la cocinera los deleitaba con un pollo al curry con arroz basmati del que no quedó ni rastro en ningún plato. Entre bocado y bocado, ella y Bernat explicaron la visita al almacén de Anna, y también hablaron del descubrimiento de los misteriosos grabados en la parte trasera de las dos baldosas.

—Entonces, creéis que los seis dragones no están en fachadas de edificios, sino en baldosas modernistas —resumió la profesora.

—Parece la teoría más fiable, sí —dijo Clara.

—¡Pongo mi mano en el fuego! —gritó Bernat.

—Tiene sentido, desde luego. Lo que me ha dejado perpleja es que hayáis conocido a Anna. No sabía que también rescataba baldosas. El mundo es un pañuelo.

—Lleno de mocos —apostilló Felipe.

Todos rieron.

—¿De qué la conoces? —quiso saber Clara.

—De unas clases de teatro. Tuve que dejarlas porque no era capaz de compaginarlas con mi trabajo en la universidad. Es una gran actriz, se le da muy bien la improvisación. ¿De qué color lleva ahora el pelo?

—Rosa. ¿Cambia a menudo?

—Ay, cariño, al menos una vez por estación —rio Gisela.

—Friki —dijo Felipe.

—Por favor, ¡pero si es maestra! —exclamó Clara.

—Además de terapeuta —añadió Bernat.

—Y muy buena, según tengo entendido. Qué coincidencia.

—¿Por dónde empezamos la búsqueda? —preguntó Felipe.

Al observar un intenso brillo en la mirada azul de su amigo, Clara deseó que aquella aventura sirviera al menos para que él recuperara parte de la alegría perdida.

—¿Recapitulamos un poco? —propuso Gisela.

Se recogió el pelo en una coleta y sacó de su bolso una libreta y un portaminas, señal inequívoca de que se ponía en modo trabajo.

—En teoría, existe un tesoro vigilado por seis dragones —empezó Clara, divertida al ver el lápiz moviéndose sobre el papel a gran velocidad.

—Creemos que los dragones están en unas baldosas que imitan un dibujo que Lluís Domènech i Montaner hizo para la Casa Escofet —añadió Bernat.

—Contamos con dos. Tienen algo grabado en la esquina

superior derecha del grueso. Intuimos que para resolver el enigma de la ubicación del tesoro hay que encontrar cuatro baldosas más —puntualizó Clara.

—Farmacia.

—¡Es verdad! Efe ha localizado un tercer dragón.

—Parece que los dragones guardianes están ocultos en Barcelona. Aunque no se pueden descartar otras localizaciones.

Gisela repasó las anotaciones mientras enredaba un dedo en un mechón de pelo.

—Partimos entonces de tres premisas —resumió—. Hay un tesoro, la clave para encontrarlo está en seis baldosas con dragones, y estas se hallan en Barcelona. La pregunta es: ¿dónde? —planteó.

Se hizo un profundo silencio. Sobre los presentes planeaba el interrogante de cómo encontrar aquellas baldosas en una ciudad con una superficie de más de cien kilómetros cuadrados.

—Si tomamos la farmacia Bolós como referencia —continuó—, podríamos deducir que cada dragón invertido figura de forma «accidental» en un pavimento original del modelo 1.019 de Escofet, ¿no? —Los demás asintieron—. Consultemos esta fábrica. Quizá conserve algún listado de los clientes que compraron aquel diseño.

—¡Fabuloso!

—Si esto falla —añadió Bernat—, podríamos acotar la búsqueda a los edificios construidos a principios del siglo pasado, que son los que tienen más posibilidades de haber utilizado ese modelo en sus pavimentos.

—En efecto, data de 1900 —constató la profesora.

—Pero indagar el año de construcción de cada edificio nos va a llevar una eternidad —observó Clara, de pronto abrumada.

—Falso. Big Time Barcelona.

—¡Es verdad, Efe! —exclamó entusiasmado Bernat—. Es una aplicación del Ayuntamiento de Barcelona. Facilita información sobre el patrimonio arquitectónico de la ciudad. Ordena los edificios por colores, según el año de construcción, y ofrece datos sobre los mismos.

—Bien, eso reduce la búsqueda —dijo Gisela, y Clara suspiró aliviada—. Y yo añadiría algo más: pensad que estamos buscando un diseño bastante caro para la época. No solo por su alto valor artístico, sino también por la enorme cantidad de piezas que lo componen. Esto significa que lo compraba gente adinerada. Durante el Modernismo, ¿en qué barrio de Barcelona exhibía la burguesía catalana su poderío económico?

—El Eixample —respondió Felipe.

—Correcto. Yo empezaría por ahí.

—Y no estaría de más visitar algún edificio de la familia Domènech i Montaner. Es posible que alguno de ellos tenga este mosaico hidráulico —comentó Clara.

—Muy audaz, sí, señora —observó Gisela levantando el dedo pulgar.

—También hay que controlar los sacos de escombros de la

ciudad. Avisaré a mis colaboradores e intentaré ponerme en contacto con otros rescatadores de baldosas. Aunque a muchos ni los conozco.

—Quizá Anna pueda ayudarte en eso. Estoy convencida de que lo hará encantada —dijo Clara guiñando un ojo.

—Lianta —rio él.

—Otranto —apuntó Gisela—. Es una tienda muy frecuentada por los interioristas de la ciudad. Recupera objetos de valor de edificios antiguos que van a ser derribados o reformados y los revende. Tiene baldosas hidráulicas.

—Es verdad, es una tienda muy peculiar —dijo Bernat—. ¿Y qué hacemos con el dragón de la farmacia?

—Fácil: robarlo —respondió contundente Felipe.

Nadie comentó nada al respecto y Gisela no apuntó la propuesta.

—Bueno, pues ya tenemos por dónde empezar. ¿Nos distribuimos las tareas? —preguntó Clara.

—Yo me encargo de la fábrica Escofet y de los sacos de escombros —dijo Bernat levantando una mano.

—Tú y yo podríamos investigar la obra arquitectónica de Domènech i Montaner. ¿El próximo sábado te viene bien? —le propuso Gisela a Clara.

Incapaz de pronunciar palabra, asintió. La idea de estar a solas con ella y en su casa la emocionaba y asustaba por igual.

Todos coincidieron en que de la aplicación debía encargarse Felipe, que se movía como pez en el agua en toda cuestión informática.

La velada acabó con Gisela arrancando de su libreta la página que había escrito. A la derecha de cada tarea figuraba el nombre de su responsable. La enganchó con celofán en una pared del salón del loft, lugar que por unanimidad decidieron que se convirtiera en el centro de operaciones. Influyó en ello su céntrica ubicación, así como la presencia de múltiples baldosas hidráulicas distribuidas por casi toda la superficie; lo consideraron un buen augurio para el operativo. A partir de ese momento, se reunirían allí dos noches de sábado al mes para compartir posibles descubrimientos y, por qué no reconocerlo, saborear nuevos platos cocinados por Clara.

35

Escofet no pudo responder a las preguntas de Bernat porque había cedido su archivo histórico al Centro de Documentación del Museu del Disseny de Barcelona. Acudió a él, pero le comentaron que el material recibido estaba en proceso de mantenimiento preventivo, instalación e inventario.

—Vamos, que tardarán años en ordenarlo y permitir la consulta pública. Menuda mierda —protestó.

—No te agobies —le dijo Clara—. Aunque tuvieran la documentación a mano, tampoco creo que te fueran a decir nada. Ahora son muy estrictos con el tema de la protección de datos privados.

También se había puesto en contacto con varios rescatadores de baldosas. En la galería de imágenes de sus teléfonos móviles, todos ellos disponían de una fotografía del dragón invertido. En caso de encontrar algún ejemplar, le avisarían de inmediato, le dijeron. Nadie preguntó nada al respecto, quizá porque todos compartían una misma fiebre coleccionista y acostumbraban a tener una baldosa predilecta que buscaban por toda la ciudad. Era su Santo Grial particular.

Quien sí se entusiasmó ante la idea de encontrar un dragón escurridizo fue Anna, seguramente porque su visita al loft culminó de una forma bastante placentera: le robaron horas al sueño y se las entregaron a sus cuerpos.

De acuerdo con la estrategia establecida, la visita a Otranto no tardó en llegar. Clara, Bernat y Gisela acordaron ir un miércoles por la tarde, única tarde de la semana en que la profesora no impartía clases en la universidad.

La primera en llegar fue Clara, fiel a su característica puntualidad. Dudó de si el local estaba o no abierto, ya que la persiana estaba bajada un tercio de su recorrido. Sobre un fondo rojo y con letras mayúsculas blancas, mostraba el nombre de la tienda. Mientras esperaba, observó algunos objetos que se acumulaban en la entrada. Le llamaron la atención unas picas de mármol, de uno y dos senos, y unas inmensas puertas de madera. Asomó la cabeza por el pasillo que se adentraba en el local y vio, a ambos lados, cuantiosas baldosas amontonadas. Debía de haber miles, y tentada estuvo de curiosearlas, pero la frenó la enorme cantidad de polvo que las recubría. Al fondo le pareció vislumbrar radiadores de hierro, vidrieras, lámparas, esculturas y grifería. «Todo viejo y sucio», pensó.

—Impresiona, ¿verdad? —dijo una voz a su espalda.

Era Gisela, vestida con ropa tejana y zapatillas de deporte.

—Qué sitio más extraño.

—Pura arqueología urbana —añadió Bernat mientras cerraba el candado de la Vespino.

El detector de la entrada avisó con un pitido de que había tres personas en el pasillo. Clara, sin ninguna prisa por respirar ese aire que intuía pesado, fue la última en entrar. Caminó concentrada, intentando que ninguna parte de su cuerpo rozara la colección de piezas emblanquecidas. Avanzaba y miraba con asombro, al constatar que el almacén era más grande de lo que parecía a primera vista. Estaba abarrotado de todo tipo de objetos, y lo que más la impresionó fue la variedad de modelos de puertas que había. Simples, dobles, con contraventanas o con vidriera; algunas de hasta cuatro metros de altura. Inspiró polvo y estornudó. Provenía de unas baldosas cuya parte trasera limpiaba un operario con una radial. Junto a él había una montaña de dos metros de altura compuesta por arena y cemento. Negó con la cabeza y se preguntó cómo aquel hombre era capaz de respirar allí dentro.

Se paró con los demás junto a un mostrador de madera situado a la izquierda. De la parte trasera, unas escaleras subían hasta un despacho situado en un piso superior, a través de cuyos largos ventanales se veía a una mujer hablando por teléfono, la cual levantó un brazo y saludó a Gisela con la mano.

—Es Rosma Barnils —aclaró la profesora—, la dueña de todo este tinglado. Lleva más de cuarenta años recuperando antigüedades y vendiéndolas.

—¿La gente compra estas reliquias? —preguntó Clara, escéptica, mientras enarcaba las cejas.

—Ya lo creo, ¡lo antiguo vende! —respondió Bernat—. ¿Sabes la película *Todo sobre mi madre*? Una puerta del decorado salió de aquí. Mira, sin ir más lejos, ella misma es una asidua compradora —dijo señalando a Gisela, que se había alejado un poco para echar un vistazo.

—¿En serio?

—Sí. Su casa está decorada al estilo modernista. Te sorprendería la cantidad de objetos que ha encontrado aquí. ¡Hasta tiene una bañera de bronce!

Clara se rascó la cabeza, atónita.

Al cabo de unos minutos, vio que la propietaria de la tienda bajaba la escalera de forma enérgica y saludaba con efusión a Gisela. La mujer tenía una larga melena gris y, por las arrugas del rostro y el cuello, pensó que debía de rondar los setenta años. A pesar de su edad, aquella mujer estaba en plena forma y no contemplaba en absoluto la jubilación.

Las dos viejas amigas conversaron sobre la enorme cantidad de trabajo que había acumulado allí dentro y que permitía emplear a cinco personas. Sin embargo, la vendedora se lamentó de que la mayoría de los clientes eran extranjeros. Cada vez compraban más pisos en la ciudad y parecía que eran los únicos que apreciaban aquellos objetos.

En lo que duró la conversación sonaron sin descanso el detector de la entrada, un teléfono fijo y otro móvil. La gente se iba acumulando en el pasillo de la entrada y muchas eran las personas que, esperando su turno, se entretenían mirando y desordenando las baldosas que allí se amontonaban. Clara pensó que aquel lugar solo podía morir de éxito y suspiró al reconocer entre aquella gente a Bernat, que ya había seleccionado cuatro unidades. Con la emoción de un niño ante un juguete nuevo, corrió al lado de su amiga y las depositó junto a sus pies. Las piezas eran cuadradas, con dibujos de cinco colores distintos: verde oscuro, granate, rojo, rosa y crema. Al juntarlas, componían una hermosa flor de dieciséis pétalos. Si bien ella no compartía su fascinación por aquellos cuatro trozos de cemento, sonrió contagiada por su alegría. Estaba convencida de que, si hubiera alguna clasificación de rescatadores de baldosas, su amigo sería un pura sangre.

Llegó el momento en que Gisela preguntó a la vendedora por el dragón invertido, mostrándole una fotografía. Ajena al bullicio de su alrededor, la mujer la observó con detenimiento. Negó con la cabeza, convencida. No necesitó consultar las fichas que guardaba a buen recaudo, donde anotaba todo lo que había recuperado desde principios de los años ochenta.

—Si hubiera tenido en mis manos uno de estos, me acordaría. Sí dispongo de una reproducción —dijo señalando una cómoda.

Clara se acercó y vio varias piezas. Cogió una y le dio la vuelta. En la parte trasera había una letra eme y una ge mayúsculas grabadas. Era el sello de la fábrica Mosaic Girona. Devolvió la pieza a su lugar y salió por el pasillo. Cuando pisó la acera, se dio cuenta de que tenía los brazos emblanquecidos y de forma automática miró sus recién estrenadas zapatillas negras. Al descubrirlas completamente polvorientas, sintió ganas de gritar.

—Cariño, de aquí siempre sales como si hubieras visitado una obra —dijo Gisela.

—Como diría Tomàs Molina, estás *enfarinada* —rio Bernat mientras consultaba su teléfono móvil.

Como era de esperar, él se marchó sobre su motocicleta, con su habitual saludo de despedida, ¡brrrum, brrrum! Gisela, que no vivía lejos de allí, se ofreció a acompañar a Clara hasta la parada del metro, gesto que ella agradeció y que, por arte de magia, disipó su mal humor.

Al pasar por delante del Palau Macaya, Clara detuvo sus pasos. Observó el color blanco de la fachada con esgrafiados en ocre, y la abundante ornamentación en piedra labrada de ventanas y puertas, con flores y pequeñas esculturas.

—Es un palacio modernista, ¿verdad?

Gisela asintió y señaló una figura que había en el capitel de la izquierda, entre la puerta de entrada peatonal y la de carruajes. Mostraba un ciclista con sombrero.

—Se cree que es Josep Puig i Cadafalch, el arquitecto del edificio. Representa lo atareado que estaba, ya que construía este palacio al mismo tiempo que la Casa Amatller. Se desplazaba entre ambas obras en bicicleta.

Ese detalle le pareció simpático a Clara.

Continuaron bajando por el paseo de Sant Joan, hasta que llegaron a la parada de metro de Verdaguer.

Gisela sonrió y le sacudió a Clara los restos de polvo que le quedaban en los hombros.

—Cariño, ¿te vienes a mi casa el sábado por la tarde?

Clara sintió ganas de gritar de alegría y afirmó con un gesto de la cabeza.

A continuación, Gisela la sujetó con suavidad del brazo, se acercó a ella y se despidió con un beso en los labios, tan breve y delicado que bien podría haber sido una caricia del aire. Acto seguido se marchó.

El cuerpo de Clara fue atravesado por una corriente eléctrica y quedó petrificado durante unos instantes. No pudo despedirse de ella ni tampoco bajar las escaleras rumbo al andén. A medida que sus ojos le mostraban una cada vez más lejana Gisela, crecía en su interior un enorme vacío, como si alguien estuviera cavando a conciencia en su interior. Se sentía desarmada e insegura, incapaz de controlar sus emociones. Aquella era una sensación nueva para ella y le producía vértigo.

36

Clara llevaba rato frente al espejo peleándose con su propia imagen. La cama estaba cubierta de ropa porque, si bien le había resultado relativamente fácil seleccionar un vaquero negro ajustado, era incapaz de escoger algo de cintura para arriba. Resoplaba, impaciente consigo misma. El tiempo apremiaba y se acercaba la hora de la cita en casa de Gisela. Se decidió por una camiseta de tirantes de color gris antracita, en la que se mostraba un ángel con unas enormes alas tocando una guitarra eléctrica. Después se colocó unas muñequeras trenzadas de cuero y, aunque aquella tarde de primavera la temperatura era agradable, remató la jugada con una chaqueta de cuero negra.

Tardó media hora en llegar a la dirección que Gisela le facilitó, un edificio situado en la calle Casp, en el tramo comprendido entre Girona y Bailén. Reconoció en los bajos una famosa tienda especializada en audio y enseguida reparó en los adornos de la fachada: motivos florales y el perfil de lo que parecía el rostro de un hombre. El pavimento de la entrada estaba compuesto por una cuadrícula en la que se combinaban baldosas negras y blancas que asoció con un tablero de damas, como aquel con el que se entretenía con su abuela durante las tardes lluviosas de su infancia. Sintió que se le humedecían los ojos y agitó la cabeza para expulsar ese recuerdo tan emotivo como inoportuno.

Gisela la recibió con una sonrisa sin beso. Eso la desconcertó, pero no quiso darle importancia. Colgó la chaqueta en un perchero de madera tallada y latón, y vio su reflejo en un espejo enmarcado con motivos vegetales.

—Es una de mis mejores adquisiciones de Otranto —dijo Gisela acariciando una de las esquinas, de donde sobresalía la figura de una mujer sosteniendo un ramo de lirios. Se recreó en los labios, que recorrió en silencio mirando los de Clara.

A ella le pareció que ese gesto estaba cargado de sensualidad. Sintió una súbita debilidad en las piernas y al desviar la mirada reparó en las molduras del techo y en la lámpara que colgaba en el centro de la estancia. La pantalla estaba hecha de trozos de vidrio emplomado que representaban flores de pétalos lilas y hojas verdes sobre las que se apoyaba una libélula rosa.

—Bonita, ¿verdad?

—Se parece a la de tu despacho.

—Son lámparas de estilo Tiffany. Pasa —le dijo invitándola a la sala de estar.

De pronto se vio trasladada a cien años atrás. El techo estaba artesonado y todo el mobiliario tenía líneas curvas y adornos con motivos florales y vegetales. En cuanto al pavimento, lo componían baldosas hidráulicas con dibujos geométricos de distintos colores. Reparó en una librería repleta de libros, a uno de sus lados colgaban baldosas con dibujos de rosas, y al otro, un cuadro en el que se veía a una muchacha leyendo de pie. Llevaba el pelo recogido en un lazo negro y un vestido marrón oscuro ceñido en la cintura. Desde el suelo y frente a ella, la observaba atento un gato negro.

—Es una reproducción de *La nena del gatet negre*, de Lluïsa Vidal. Le encantaba retratar la vida diaria de las mujeres —la informó Gisela.

—No la conozco —dijo sin dejar de mirar la pintura.

—Por desgracia, casi nadie la conoce. Fue una gran pintora, dibujante e ilustradora modernista. Una pionera en su ámbito, porque, mientras que las mujeres de su entorno pintaban para entretenerse, ella logró hacer de la pintura su profesión y su modo de vida, algo entonces inconcebible. Contó con ayuda, pues su padre, el ebanista Francesc Vidal, estaba convencido de que sus hijas tenían que recibir una educación según sus capacidades y al margen de su género, y le consiguió los mejores profesores de la época.

—Vaya, qué buen aliado.

—Sí. También tuvo mucho que ver el carácter independiente y valiente de Lluïsa. Se marchó a París sola para formarse con los mejores, Jean-Paul Laurens, Eugène Carrière y

Georges Picard —pronunció con perfecto acento francés—. Al regresar, fundó su propio taller. Recibió encargos de la burguesía barcelonesa de la época y consiguió exponer varias veces en la prestigiosa sala Parés. La gripe española nos la arrebató demasiado pronto —suspiró—. Al morir, su obra cayó en el olvido. Peor, algunas piezas se mutilaron y se atribuyeron a otros pintores.

—¿En serio?

—Ya lo creo. Es el caso del cuadro *Mujer con labor*, que se asignó al famoso Ramon Casas. Por fortuna, la historiadora Consol Oltra encontró unos bocetos que demuestran que esa pieza es de Lluïsa.

Las dos mujeres avanzaron por la sala de estar y Clara enmudeció al vislumbrar, al fondo, un ventanal compuesto por vidrieras de colores. Entre distintas tonalidades de verdes que representaban hojas, destacaban los pétalos rosas y azules de unas hortensias, y naranjas de unas capuchinas. La luz que provenía del exterior permitía ver la transparencia del cristal y adivinar la delicadeza de las flores. De forma inconsciente, dejó escapar un silbido de admiración. «Sin duda —pensó—, la vida resulta más hermosa mirada a través de estos cristales».

Gisela sonrió, la invitó a sentarse y se marchó a la cocina.

La esperó en un banco de madera de sinuosa forma en cuyo respaldo había tres grandes flores talladas. Junto al mueble se encontraba una lámpara en cuyo pie se veían unas figuras femeninas de metal, desnudas y entrelazadas.

Gisela reapareció en escena con una bandeja en la que traía dos copas de cristal, una botella de cava y un plato con trozos de queso parmesano con vinagre de Módena.

—Por los dragones guardianes —dijo chocando su copa contra la suya.

—Estoy impresionada. Tienes un piso precioso.

—No te precipites, cariño. Aún no has visto el resto —respondió guiñando un ojo. Sonrió abiertamente y en su rostro se formaron unos hoyuelos.

Gracias a la cercanía, Clara observó que los había grandes y pequeños, en las mejillas y cerca de los labios. Algunos parecían estar quietos, mientras que otros danzaban alrededor de aquella seductora sonrisa, como planetas alrededor del Sol. Sintió unas imperiosas ganas de besarla, pero cogió la copa y bebió.

—Este piso era de mis abuelos. Cuando fallecieron, tuve que luchar por él con todas mis fuerzas. Mi madre y sus hermanos querían venderlo a un inversor extranjero. Logré convencerlos de que me lo vendieran a mí. No te creas que me hicieron ninguna rebaja, estoy endeudada con el banco de por vida —rio—. Restauré techos, paredes y suelos. Y lo decoré al gusto de la época. La mayoría son piezas originales, salvo este banco, inspirado en el que diseñó Gaudí para la Casa Calvet. Lo hizo mi ex, un carpintero maravilloso.

Esta última frase retumbó en la cabeza de Clara. Quiso saber más sobre el pasado sentimental de Gisela, pero se mordió la lengua.

—Antes has dicho que las lámparas son de estilo Tiffany —dijo acariciando el codo de una de las mujeres de metal—. Creía que eso era una joyería de Nueva York.

—Lo es. A mucha gente le suena por la película *Breakfast at Tiffany's* —dijo en perfecto inglés—. Precisamente este tipo de lámparas las diseñó Louis Tiffany, el hijo del famoso joyero. Era pintor e interiorista, pero fue su trabajo de vidrio emplomado en lámparas y vidrieras lo que le hizo famoso a nivel mundial. Conectó de maravilla con el movimiento *art nouveau* de principios del siglo pasado y nos regaló preciosos diseños. Soy una gran aficionada a él.

—No lo había notado.

Gisela se rio a carcajadas y se tapó la boca con una mano.

Clara sintió una gran ternura al ver de nuevo ese gesto de timidez. Deseó retirarle la mano y besársela. No lo hizo. Temía haber malinterpretado las señales, ya que hacía escasos segundos había descubierto que tuvo una relación formal con un hombre. Deseó que fuera bisexual, pero enseguida apartó ese pensamiento. Consideraba que ni procedía ni convenía que ocurriera nada entre ellas, su relación se limitaba a la pura investigación. Nada más. Se lo repetía sin descanso, pero su cuerpo no parecía opinar lo mismo.

—¿Nos ponemos manos a la obra? —dijo Gisela cogiendo un ordenador portátil.

«Define "obra"», pensó. Después asintió en silencio y ajustó las trenzas de sus muñequeras intentando no pensar en lo que su imaginación se empeñaba en dibujar en una bañera de bronce.

Gisela encendió el aparato y explicó que Lluís Domènech i Montaner fue un claro ejemplo del espíritu culto, creativo y progresista del cambio de siglo, así como del movimiento modernista. Sin embargo, se lamentó, su figura solo había empezado a reconocerse unos años atrás. Al igual que les ocurrió a otros ilustres arquitectos de la época, como Josep Maria Jujol i Gibert, su trabajo había quedado ensombrecido por el inmenso y publicitado Gaudí.

—Mucha gente admira el sublime hospital de la Santa Creu i Sant Pau sin conocer su verdadero significado —añadió—. Lluís creía en el poder curativo de la belleza y consideraba que, mediante la obra pública, debía hacerse extensible a todos. En especial, a la gente sin recursos que carecía de seguro privado de salud.

—Qué bien —consiguió decir Clara, con la mente todavía en la bañera.

—Existe una fundación destinada a recuperar, estudiar y difundir su figura y su obra. Tiene una página web muy completa, repleta de información que puede resultarnos útil. He pensado que podíamos empezar nuestra investigación por aquí. ¿Qué te parece?

—Es una buena manera de hincarle el diente al hombre.

—Mujer, no nos lo comeremos —rio Gisela.

Clara sonrió.

Consultaron una lista en la que figuraban sesenta y siete obras arquitectónicas, la mayoría casas particulares, restaurantes y hoteles, pero también edificios tan emblemáticos para los barceloneses como el Palau Montaner, la Casa Thomas, el Palau de la Música Catalana o la Casa Fuster.

—¿También un cementerio?

—Sí, cariño. Lluís tocaba todas las teclas —rio—. Aquí dice que está en Cantabria, en lo alto de una colina, asomado a los acantilados del mar Cantábrico. El marqués de Comillas le encargó su reforma y ampliación.

—Vaya, buen lugar para el descanso eterno.

—Sí, pero los muertos ni se enteran —rio de nuevo—. Mira, sobre el cementerio se alza la escultura de un ángel, obra de Josep Llimona. Pero no toca la guitarra —dijo señalando al alado de la camiseta de Clara. Al hacerlo, rozó la superficie de la tela, justo a la altura de su pecho.

Clara se estremeció y se esforzó por disimular el efecto que tuvo en ella aquel gesto de complicidad, un chispazo que no provenía del instrumento musical.

—Aquí hay materia de estudio para rato —consiguió decir.

—Estoy muy de acuerdo —respondió Gisela mirándola fijamente, mientras dejaba apoyada una mano sobre su vaquero.

Clara se sintió de pronto acalorada. La ambigüedad la estaba matando. ¿Qué quería aquella mujer?, se preguntó.

—¿Nos dividimos la lista? —dijo cambiando de tema.

—Magnífico. Estudiamos las fotografías y, si encontramos algún pavimento con dragones, lo visitamos.

Una lástima, se dijo, tener que acotar el territorio de búsqueda a la ciudad de Barcelona. No le habría importado realizar una escapada a Cantabria en compañía de aquella atractiva profesora que pareció leerle la mente, pues sus labios la besaron. Primero en la comisura, después en la boca, que se entreabrió. Las lenguas se rozaron y Clara dejó escapar un gemido de placer.

—¡Me voy!

—¿Te vas?

—He quedado con Efe —mintió.

Se incorporó de un salto, cogió su chaqueta y se escabulló escaleras abajo. Necesitaba que le diera el aire, se sentía mareada. Echó a correr y no paró hasta llegar a su piso compartido.

Pasó el resto del día maldiciéndose por haber dejado plantada a Gisela, por haber sido una cobarde, por no haberle dado a su cuerpo lo que le pedía a gritos. Se llevó las manos a la cabeza una y otra vez. Lloraba de rabia, de desesperación, también de miedo. Le daba pánico que se divirtiera con ella y luego la rechazara.

Por primera vez en su vida estaba enamorada y no era capaz de controlar sus sentimientos.

37

Abril avanzaba a paso de tortuga. Al menos esa era la sensación que tenía Clara, porque, desde que huyera de casa de Gisela dos días atrás, no había tenido noticias suyas. Tampoco ella se había atrevido a ponerse en contacto con la profesora. Se sentía avergonzada por su comportamiento, y también una estúpida. Todavía no había encontrado las palabras adecuadas para disculparse. A ratos incluso dudaba de que mereciera el perdón. Se prometió que le escribiría antes de verla el sábado en casa de Bernat, adonde se dirigía con paso rápido, dispuesta a cocinar durante toda la tarde para distraerse y dejar de atormentarse.

Entró en el piso y depositó las bolsas de la compra en el suelo. Le llamó la atención el aroma a flores que flotaba en el ambiente. También, ver la mesa despejada, porque acostumbraba a estar cubierta de planos, lápices, sacapuntas y gomas. Tampoco la chaqueta de su amigo estaba tirada sobre el sofá, sino colgada en el perchero de la entrada, junto a otra. Para rematar lo curioso del tema, cerca de la puerta había una bolsa con unos cuantos botellines de cerveza vacíos, paso previo al contenedor de cristal.

Gritó «Bern», pero no obtuvo respuesta. Extrañada, continuó con su rutina. Sacó los alimentos de las bolsas y los dejó en la encimera. Cogió un cuchillo, una tabla de cortar y una cebolla. La picó, sin poder reprimir las lágrimas, y la echó en una sartén. La regó con aceite de oliva y puso en marcha la vitrocerámica a fuego lento.

La cebolla del sofrito empezaba a dorarse cuando oyó un estruendo. Era Bernat, que bajaba las escaleras tan rápido que parecía que sus pies martillearan los peldaños de madera.

—¡Qué sorpresa! —dijo; iba en calzoncillos.

—¿Por? Es lunes —respondió ella tranquila mientras removía la cebolla con una cuchara de madera.

—Berny, porfa, ¿me subes un vaso de agua? —gritó una voz femenina desde la planta de arriba.

—¡Vale!

Se quedó helada al comprender que estaba acompañado. Por una mujer. Y le llamaba «Berny». Sintió un nudo en el estómago y un repentino vértigo. Su mente no se reactivó hasta que el olfato le alertó de que la cebolla empezaba a quemarse. Apagó el fuego, devolvió los alimentos a las bolsas y se marchó como llevada por un viento huracanado.

Al pisar la calle, sintió ganas de llorar. No se lo permitió. En su cabeza se acumulaban imágenes de los besos de Gisela, en especial del último, cuyo recuerdo todavía la perturbaba. Imaginarla con él le dolía tanto como si le clavaran clavos en su cuerpo.

Aunque pudo coger el metro para ir a su casa, prefirió caminar. Pasear por Barcelona siempre la tranquilizaba. Caminaba rápido, agitando las bolsas con su paso, ajena a lo que sucedía a su alrededor.

Cuando llegó a su piso no había nadie y suspiró aliviada. Dejó las bolsas en el recibidor y se encaminó hacia su habitación. En cuanto cerró la puerta explotó, incapaz de contener el llanto por más tiempo. Se dejó caer en la cama, se agarró las piernas y se hizo un ovillo en busca del calor que le faltaba.

Lloró hasta que se quedó sin pañuelos de papel. Entonces se levantó, se dirigió al cuarto de baño, se sonó con papel higiénico y se lavó la cara con abundante agua. Se miró en el espejo y, al ver sus párpados hinchados, pensó que parecía un sapo. Negó con la cabeza y se dijo que ya era suficiente. Sabía lo que tenía que hacer. Se recogió el pelo con una goma, se colocó unos auriculares y los enchufó al teléfono móvil. Activó una lista de música, subió el volumen casi al máximo y guardó el aparato en el bolsillo trasero del pantalón. Fue a la cocina, se enfundó unos guantes y, con un estropajo, unos trapos y un bote de lejía jabonosa, se puso manos a la obra. Durante dos horas no dejó de limpiar paredes y muebles, no perdonó ni el interior del horno, ni el de la nevera, ni el del microondas. Dejó la estancia tan reluciente y perfumada que parecía otra.

Cocinó unos guisantes con jamón, una crema de calaba-cín, unos macarrones gratinados, unos finos filetes de pollo al limón y una lubina al horno. Satisfecha, guardó toda la comida en diversas fiambreras que marcó con su nombre y colocó en el estante de la nevera que le correspondía. Lo recogió todo y se dirigió al baño para darse una ducha.

Dejó el móvil sobre el mueble del lavabo y, al ir a cambiar la lista de reproducción, vio que había recibido un mensaje de Bernat. Lo abrió. «¡Qué corte! Siento no haberte avisado de que Anna estaba en casa. ¡Perdóname!».

Anna, la terapeuta hortícola, no Gisela.

Sintió un inmenso alivio y gritó con la misma intensidad que los seguidores de un equipo de fútbol cuando este marca un gol. Después cantó tanto bajo el agua y con tanta energía que al salir del cuarto de baño tenía una leve afonía.

38

A pesar de la lluvia que no cesaba desde la mañana, en la perfumería Marta había cola. A Clara no le importaba esperar, no tenía prisa. Se entretenía mirando las enormes estanterías que había detrás del largo mostrador y que iban del suelo al techo. Estaban repletas de artículos de limpieza, de cosmética y de higiene personal. Aunque había frecuentado ese establecimiento toda la vida, siempre descubría algún producto nuevo que le sorprendía. Del mismo modo, permanecían intactas las ganas de colarse por las escaleras que descendían hacia un lugar vedado a la clientela.

Quiso llevarle a Ágata parte de la comida que había cocinado la tarde anterior. La pilló a punto de salir de casa para hacer unos recados, y Clara se ofreció enseguida a ayudarla. Para convencerla, le dijo que las aceras estaban empapadas y que era muy fácil resbalarse. Además, añadió, el viento volvía los paraguas del revés. Ella no necesitaba ninguno, porque llevaba puesto un impermeable con capucha. La anciana le agradeció el gesto y accedió. Clara cogió la lista que le tendió y, como no entendía la letra por ilegible, la repasó con ella, la reescribió detrás y se marchó rumbo a la calle Amigó.

Primero entró en la lampistería Electricitat F. Valls y compró un par de bombillas. El dependiente la reconoció y tuvo que tragar saliva para no echarse a llorar. Lo mismo le sucedió en la perfumería, donde la impaciencia de algunas clientas, presurosas por regresar a casa, la salvó del interrogatorio sobre su nuevo domicilio.

Al salir y ver la acera de enfrente, se acordó del desaparecido tostadero Caracas, donde tantas veces había comprado café, así como unos pequeños cruasanes rellenos de chocolate, que, junto a las golosinas de la también clausurada tienda Petonet, fueron su particular paraíso infantil.

Pasó frente a la autoescuela Amigó, de la que jamás fue alumna por no poder permitirse pagar ni las clases de conducción ni las tasas de los exámenes.

Giró por la calle Rector Ubach y recogió dos pares de zapatos del rápido Lodeiro. El zapatero le dijo que, como no había podido reparar las suelas, las había sustituido por unas nuevas.

Al salir, una ráfaga de viento le empapó la cara, pero no buscó cobijo. Pasear por su barrio le despertaba muchos recuerdos y, por un momento, tuvo la sensación de que nada había cambiado y estaba haciendo una ruta de recados para su abuela. Se estremeció al recordarla y el llanto afloró. Pero no solo no lo contuvo, sino que se echó la capucha para atrás y dejó que la lluvia le mojara la cabeza.

Se sintió aliviada y dio media vuelta rumbo a la casa de Ágata, que la recibió con una toalla y un vaso de leche caliente con cacao en polvo.

—Muchas gracias, hacía años que no tomaba uno de estos.

—Gracias a ti, mi niña. No solo me llenas la nevera con cosas ricas, sino que además me ayudas con la compra. Eres un sol.

—No ha sido nada —dijo antes de sorber la leche.

—Cuéntame, ¿hay alguna novedad sobre el tesoro?

Clara la puso al día de los últimos acontecimientos, aunque obvió lo sucedido en casa de Gisela. Sin embargo, la anciana percibió algo.

—Esa chica te gusta, ¿verdad?

—No.

—Claro, por eso la has mencionado varias veces.

Clara se ruborizó.

—Mi niña, ignorar tus sentimientos no va a hacerlos desaparecer.

—Tengo miedo —confesó apretándose una muñequera.

—¿De qué, pequeña?

—De todo. Con ella no quiero un lío de una sola noche, quiero más. Pero nunca he tenido pareja. No he tenido tiempo.

—¿Y qué? Yo tampoco la había tenido cuando conocí a mi marido y mira, estuvimos juntos más de treinta años.

—¿Te gustaba?

—Era un buen hombre.

—¿Pero?

—Habría preferido tenerlo como amigo, y no en la cama. Eran otros tiempos —dijo encogiéndose de hombros.

—Entiendo. Oye, ¿por qué luego estuviste a caballo entre tu casa y la de mi abuela? Podríais haber vivido juntas.

—Habría sido maravilloso, sin duda. Pero el país no estaba preparado para aceptar una relación sentimental entre mujeres. No hacía tanto del golpe de Estado de Tejero. Menudo susto nos dio.

—Qué pena, si os hubierais conocido ahora, incluso os podríais haber casado. Aunque todavía no está todo ganado. En muchos países te encarcelan, y en otros te matan.

—Ay, sí. Por eso mismo, mi niña, disfruta de tus derechos. Si Gisela te gusta, ve a por ella. Que no te la quiten, que hay mucha lagarta suelta.

—Qué cosas dices —rio.

—Ay, pues la verdad. Hazme caso, que soy perra vieja —le dijo acariciándole una mejilla.

Clara regresó a su piso con una sonrisa en los labios. Le gustaba tanto la compañía de Ágata que le propuso que comieran juntas los domingos. De este modo, le dijo, se harían compañía la una a la otra.

Por la noche, sentada en la cama, reflexionó sobre lo que Ágata le había dicho respecto a Gisela. Aunque no tenía claro qué hacer en cuanto a lo que sentía, pensó que debía continuar con la investigación sobre la obra arquitectónica de Lluís Domènech i Montaner.

Decidió empezar por la Casa Lleó i Morera e introdujo el nombre en un buscador de internet. Obtuvo doscientos mil resultados. Se rascó la cabeza, desconcertada. Optó por investigar las primeras opciones. Leyó que la familia propietaria se había enriquecido en América Latina, como muchas de las familias de la burguesía catalana. Observó algunas de las fotografías que se mostraban del interior. En una de ellas vio un pavimento que le resultó familiar. La amplió y, aunque el diseño estaba incompleto, se reconocía perfectamente. Era el del dragón. «¡Sí!», exclamó llevándose las manos a la cabeza. Al descubrir que la única forma de verlo era mediante visitas guiadas, cogió el móvil. Durante largo rato miró la pantalla, indecisa.

Por fin, se armó de valor y escribió: «Siento lo del otro día, me sorprendiste. ¿Te apetece visitar mañana la Casa Lleó i Morera? Tiene dragones. Un beso en la mejilla». Releyó el mensaje varias veces y, conforme con lo que había escrito, pulsó el botón de enviar. Tiró el teléfono sobre la cama y agitó las manos en el aire, nerviosa. Le había dado muchas vueltas a la frase de despedida y pensó que era mejor dejar las cosas claras. Si mencionaba la mejilla, omitía la boca y, en consecuencia, evitaba cualquier posible expectativa. Se parapetaba de este modo en un escudo, destinado a protegerla de cualquier herida.

La respuesta no tardó en llegar: «Soy yo la que lo siente,

me excedí. Mañana por la tarde me viene bien. Ya me dirás la hora. Un saludo».

Releyó la última palabra varias veces y la sintió como un auténtico puñal cuya afilada cuchilla no tuvo reparo en atravesar su escudo invisible. Notó que se hundía en el pecho y le desgarraba el corazón. Con un saludo se despedía la gente que no se conocía, se repetía, y se dijo que se lo merecía, por idiota.

39

—He leído que la fachada actual es distinta de la original —dijo Gisela mientras esperaban su turno para visitar la Casa Lleó i Morera—. A lo largo de los años ha sufrido varios desperfectos provocados, primero por el *Noucentisme*, que fue una corriente estética que predicaba la austeridad y la pulcritud, por lo que detestaba el estilo modernista. Como consecuencia, se mutilaron algunos elementos, y otros fueron retirados y destruidos. Luego vino la Guerra Civil, que también le pasó factura. ¿Ves el templete situado en la azotea? —dijo señalando una cúpula sostenida por columnas—. Por lo visto lo convirtieron en un nido de ametralladoras y recibió los impactos del fuego cruzado.

Clara la escuchaba a duras penas. Estaba impresionada por su actitud, contenida pero alegre. Se habían saludado con besos en las mejillas y sin hacer mención alguna a lo sucedido días atrás. Eso, que debería haberle provocado alivio, la perturbó. Sobre todo cuando notó el tacto de los labios de Gisela sobre su piel. Se estremeció de tal modo que tentada estuvo de girar la cara y recibir los besos en la boca.

Lo que veía tampoco la ayudaba: Gisela llevaba un vestido de tirantes que dejaban al descubierto sus morenos hombros acariciados por una cabellera en la que no le habría importado nada sumergir sus dedos. Por no hablar de las sandalias que calzaba, que además de mostrar unas uñas cuidadas y pintadas, tenían una tira de cordón que trepaba por la pierna y se detenía poco antes de la rodilla. Tuvo que esforzarse en apartar la mirada, pues empeñada estaba en continuar la ascensión y descubrir lo que ocultaba la tela del vestido. Menos aún pudo ignorar la fina cadena de oro que rodeaba su cuello, de la que colgaba una libélula con cuerpo de mujer. De su espalda desnuda nacían unas alas transparentes con tonalidades verdes y azules, cada una de las cuales tenía incrustadas tres piedras circulares.

—Es una maravilla, ¿verdad? Me encantan las ninfas. En especial las diseñadas por el joyero Lluís Masriera. Esta es una reproducción hecha por la Casa Bagués.

—No es mi estilo, pero es bonita —comentó algo turbada. No dejaba de inquietarle que Gisela la descubriera cada vez que la miraba. Estaba claro que no era la reina del disimulo.

—Lluís Masriera triunfó durante el Modernismo —prosiguió—. Tenía una sensibilidad especial que le permitió dar vida al mundo floral, así como a los habitantes del bosque, reales y fantásticos, del mundo modernista. ¿Te confieso una cosa? Estas piezas son mi perdición —rio y se tapó la boca con una mano.

Clara sonrió. Ese gesto la desarmaba de un modo que no era capaz de comprender.

La visita comenzó y se centró en las diferentes estancias de la parte noble de la casa. Clara escuchó con atención lo que la guía contaba, y rotó sobre sí misma una y otra vez para no perder detalle alguno de paredes, suelos y techos, de vitrales, mosaicos, cerámicas, esculturas, maderas, mármoles y esgrafiados. Tampoco le quitaba ojo a su acompañante.

A su pesar, las estancias del piso estaban vacías, sin mobiliario, aunque la guía comentó que el del comedor y el de la sala de estar podían verse en el Museu Nacional d'Art de Catalunya. Le habría gustado verlo y no descartó ir a visitarlo.

Cuando vio la sala de fumadores silbó y se llevó las manos al pecho, anonadada. Constaba de una gran vidriera semicircular emplomada, orientada al patio interior de la manzana, del que recibía luz natural. Con gran precisión en los detalles, evocaba la naturaleza: había plantas, flores, golondrinas, ocas, gallos, pollos y una rana. Tampoco la dejó indiferente la pared del comedor, con sus ocho paneles realizados con mosaico y relieves de porcelana. Representaban escenas campestres en las cuatro estaciones del año, con la familia propietaria como protagonista.

Al entrar en la pequeña habitación del doctor Lleó i Morera y ver el pavimento repleto de dragones, sintió tal emoción que incluso le pareció que sus pies no tocaban el suelo, sino que, negándose a pisar aquella obra de arte, permanecían suspendidos en el aire. No vio ninguno invertido.

Durante la hora que duró la visita no pronunció una sola palabra. Estaba impresionada ante aquel muestrario modernista, fruto de la colaboración entre grandes maestros artesanos, bajo las instrucciones del arquitecto Lluís Domènech i Montaner.

Al salir a la calle, se sentía mareada por el derroche de formas, materiales y colores. Se percató de que Gisela la observaba con una sonrisa pícara, y comprendió que era consciente de que la decoración de la casa la había cautivado. No le importó y no disimuló. Por primera vez en su vida, notaba una emoción parecida al estallido de unos fuegos artificiales. Supo sin duda alguna que había caído rendida al Modernismo. Fue tal el arrebato, que se despidió de Gisela con un abrazo y un beso en el cuello. Después se marchó sin mirar atrás y sin ningún tipo de remordimiento.

40

Una borrasca empapaba la ciudad e incomodaba a Clara. Maldecía a los conductores que la salpicaban de agua sucia, y gruñía al sentir sobre su piel las gotas que caían de cornisas y balcones. Pero había algo que todavía odiaba más: tener los pies mojados dentro de los zapatos.

Aquella mañana el trayecto hacia el trabajo le había resultado una tortura. La intensidad del temporal no solo se traducía en cantidades ingentes de agua cayendo del cielo, sino también en un fuerte viento que llenaba las papeleras con paraguas vueltos del revés. Incapaz de protegerse de la lluvia, asumió el hecho de que llegaría empapada al trabajo.

Cuando entró en la oficina constató que, si bien su ropa estaba mojada, no así sus pies, que permanecían secos y calientes gracias a unas botas de marca que se había regalado días antes, al descubrirlas en una zapatería con taras. El hilo amarillo de la suela estaba manchado de tinte negro, un descuido de la fábrica que le supuso una sustanciosa rebaja, y unos pies sin la piel arrugada y fría.

La lluvia dio una tregua justo cuando apagó el ordenador para poner fin a su jornada laboral. Al salir a la calle la esperaba Bernat junto a su Vespino.

—¡Nos vamos de caza!

A pesar de que el casco le cubría la cabeza, pudo ver que sonreía. Miró la pantalla de móvil que él le mostró y vio que, a través de la aplicación, alguien informaba del hallazgo de un saco de derribo. Adjuntaba una foto en la que se divisaba el interior, con restos de papel pintado, mobiliario de cocina en mal estado y baldosas hidráulicas.

—¡El dragón! —dijo ella con alegría.

—El mismísimo. Póntelo —ordenó él mientras le tendía un casco.

Varias calles y algunos semáforos después, aparcaron en un chaflán del Eixample, donde los esperaba una mujer que agitaba los brazos. Clara la reconoció en el acto. Era «la inmortal», a quien su amigo saludó con un afectuoso abrazo.

—Corre, no tardarán en llevárselo —dijo la mujer señalando el saco—. Los albañiles ya han llamado a un camión para que lo recojan.

Bernat sacó de su mochila unos guantes de piel vacuna combinada con tela. Se los puso y removió el interior del saco. Renegó varias veces de los obreros, no habían sido nada cuidadosos al extraer las baldosas del suelo. La mayoría de las piezas estaban hechas añicos. Las pocas cabezas que vio del animal miraban a la derecha, como en el diseño original de Domènech i Montaner.

—¿Sabes si han llenado más sacos? —preguntó a su amiga.

—No creo, no hace mucho que han empezado a quitar el suelo.

—¿Qué piso es? —le preguntó Clara.

La mujer señaló unas ventanas justo encima de ellos, de las que salía una polvareda de color blanco. En ese momento, un hombre pegado a un cigarrillo encendido se asomó a una de ellas.

—Oye, ¿podríamos subir un momento? —le preguntó Bernat.

El hombre asintió, le gritó a un compañero y este les abrió el portón de la calle.

—Bueno, aquí acaba mi trabajo. Buena suerte —dijo la mujer justo antes de marcharse.

—¡Muchas gracias! —le gritó Bernat.

Cuando accedieron al interior de la vivienda, Clara descubrió que estaba siendo destrozado. No iban a sobrevivir ni paredes interiores, ni pavimentos, ni estucados. Todo, sin distinción, se iba acumulando en el centro de lo que fue el comedor, convertido en una enorme pila de escombros.

Tras dar algunas explicaciones al jefe de obra sobre lo que estaban buscando, el hombre les señaló aquel montón. Si había algo, estaría allí.

Clara se acercó con sigilo, consciente de que tenía delante el decorado en el que se desarrollaron historias de otros. Vidas. Se arrodilló y, con la ayuda de Bernat, fue retirando los materiales. Entre latas de cerveza vacías y decenas de colillas, encontraron distintos modelos de baldosas monocromáticas que su amigo ni siquiera se molestaba en recoger, puesto que no le llamaban la atención.

Al cabo de un rato que bastó para ensuciarles la ropa, botas nuevas incluidas, hallaron tres dragones enteros que tan solo presentaban algunos impactos en la cara vista.

Bernat acarició una de las piezas con la delicadeza de quien toca una flor y no quiere dañarle los pétalos.

—¿Te das cuenta? Tiene más de cien años. ¡Cuánto habrá visto! —dijo emocionado. Abrió su mochila y guardó en su interior los tres dragones.

—Si pudieran hablar, ¿verdad? —comentó ella.

Los dos amigos se pasaron la tarde desmontando la pila, inhalando polvo y padeciendo el estruendo de taladros, martillos y conversaciones a gritos entre los operarios.

Cuando ya casi todos los escombros estaban desparramados por el suelo, Clara encontró otra pieza. La sujetó con unas manos de pronto temblorosas.

—Este dragón mira a la izquierda.

—¡Toma ya! —Bernat aplaudió y el sonido retumbó en la estancia vacía de mobiliario amortiguador. Como era de esperar, la parte de atrás estaba oculta debajo de una gruesa capa de cemento—. En marcha.

A Clara le costó incorporarse. Había estado tan absorta en lo que hacía que no se había dado cuenta de que de nuevo llovía ni de que la humedad le había entumecido el cuerpo.

Poco después viajaba sobre el ciclomotor, sufriendo el impacto de la lluvia y el frío que esta le provocaba.

Algo más tarde, con la ropa empapada, los pies secos y la mirada cargada de ilusión, en la esquina superior derecha de la parte trasera de la baldosa descubría dos letras: «CA».

41

—¡Por fin! —le dijo Felipe a Clara al abrirle la puerta del loft, y la abrazó con fuerza.

—¿Qué pasa? —preguntó ella extrañada.

—Me va a estallar la cabeza —dijo señalando a Bernat y a Anna, que, sentados en el suelo del salón, cuchicheaban y reían delante de varias baldosas colocadas boca abajo.

No se le escapó el significado de la presencia de Anna. De sobras conocía la alergia al compromiso que tenía su amigo desde que su novia rompiera con él, pero la veía cada vez con mayor frecuencia. No obstante, no supo nada del supuesto tesoro escondido hasta que se lo contó ella misma.

—¡Bienvenida! —le dijo Bernat—. Llegas en muy buen momento. Estamos en plena batalla de marcas de fábrica y necesitamos una opinión objetiva. Efe no se moja. ¡Ven!

Clara suspiró y negó con la cabeza. Al acercarse, se dio cuenta de que el pelo de Anna había cambiado de color desde la última vez que la había visto. Era verde oscuro en las raíces, y en las puntas, claro. Puso los ojos en blanco. Enseguida se percató de que estaban decidiendo quién de los dos tenía la baldosa con el sello de fábrica más original. Cada uno competía con tres piezas, pero no le dijeron a quién pertenecían.

—¿Has cargado baldosas hasta aquí solo para mirar su parte trasera? —le preguntó a Anna, incrédula.

—Claro. El tontísimo este pretende que sus marcas son más chulas que las mías —dijo dándole un codazo.

—Venga, Clara, no te cortes. ¿Cuál te gusta más? —quiso saber Bernat.

Atónita, miró a Felipe, que se escabulló hacia la cocina mientras se desternillaba de la risa. Ella le dirigió una mirada que prometía venganza y, ante la insistencia de Bernat, accedió a su petición. Miró las seis baldosas. Cuatro tenían grabado el nombre de la fábrica que las creó, y tres de estas incluían, además, el nombre de la Ciudad Condal. Las letras estaban escritas en mayúsculas y conformaban un círculo. En todas ellas había distintos símbolos, seña de identidad de cada casa: una cruz, que le recordó la de los templarios, tenía patas de idéntica longitud, pero una anchura mayor en los extremos; una estrella grabada de ocho puntas con una flor en el interior, en relieve y con cuatro pétalos; un corazón; una estrella de seis puntas; un hexágono con un círculo en el interior, que a su vez tenía un corazón dentro, y una pequeña flor de cuatro pétalos con un círculo en relieve en el centro. Se acarició el lóbulo de la oreja, pensativa. Repasó las seis baldosas una a una y notó las miradas de los dos jugadores clavadas en ella. Se resignó a escoger una.

—Esta —dijo al fin.

—¡Mía! —exclamó Bernat incorporándose de un salto. Agarró la pieza y besó la flor que albergaba.

—¡Bah!

—Tonta, no te enfades —dijo él poniendo los dedos como si fueran garras. Al segundo, Anna se retorcía de la risa en el suelo, víctima de las cosquillas.

Clara se dirigió a la cocina. Allí la esperaba Felipe para preparar la cena, mientras del salón provenían gritos y golpes.

—¿Y a estos dos qué narices les pasa?

—Follan.

Clara soltó una carcajada.

Después constató que, como era habitual, Bernat tenía la nevera y la despensa bastante vacías. A pesar de este contratiempo, cocinó unos espaguetis con mantequilla, comino y sal gruesa.

Sonó el timbre de la puerta y Clara fue a abrir. Era Gisela. Al verla con su sonrisa, sintió una punzada en el estómago. Antes de que tuviera tiempo de decidir cómo saludarla, Anna se abalanzó sobre la recién llegada y la abrazó.

—Queridísima, ¡cuánto tiempo! Cuando Berny me lo contó no podía creerlo. ¡La vida vuelve a reunirnos!

—Cariño, qué ilusión, no tenía ni idea de que también rescataras baldosas.

—Son mi perdición, ¡algunas son preciosísimas!

Los comensales no tardaron en devorar la cena, que alabaron enseguida. Clara sonrió, halagada. Pensó que siempre le quedaría la cocina como afición.

Durante la sobremesa, las dos viejas amigas se enfrascaron en una conversación sobre el Modernismo.

—Era puro trabajo en equipo —dijo la profesora—. Se decoraba todo el edificio, por dentro y por fuera. Incluso los objetos cotidianos se integraban en el conjunto, nada se dejaba al azar. No habría sido lo mismo sin la complicidad de los oficios artesanales, por desgracia hoy en día en peligro de desaparición.

—¡Así es! —la secundó Anna—. También fueron importantísimas las flores. Se representaban en todas las técnicas: cerámica, mosaico, hierro, piedra, estucado, mosaico hidráulico, vidrio y yeso. ¿Habéis visto el gigantesco hibisco de hierro forjado que hay en la entrada del Palau Güell? ¡Es espectacular! —gritó mientras derramaba un vaso de agua al golpearlo sin querer con una mano.

—Una maravilla —corroboró Gisela, que la ayudó a recoger el agua con servilletas de papel.

Clara, que recordaba haber visto aquella flor al recorrer la calle Nou de la Rambla, asintió.

—Me resulta chulísimo el modo en que el artista se convertía en botánico.

—Y en semidiós, porque, al representar con una arte decorativa un modelo de naturaleza efímera, lo convertía en inmortal —opinó Gisela.

—¡En teoría! —apuntó Bernat—. La especulación urbanística ha conllevado el derribo de numerosas casas que eran auténticas maravillas.

—Es cierto —reconoció Anna—, las vidrieras del Museu d'Art de Cerdanyola se salvaron del derribo de milagro.

—Por fortuna, existen personas como vosotros —dijo Gisela señalando a la pareja—, que conocéis el valor de nuestro patrimonio artístico.

—¿Hay muchas construcciones modernistas fuera de esta ciudad? —preguntó Clara con curiosidad.

—Así es. El Modernismo se extendió más allá de Barcelona y conquistó casas residenciales de indianos, comerciantes e industriales, y también torres de veraneo, que acostumbraban a ser antiguas casas reformadas con el gusto de la época. Todavía pueden verse algunas en poblaciones como Badalona, Canet de Mar, Cerdanyola, Esplugues de Llobregat, Mataró, Sabadell, Sitges o Terrassa.

—Incluso existen cementerios modernistas, como el de Sentmenat —señaló Anna.

—Público fiel —intervino Felipe con un tono cargado de ironía.

Todos rieron.

Clara recordó el cementerio de Cantabria y se estremeció al visualizar el beso de Gisela. La miró y, para su sorpresa, descubrió que ella también la observaba. Bajó la vista.

Las horas transcurrieron rememorando esa otra época en la que el artista se tomaba el tiempo necesario para estudiar la naturaleza de forma exhaustiva. Desde una perspectiva artística, creaba auténticos manuales de botánica en los que anotaba el color de las plantas, la forma de los pétalos y las hojas, los pliegues de los tallos e, incluso a veces, el olor. Después, seleccionaba la parte o las características que quería representar y adaptaba la forma tanto al espacio disponible como al material utilizado.

—El otro día —prosiguió Gisela— leí un libro en el que se hablaba de las distintas técnicas empleadas por los artistas para representar la naturaleza. Lluís Brú i Salelles pintaba acuarelas a partir del método de observación directa. En cambio, el pintor Santiago Rusiñol sucumbió a la novedosa técnica de la fotografía y compró, en la tienda Fratelli Alinari, en Florencia, varias imágenes de flores. Domènech i Montaner incluso adquirió una cámara fotográfica de la prestigiosa marca francesa Gilles Frères, con la que retrató, en placas de cristal, distintos elementos vegetales. Después los representó en los edificios en los que trabajaba.

—¡Y así decoraron la ciudad con infinidad de flores! —exclamó Anna levantando los brazos.

Clara recordó la profusa decoración floral de la Casa Lleó i Morera y sonrió.

—¿Qué flores se representaban? —preguntó.

—¡Muchísimas! La mayoría, propias de nuestro clima mediterráneo. El cardo, el acanto, la adormidera, el clavel, el girasol, la campanilla, la hortensia, el lirio azul, el lirio de agua, la margarita, el nenúfar, la rosa, la amapola, la flor del naranjo y la vinca —recitó de memoria—. ¡Están por todas partes! En el exterior: en fachadas, balcones, barandillas, rejas, tribunas y capiteles. En el interior: en suelos, paredes, escaleras, techos, mobiliario y adornos. Nada escapa al encanto floral. ¡Es chulísimo!

—*Chapeau*, eres toda una experta en flores modernistas —comentó Gisela mientras aplaudía.

—Farmacias *are full of flowers*.

—¡Correctísimo! —exclamó Anna a punto de vaciar su copa de vino sobre Bernat, que se apartó justo a tiempo—. Ay, perdón, es que soy un poco torpe —admitió.

—No nos habíamos dado cuenta —rio él.

Anna le sacó la lengua y prosiguió:

—Me pirran las farmacias modernistas. En Barcelona, ¡he contabilizado veinticuatro! En todas ellas se representaron numerosas flores de plantas medicinales.

Clara callaba y escuchaba, impresionada por aquella exhibición de conocimientos. Tuvo la sensación de que formaba parte de algo grande y nada mundano, y se esforzó en disimular la emoción que sentía.

La velada contó con otros temas de conversación, como los cursos de verano. Gisela presumió de los organizados por su universidad, *Els Juliols*, se llamaban, que permitían profundizar en numerosos temas multidisciplinarios. Anna, a su vez, explicó que era una gran aficionada a los del Ateneu Barcelonès. Le encantaba aprender cosas nuevas relacionadas con la escritura, porque quería escribir un manual sobre terapia hortícola. Al decirlo, emitió un grito y se llevó las manos a la cara.

—¿Qué te pasa? —le preguntó Bernat preocupado.

Todas las miradas se clavaron en ella.

—Ahora caigo. En el Ateneu hay un pavimento con dragones.

Esta afirmación provocó un cúmulo de preguntas que fueron pronunciadas al mismo tiempo.

—Está en la zona reservada a los socios, en la cafetería —prosiguió—. Al menos estaba allí el verano pasado. Tropecé, me estampé contra el suelo y lo vi.

—¡A lo mejor hay un dragón invertido! —exclamó emocionado Bernat.

—¿Te imaginas? —dijo Clara antes de morderse el labio inferior.

—Mañana me acerco y lo miro.

Al día siguiente lo confirmó.

42

Era la octava vez que Clara miraba el reloj y el minutero solo había avanzado cinco minutos. Estaba nerviosa. Había llegado con media hora de antelación y, como cabía esperar, la persona con la que se había citado todavía no estaba allí.

Hacía unos días había decidido visitar la sección modernista del Museu Nacional d'Art de Catalunya. En un arranque, invitó a Gisela a acompañarla. Le propuso quedar el único momento de la semana en que sabía que no daba clase, la tarde del miércoles. La respuesta se hizo esperar el tiempo suficiente para que se arrepintiera de la invitación; al menos, un centenar de veces. Si bien deseó dar marcha atrás y borrar el wasap, el teléfono móvil le indicó que lo había leído al momento. Gisela aceptó y quedaron junto a las escaleras que conducían al Palau Nacional de Montjuïc, que albergaba el museo.

Mientras la esperaba, intentó distraerse pensando en otra

cosa. Pero cuanto más quería olvidarse de que tenía una cita con la profesora, más presente la tenía.

Después de varios intentos fallidos, se obligó a pensar en el mensaje cifrado. De un bolsillo interior del bolso sacó un pequeño sobre marrón, que con anterioridad había contenido fotografías suyas tamaño carnet. Extrajo seis papeles. En uno había anotado «CA», en otro «TA» y, en el último, «79». Los miró en busca de una respuesta que no encontró.

—Como no se trate del año de reserva de un vino, no se me ocurre qué pueden indicar —dijo Gisela a modo de saludo.

Clara sonrió al verla y le dio un único beso en una mejilla, que, a conciencia, fue apretado y húmedo. Tuvo la impresión de que aquel gesto turbó a Gisela, ya que al dirigirse a las escaleras dio un traspié. Sonrió para sus adentros.

Iniciaron la ascensión a pie, puesto que las escaleras mecánicas estaban fuera de servicio a raíz de una fuerte tormenta que había azotado la ciudad la noche anterior. Cuando alcanzaron el nivel en el que estaba el museo, se detuvieron para recuperar el aliento y contemplar una hermosa vista panorámica de la ciudad, con el Tibidabo al fondo.

—Tengo algo para ti —dijo Gisela mientras abría una cremallera de la mochila de piel que colgaba de su espalda.

Clara la miró con una ceja enarcada a modo de interrogación.

—Es una antigua fotografía de la planta baja de la Casa Lleó i Morera, con la fachada original proyectada por Domènech i Montaner —aclaró.

—Vaya, era impresionante —comentó mientras descubría unas esculturas de dos mujeres que reposaban sobre la barandilla. Ambas sujetaban unas tinajas a modo de jardineras, repletas de flores.

—El otro día consulté mi colección de postales antiguas y, al ver esta, me acordé de ti. Pensé que te gustaría ver cómo era el edificio antes de que sufriera cambios.

—Gracias, es todo un detalle —respondió halagada por aquel gesto.

—Cuando comenzaron las obras para instalar una firma de productos de lujo, el director de la intervención, Raimon Duran Reynals, optó por retirarlas. Las destruyeron a golpe de martillo. Solo sobrevivieron los dos bustos porque el portero de la finca, que además era chatarrero, los salvó. Acabaron en manos de Salvador Dalí, que las colocó en el patio de su teatro museo de Figueres.

—Qué lástima.

Clara emitió un chasquido con la lengua y negó con la cabeza.

Minutos después, las dos mujeres cruzaban el control de seguridad y se dirigían a la primera planta, donde les aguardaba la colección de arte modernista.

De pronto Clara temió aburrirse. Del mismo modo que no era una aficionada a la lectura, tampoco lo era a los museos. Las visitas organizadas por la escuela siempre le habían resultado soporíferas. «Claro que —se dijo— nunca había tenido una guía particular como Gisela».

Atravesaron decenas de salas repletas de objetos modernistas, donados en su mayoría por familias pertenecientes a la burguesía barcelonesa. Pensó que, con toda probabilidad, todavía permanecerían muchas joyas ocultas mientras que otras se cotizarían bien en el mercado del coleccionismo privado.

En cada una de las salas descubrió algún objeto que le llamó la atención, aunque sus piezas preferidas eran, hasta el momento, un secreter diseñado por Josep Maria Jujol, unas sinuosas puertas de Gaudí y una puerta vidriera de cuatro batientes. Se detuvo frente a esta y se acercó a ella para examinarla con atención. Le resultaba familiar. Paseó su mirada por hortensias y capuchinas, y miró a Gisela con una ceja enarcada y una sonrisa pícara.

—Curiosa coincidencia, ¿no?

—Culpable —dijo Gisela agachando la cabeza—. La de mi casa es una reproducción de esta maravilla.

—Eres una loca del Modernismo.

—Tengo buen gusto —respondió la profesora guiñándole un ojo—. Esta obra de arte pertenece a Frederic Vidal, hermano de Lluïsa Vidal.

—¿La pintora de la que me hablaste en tu casa?

—La misma. Era la segunda de doce hermanos, de entre los cuales también destacó Frederic. Se formó en Londres en la técnica del vitral *cloisonné* y tuvo una carrera muy prolífica.

En otra sala, Clara rio al ver el cuadro *Ramon Casas i*

Pere Romeu en un automóvil, del famoso pintor, porque sobre una cesta de mimbre, colocada en la parte delantera del vehículo, había un perro contemplando el paisaje.

También le gustaron dos objetos diseñados por Gaspar Homar que nada tenían que ver con su oficio de ebanista: una voluminosa jardinera redonda, hecha de cobre y sujeta con unas patas de hierro forjado, y una lámpara de techo con libélulas, de metal fundido dorado y vidrio azulado.

—Homar los diseñó para la Casa Lleó i Morera. Fue el encargado, por petición explícita de Domènech i Montaner, de decorar los interiores. A él se deben cortinajes, tapicerías y otros enseres. Y hablando de esa casa…, ven.

Clara la siguió y entraron en la sala número 59.

—Aquí lo tienes, el mobiliario de la sala de estar del piso principal.

Frente a ellas, unos muebles hechos con madera de roble, dibujos japoneses, metal, vidrio y tapicería de terciopelo de color verde.

—¿Qué es esta preciosidad?

—Es la guinda del pastel, uno de los conjuntos de decoración interior modernista más célebres y mejor conservados.

Clara dejó escapar un silbido de asombro.

Quiso acercarse para observar los detalles, pero tropezó con algo en lo que no había reparado al entrar en la sala. Ante sus ojos, y dentro de un marco de hierro forjado, había un fragmento de tapiz compuesto por baldosas hidráulicas, donado en 1991 por la empresa Olimpíada Cultural, S. A. Pertenecía al modelo 1.019 de la Casa Escofet. Con un total de 112 piezas, 14 de largo por 8 de ancho, constaba de ocho dragones.

Uno de ellos, invertido.

43

Bernat acostumbraba a decir que el martes era el día más complicado de la semana. Como la mayoría de los derribos se iniciaban los lunes, al día siguiente los sacos de escombros estaban llenos a rebosar. En su interior, le esperaban baldosas hidráulicas polvorientas, a menudo maltratadas por los trabajadores de la obra. En más de una ocasión había estado a punto de enzarzarse en una pelea con ellos porque, al tirar de golpe las piezas en el saco, las rompían. Clara todavía recordaba la vez en la que tuvo que alejarlo por la fuerza, al detectar en sus ojos una mirada de odio descomunal. Incluso le pareció percibir unas anaranjadas llamas en el iris.

—¡Eres un salvaje! —le gritó a un operario que vaciaba un capazo en el saco.

Bernat frunció el ceño, interrumpió su labor y se arremangó.

Ella intervino en el acto, convencida de que aquello no

acabaría bien. Sin mediar palabra, apartó a su amigo a empujones. Él protestó, pero cedió a la voluntad de su amiga y se alejó.

Había operarios que sí colaboraban con él. Retrasaban la llamada al camión de recogida de escombros el tiempo necesario para que pudiera organizar su operativo de salvación. Si la cantidad de baldosas que rescatar era grande, alquilaba una furgoneta por horas y cargaba en su interior las piezas enteras. Después las depositaba en su casa, convertida en un almacén cada vez más.

Con estos antecedentes, a Clara no le sorprendió que ese martes Bernat llegara tarde a su cita con ella y ni a Felipe que lo hiciera con la ropa polvorienta. Lo que no esperaba era que apareciera con una sonrisa de oreja a oreja y una propuesta de difícil digestión.

Estaban saboreando un refresco de cola con hielo en una terraza de la calle Blai cuando soltó la bomba.

—Hay que pasar a la acción —dijo sin atajos.

—¿A qué te refieres?

—¡A qué va a ser! A las baldosas que se encuentran en el Ateneu Barcelonès, el MNAC y la farmacia Bolós. ¡Tenemos que robarlas!

—¡Chisss! —dijo Felipe dándole un golpe en el brazo.

—¿Te has vuelto loco? —preguntó Clara con el ceño fruncido.

—La loca eres tú si ignoras la posibilidad real de encontrar el tesoro.

Clara apuró su vaso, alzó el brazo y llamó al camarero. Pidió dos medianas y otro refresco.

—Efe, ¿tú qué opinas?

—Creo que Bern tiene razón. Tenías que encontrar seis dragones, ¿no? Ahí los tienes —dijo en tono tranquilo y seguro.

Ella se rascó la cabeza y, de forma instintiva, se ajustó las muñequeras.

—¿De qué tienes miedo? —le preguntó Bernat.

Ella lo miró y se mordió el labio inferior. «De qué no», pensó.

—Lo tenemos todo previsto —dijo intentando tranquilizarla.

—¿«Tenemos»? ¿Quiénes?, ¿vosotros dos? ¿Desde cuándo confabuláis a mis espaldas? —preguntó con ira en la voz.

Bernat le agarró la mano, que ella liberó de inmediato. La levantó con la intención de pedir la cuenta y dar el encuentro por finalizado, pero Felipe la frenó.

—Escúchanos —le rogó.

Clara apretó los labios con rabia, blanquecinos por la repentina falta de circulación sanguínea. Se sentía traicionada por sus dos amigos y, aunque tenía ganas de chillar y de llorar, las reprimió. En su lugar, vació el botellín de cerveza casi de un trago.

—Hablad —dijo tras unos minutos de tenso silencio. Optó por escuchar lo que querían contarle, después ya tendría tiempo de mandarlos a paseo.

Empezó Bernat. Le pidió que no se enfadara, solo habían buscado una manera de dar con el tesoro, y para eso necesitaban juntar todas las piezas del rompecabezas, los seis dragones invertidos. Hasta entonces solo tenían tres y no habían sacado nada en claro.

Continuó Felipe. Explicó que los pavimentos de las tres localizaciones tenían algo en común: el cuerpo del tapiz hidráulico estaba formado por una combinación de dos únicos diseños: el dragón y el que, o bien representaba una cruz, o bien cuatro murciélagos. Por fortuna, recordó, Gisela había descubierto que Mosaic Girona era la fábrica que reproducía esos diseños. No sería complicado, aseguró. Bastaría con sustituir unas baldosas por otras.

Bernat asintió y explicó que había examinado con atención la baldosa con el dragón invertido que estaba expuesta en el MNAC. Todo indicaba que no estaba sujeta a nada, sino simplemente encajada en el marco de hierro. Eso facilitaría la operación de cambio de una pieza por otra. Sin embargo, señaló, para sacar los dragones invertidos del Ateneu y de la farmacia, sería necesario romper las baldosas colindantes. Las justas para, con cuidado y haciendo palanca, separar la pieza del suelo sin que se estropeara. En el peor de los casos, dijo, habría que romper las ocho baldosas que rodeaban al dragón, tres por arriba, tres por abajo y una a cada lado. Teniendo eso en cuenta, había calculado que necesitaban, al menos, diecinueve baldosas de sustitución, once con el modelo del dragón y ocho con el otro.

—Lo más prudente sería comprar más, por si alguna se rompe —apuntó Felipe—. He consultado al fabricante y costarían unos doscientos euros, gastos de envío incluidos.

—Podemos frotar las reproducciones con esparto mojado con agua para que parezcan viejas y las colocamos en el lugar de las originales. Calculo que solo necesitaremos una hora. ¡Nadie se enterará! —afirmó Bernat recuperando el entusiasmo.

—Pero en la reproducción el dragón mira a la derecha, no a la izquierda como el invertido —señaló Clara—. Alguien se dará cuenta.

—Es poco probable, ¡nadie mira el suelo!

—Aunque alguien se fije —terció Felipe—, ¿cómo va a relacionarnos con el cambio?

Clara se rascó la barbilla, pensativa. Sus resistencias iniciales empezaron a ceder ante la vehemencia con la que hablaban sus amigos. Le daba la impresión de que lo tenían todo pensado. Lo que no comprendía era cómo conseguirían entrar en aquellos sitios sin ser descubiertos. Lo preguntó.

—Tranquila, todo controlado —dijo Bernat guiñando un ojo.

Apareció un camarero con un pequeño pastel de chocolate negro en el que brillaba una vela encendida, y los dos hombres empezaron a cantar «Cumpleaños feliz» a pleno pulmón. Clara se ruborizó y los miró horrorizada, convertida de pronto en el centro de atención de vecinos de mesa y peatones.

Miró el pastel y vio que, en la parte superior, dibujado con chocolate blanco, había un dragón. No pudo evitar una sonrisa. Su mal humor se disipó de golpe, sustituido por una emoción que se tradujo en lágrimas.

—Os habéis acordado —consiguió decir.

44

Gisela no reaccionó bien. En cuanto oyó la palabra «robo» se tapó los oídos con las manos y se negó a escuchar los detalles del plan que Bernat y Felipe, con el beneplácito de Clara y la complicidad de Anna, habían orquestado para sustraer los tres dragones invertidos.

A Clara no le sorprendió la negativa. Recordaba aquella ocasión en la que, al diseñar la estrategia de búsqueda del tesoro, Felipe sugirió la idea del robo. La profesora se negó con rotundidad y no apuntó aquella posibilidad en la lista de tareas. Con ese antecedente, era previsible que no le agradara en absoluto el proyecto, porque, al fin y al cabo, era una enamorada del arte que, bajo ningún concepto, permitiría expolio alguno.

Bernat, en cambio, sí se sorprendió y la reprendió.

—Venga ya, ¡no me seas puritana! Los museos no dejan de ser un muestrario de usurpaciones de patrimonio ajeno.

Por favor, ¡pero si hay objetos del Antiguo Egipto repartidos por todo el mundo! —exclamó molesto.

—Sí, y gracias a esos museos esas piezas se conservan —replicó ella muy seria.

—Sin duda, como sucedió con el Neues Museum durante la Segunda Guerra Mundial —señaló él con tono irónico—. Los bombardeos de los Aliados sobre Berlín dejaron el edificio en estado ruinoso y se destruyeron un montón de tesoros del mundo antiguo. ¡Venga ya!

—¿Significa eso que crees que hay privatizar el arte? —explotó la profesora.

Bernat se puso rojo de ira y, cuando iba a replicarle, Felipe le detuvo. Lo agarró del brazo y le dijo: «Frena». Su amigo obedeció a regañadientes.

Gisela cruzó los brazos sobre el pecho y miró a Clara.

—¿Encontrar el tesoro justifica actuar sin ética? —le espetó enfadada.

Clara no contestó. Sabía que Gisela tenía razón y que aquello no estaba bien. Desde el día de su cumpleaños había pasado muchas horas enfrentada a un importante dilema moral: continuar o parar. Pero también sentía que debía seguir adelante, se lo debía a su tatarabuelo, a ella misma. Si era verdad que había un tesoro oculto, ¿cómo renunciar a él? ¿Cómo desechar la oportunidad de darle un giro a su vida? «Piensa en ti», le dijo Ágata cuando le planteó sus dudas. Por primera vez en su vida, eso era lo que hacía. ¿Tan malo era?

No obstante, sintió miedo. Aunque temía que los descubrieran en plena acción delictiva, lo que le producía auténtico pavor era el rechazo de Gisela. Aquella mujer le importaba más de lo que se atrevía a reconocer. Al darse cuenta de ello, se le secó la boca y sintió frío. Se apretó las muñequeras y cogió aire. Se hallaba frente a un problema de difícil solución: ¿tesoro o corazón? Se mordió el labio inferior, apesadumbrada.

—Escucha —intervino Anna en tono conciliador—, cuando empezasteis esta aventura, sabíais que era probabilísimo que los dragones invertidos formaran parte de pavimentos de la ciudad. ¿De verdad no te planteaste que hubiera que sacarlos de su sitio para descifrar el mensaje secreto?

La profesora guardó silencio. Se recogió el pelo en una coleta, se levantó del sofá y empezó a caminar sin rumbo por la sala de estar. Bajo la atenta mirada de los demás, iba y venía. Solo se escuchaba el repiqueteo de los tacones sobre el suelo, clac, clac.

—Tenéis razón —dijo al fin—. Soy una hipócrita. No puedo aventurarme en la búsqueda de un tesoro y no asumir los riesgos que conlleva. Incluida la falta de ética.

—No tienes por qué seguir adelante —consiguió decir Clara con una mirada que le suplicaba que no abandonara.

—Querida, no empiezo nada que no pueda acabar —le dijo Gisela con un atisbo de sonrisa—. Solo os pido una cosa —los miró con seriedad—: vuestra palabra de que, si algo sale mal, nadie delatará a nadie. He dedicado mi vida a mi profesión, me ha costado mucho llegar donde estoy y tengo una importante hipoteca que pagar.

—Cuenta con ello —dijo Clara—. Llegado el caso, yo asumiré toda la responsabilidad. Al fin y al cabo, si estáis metidos en esto es por mi culpa.

—No, es porque hemos querido estarlo —rebatió contundente Bernat.

—*Fucking yes!* —corroboró Felipe.

—Me sumo al pacto de silencio —dijo Anna.

Los cinco sellaron el acuerdo con un brindis.

45

Enero de 1910 arrancó con una multitudinaria y pacífica manifestación que congregó a más de noventa mil personas, entre ellas, Florencio. Solicitaban la amnistía para los detenidos y condenados por los sucesos de la Semana Trágica. A pesar de la importante movilización ciudadana, la petición no fue escuchada y Tomás permaneció en prisión.

Para contrarrestar el profundo sentimiento de impotencia que eso le generaba, el mosaísta se refugió en su objetivo particular de esconder el tesoro. El día en que le dieron las llaves de su nuevo hogar, se dirigió a él después del trabajo. Dejó en el interior un capazo, un pico, una pala, una paleta, un martillo y un saco de cemento. Al día siguiente, esperó a que todo el mundo se marchara de la fábrica y, después de comprobar que estaba solo, se fue directo a su futuro piso. En una mano portaba la bolsa de cuero, que había lustrado para que no levantara sospechas. En la otra cargaba un saco con baldosas de repuesto. Agradeció cada kilo de peso, le obligaba a mantener los pies en el suelo y, de este modo, evitaba dar rienda suelta a su peor temor: que alguien le parara y le preguntara qué llevaba. Tenía claro que, si la policía lo interrogaba, mostraría primero las baldosas. Tratándose de un mosaísta, no levantarían sospechas. Esperaba que con eso bastara, pues sabía que, si le obligaban a vaciar el contenido de la bolsa, no tendría escapatoria.

Salió de la fábrica con paso decidido y se encaminó a su futuro barrio. Tras poco menos de una hora de trayecto y casi sin aliento, llegó a su portal. Entró en el piso, cerró la puerta con llave y emitió un suspiro de puro alivio. Estaba a salvo, listo para esconder la bolsa.

Tres semanas después, abandonó con su familia el barrio de Sant Pere. En él había vivido la primera parte de su vida. La segunda la pasaría alojado en el de Sant Gervasi de Cassoles, alejado del problemático casco antiguo.

46

En la fábrica, los pedidos no cesaban y Florencio recuperó su trabajo certero. También su buena fama. Incluso el apetito, que le había regalado una barriga en relieve. Respiraba aliviado, sin la sensación de tener la afilada cuchilla de una guillotina a punto de deslizarse sobre su cuello. No sabía si se debía a la primavera, pero en su interior notaba una alegría difícil de disimular. Ni siquiera el fuerte incremento de huelgas del movimiento obrero influía en su buen estado de ánimo. Se sentía tan liviano que hasta consideró la posibilidad de comentarle la historia del tesoro a Hermenegilda. Decidió no hacerlo. Solo conseguiría preocuparla y, quizá también, ponerla en peligro. En cambio, sabía que debía compartir su secreto con Román. Pero cuanto más reflexionaba sobre esta cuestión, más se daba cuenta de que lo prudente era que su hijo se enterara en otro momento, cuando formara una familia. Estaba asimismo convencido de que tenía que transcurrir más tiempo entre la muerte del comercial de la fábrica y el hallazgo del tesoro, aunque era consciente de que no viviría eternamente. Acababa de cumplir cuarenta años y empezaba a sentirse cansado. También dolorido. Raro era el día en que la espalda le daba una tregua, porque las contracturas se solapaban unas con otras. A veces era incapaz de levantar los sacos de pigmento y tenía que pedir ayuda. Él, que nunca había necesitado a nadie. No le cabía la menor duda, tenía que encontrar una fórmula dilatada en el tiempo para transmitirle el tesoro a su hijo. Pero ¿cuál?

Un día, mientras rellenaba con un pigmento verde grisáceo los compartimentos que configuraban un dragón y su llama, se dio cuenta de que el animal miraba hacia el lado derecho. En ese momento algo sucedió en el interior de su cabeza. Se acordó de su padre, de los acertijos, del dragón chino de la Rambla, y supo lo que debía hacer.

A la hora del almuerzo, se dirigió a la sala de trepas. La mayoría de las fábricas de la época compraban esas plantillas a talleres externos, y las de la casa Lachave Fils, en Viviers, eran muy populares. La fábrica en la que él trabajaba, sin embargo, podía permitirse tener a trepistas en plantilla. Se acercó al más joven y, al notar su mirada de admiración, supo jugar bien sus cartas. Por primera vez en su vida, el mosaísta se aprovechó de la fama que le precedía y mintió para conseguir su objetivo. Se llevó las manos a la cabeza fingiendo desespero y le dijo al trepista que estaba trabajando en un pedido de un cliente tan exigente como extravagante. Después de emitir un sonoro suspiro, le contó, mostrándole la trepa del dragón, que el muy rarito se había encaprichado con que el animal mirara a la izquierda. Por este motivo, continuó, necesitaba saber si existía la posibilidad de cambiar de posición las asas. Quería sacarlas de un lado de la trepa y ponerlas en el contrario. Por supuesto, le confesó en un susurro, ese antojo debía quedar entre ellos dos, no fuera a ser que alguien copiara la idea y perdiera su exclusividad. Para rematar la jugada, encogió los hombros y agachó la cabeza. El inocente trepista mordió el anzuelo y se solidarizó con él. Le dijo que no había ningún problema, bastaba con desoldar las asas y soldarlas otra vez. Florencio sonrió complacido y, para no delatarse, redujo a conciencia la curvatura de sus labios. Le tendió al trepista la plantilla de acero y le pidió que lo hiciera cuanto antes.

Aquella misma tarde, Florencio fabricó seis baldosas hidráulicas con el dragón mirando en la dirección opuesta a la del diseño original. Por miedo a posibles represalias, no estampó en el grueso el sello de la fábrica. Colocó las piezas con mucho cuidado en un tendedero que guardó en un lugar del almacén reservado a pedidos especiales. Se despidió de ellas hasta el otoño y, acto seguido, le pidió al trepista que recolocara las asas de la trepa en su posición original, no sin antes agradecerle su valiosa colaboración con una palmada en la espalda que produjo una enorme sonrisa en el rostro del joven.

47

A medida que el mes de octubre de 1910 avanzaba, las calles de Barcelona se cubrían con hojas de plátanos de sombra. El otoño siempre entristecía a Florencio, era sensible a la consiguiente reducción de horas de luz y la disminución de la temperatura. A esa sensación de decaimiento había que añadir la ausencia de su amigo Tomás, al que se prometió visitar pronto; quería contarle que había seguido su consejo. Sin embargo, Florencio tenía que continuar con su plan. Había transcurrido el tiempo de secado que las baldosas fabricadas hacía seis meses necesitaban, tanto las del dragón original como las del invertido. Los pedidos no tardarían en salir rumbo a nuevas construcciones, remodelaciones y reparaciones.

Una noche, esperó a quedarse solo en la fábrica. Con una lámpara de aceite se dirigió al almacén y localizó el tendedero con los seis dragones invertidos. El mosaísta sintió una gran alegría al reencontrarse con ellos. Y también orgullo; al fin y al cabo, existían gracias a él. Metió la mano en el bolsillo del pantalón y sacó de él un pañuelo en el que había envuelto un punzón. Agarró una de las baldosas y le dio la vuelta. Con la ayuda de la punta metálica y fina de la herramienta hizo una marca en una de las esquinas del grueso. Repitió la misma operación con las otras cinco piezas, después apartó una y, con las cinco restantes, se dirigió a la sala de embalaje.

Como había previsto, encontró varias cajas de madera que contenían piezas con el diseño original del dragón, perfectamente protegidas con paja. En la parte superior estaba anotada la dirección de entrega. Seleccionó cinco con distintas señas y las abrió con cuidado de no romper ninguna tabla de madera. Retiró una baldosa de cada una de ellas y la sustituyó por otra con el dragón invertido, luego la arropó añadiendo más paja. A continuación cerró las cajas. Permaneció un rato quieto, arrodillado y con la gorra entre las manos. Rezaba para que todo saliera como tenía previsto. Aunque era probable que en el momento de la colocación de las baldosas alguien se diera cuenta de la diferente orientación, no le dio importancia. Era habitual que, con las prisas por finalizar una obra, los pavimentos hidráulicos presentaran algún error en la disposición de una o varias piezas. Por qué no también en la orientación. Confió en que su instinto no le fallara.

Recogió las cinco baldosas que habían sido sustituidas y las colocó en un estante del almacén destinado a las piezas sobrantes. Después cogió su chaqueta y se marchó a casa con el sexto dragón invertido bajo su brazo. Cuando llegó, reinaba en ella un profundo silencio. Era ya tarde y tanto Hermenegilda como Román dormían. Recuperó su libro de infancia *La isla del tesoro* y releyó algunos párrafos rememorando los grandes momentos de diversión que aquel objeto de papel le había regalado. También, las pesadillas debidas al temible John Silver el Largo. Rodeó varias letras en distintas páginas. Satisfecho, lo colocó encima de la baldosa y envolvió ambos objetos y los ató con un grueso cordel que había cogido de la sala de embalaje. A continuación, los escondió debajo del colchón de su cama de matrimonio.

48

Durante la Navidad, Florencio estuvo tentado de entregarle a Román el paquete que con tanto esmero le había preparado, pero se frenó; quería esperar, como mínimo, a que su hijo alcanzara la mayoría de edad, que la ley establecía a los veintitrés. Solo faltaba un año. Le intrigaba saber cuál sería su reacción ante la noticia de que existía un tesoro oculto. Mientras atusaba una barba que había añadido a su bigote y que cuidaba con esmero, elucubraba distintas posibilidades. ¿Saltaría de alegría? ¿Resolvería enseguida el enigma? ¿Le supondría un quebradero de cabeza? Estaba convencido de que resolver el acertijo le costaría algunas noches de insomnio, pero tenía una confianza plena en su capacidad para conseguirlo. Por si Román se quedaba atascado, había elaborado una lista mental de pistas.

El invierno se instaló en la ciudad y una tarde de enero de 1911, cuando el sol ya hacía algunas horas que descansaba y la luna le tomaba el relevo, partió de la fábrica en dirección al bulevar del paseo de Gràcia. Se dirigía al estudio del fotógrafo Pau Audouard, que se encontraba en los bajos de la Casa Lleó i Morera. Iba a recoger el retrato de familia sacado con ocasión de su vigésimo tercer aniversario de boda.

En el camino se detuvo frente a la Casa Calvet, que celebraba su duodécimo aniversario. Una proeza, teniendo en cuenta que su diseño no estuvo exento de polémica. La altura de la fachada sobrepasaba en algunos metros el máximo permitido por las ordenanzas municipales, pero el arquitecto rechazó modificar los planos. Incluso amenazó con cortar horizontalmente el remate superior de la casa por la línea que el ayuntamiento le indicara.

Florencio se alegraba de que al final se hubiera hecho la vista gorda, porque aquella doble fachada terminada en curvas le gustaba. También las columnas que flanqueaban la entrada del edificio, que recordaban bobinas de hilo, en referencia a la familia propietaria, procedente de una larga tradición algodonera y cuyo negocio textil, Hijos de Pedro Mártir Calvet, ocupaba la planta baja y los sótanos. Otra cosa que le divertía mucho era el picaporte del portón de madera. De hierro forjado, tenía forma de cruz griega y golpeaba contra un chinche. Por lo que había oído, simbolizaba la fe castigando al pecado. Lo observaba embelesado cuando un escalofrío recorrió su cuerpo, entonces decidió ponerse en movimiento para no enfriarse todavía más.

Subió por paseo de Gràcia a paso rápido, escuchando el

sonido que la suela de madera de sus zapatos producía sobre el pavimento. Cruzó el bulevar a la altura de la calle Consell de Cent y ya casi estaba sobre el chaflán del estudio fotográfico, cuando fue objeto de un ataque de estornudos tan repentino como violento. A pesar del contratiempo, continuó adelante centrado en controlar aquel arrebato de su cuerpo y sortear el enjambre de ciclistas. No vio el agujero en la acera de cemento, hundió un pie en él, perdió el equilibrio, cayó de espaldas y se golpeó la nuca contra el suelo. Le dolió. Se sintió mareado e intentó incorporarse, pero fue incapaz de coordinar sus movimientos. Oyó un zumbido enseguida solapado por los gritos de varios transeúntes, y supo que sangraba por la nariz y los oídos. Mientras lo socorrían junto a la fachada de la Casa Lleó i Morera, Florencio empezó a ver borroso y sintió mucho sueño. Aunque le pedían que no se durmiera, no conseguía levantar del todo los párpados. Consciente de que se moría, no pudo retener las lágrimas de rabia. Fijó con dificultad la mirada en el dragón del arco e imaginó que se marchaba sobre sus alas junto a su padre.

49

Clara no paraba de reír al ver a Felipe con una larga melena rubia y lisa. Se lo estaba pasando en grande probándose la colección de pelucas que Anna y Gisela habían comprado en un bazar chino. Otros complementos estaban esparcidos por toda la sala de estar del loft. Sobre la mesa, distintos modelos de gafas, bigotes de varios tipos, pestañas, uñas postizas y lentillas de colores. Junto al sofá, el viejo bastón de Teresa. En el perchero, un par de sombreros y varias gorras.

Todo formaba parte de lo que Clara llamó «kit del robo», elementos imprescindibles para camuflar la verdadera identidad de los usurpadores de baldosas, que, para el primer operativo, la transformaron en una rubia despampanante. Iba vestida con una minifalda negra, una camiseta del mismo color con lentejuelas plateadas y unas botas negras que le llegaban hasta las rodillas. No pasaba desapercibido el pronunciado escote, que permitía intuir unos pechos generosos, mayores que los reales gracias a un sujetador con relleno. Tampoco resultaba indiferente el intenso azul de sus enmascarados ojos ni su peinado a lo Marilyn Monroe.

Los demás la miraban atónitos.

—Tía, estás cañón —le dijo Anna dándole una palmada en el trasero.

—No os acostumbréis —respondió ella ruborizada.

—Pues no te queda nada mal —comentó Gisela tras guiñarle un ojo y repasarla de arriba abajo.

—Tú, en cambio, pareces una abuela, con ese moño gris y el bastón —le replicó intentando disimular su turbación.

—Es la idea, querida —respondió satisfecha Gisela, simulando una voz cascada.

Felipe, que se había recogido la melena pelirroja con horquillas, optó finalmente por una peluca de pelo corto negro. Acompañó el atuendo con unas gafas de plástico del mismo color.

Bernat, en cambio, no conseguía decidirse sobre qué bigote escoger. Al final optó por una tupida barba que Anna le sugirió, conjuntaba con sus anchas y pobladas patillas. Ella no buscó atuendo alguno. No lo necesitaba.

Guardaron sus respectivos disfraces en bolsas, sincronizaron los cinco relojes reclutados para la ocasión, repasaron el plan y se despidieron hasta el día siguiente.

Aquella noche ninguno de ellos pegó ojo.

Acudieron al museo por separado, en un intervalo de dos horas. Tal y como habían previsto, en el interior se estaban desarrollando varias visitas escolares. Entre ellas, una de un grupo de alumnos de secundaria al que Anna impartía clases de Ciencias Naturales. Les había marcado como objetivo la identificación de las distintas flores que había en la sección de arte moderno. Ella conocía bien a aquel grupo de adolescentes; en especial, a la minoría con tendencia a liarla cada vez que salían de excursión. Por supuesto, su presencia en el museo no era en absoluto casual.

Cuando los relojes marcaron las doce en punto del mediodía, la tranquilidad del museo se vio de pronto perturbada en tres salas contiguas de la primera planta.

En la número 58, una anciana con bastón se desvaneció y cayó desplomada sobre una tarima de madera, causando un estruendo difícil de ignorar y una concentración de personas a su alrededor.

Al ver la escena y percatarse de que no había ningún vigilante en la sala, una mujer rubia recurrió al que estaba en la adyacente, la número 59, quien, embelesado por las largas piernas y la corta falda de aquella mujer, se prestó enseguida a socorrer a la anciana, que susurraba palabras ininteligibles. La mujer rubia pidió a la gente que se dispersara y se agachó junto a la anciana desmayada dejando a la vista un sugerente escote acariciado por un colgante cuyo movimiento no pasó desapercibido al hombre uniformado.

Al mismo tiempo, en la sala número 60, tres jóvenes discutían y se zarandeaban entre ellos, mientras su profesora, desesperada, solicitaba la ayuda de la mujer que custodiaba la sala, que no tuvo reparo alguno en llamarles al orden con un grito ensordecedor, además de proferir unas cuantas amenazas.

La mayoría de los visitantes de la sala intermedia, la número 59, guiados por una irreprimible curiosidad, se distribuyeron a paso rápido entre las dos salas contiguas. A excepción de dos hombres que, justo en aquel instante, contemplaban una muestra de pavimento hidráulico.

Uno de ellos, con espesa barba y una mochila cargada sobre su pecho, se agachó para atarse el cordón de un zapato, mientras el otro, en cuyo rostro destacaban unas gruesas gafas de pasta negra, permanecía de pie. Este miró con rapidez a ambos lados y, sin mediar palabra, le tocó el hombro al que estaba en cuclillas, quien, de forma automática, abrió la cremallera de la mochila. Del interior sacó una ventosa, que colocó sobre la cara vista de una baldosa, y un cincel, que dispuso entre esa pieza y su vecina. Hizo palanca y la levantó sin hallar resistencia. La cogió con la ayuda de la ventosa, la cambió por otra que sacó del interior de la mochila y la guardó junto con las herramientas. Cerró la cremallera y se levantó. Cruzó la sala número 59 y accedió a la número 60, en la que una vigilante reprendía a tres jóvenes cabizbajos mientras, detrás de ellos, una mujer con el pelo verde asentía con mirada severa.

El hombre de gafas, en cambio, se quedó observando la recuperación de la anciana, quien reaccionó después de beber un poco de agua que, con enorme gentileza, le ofreció el vigilante que la había atendido; ese día salió del trabajo con una amplia sonrisa y con el número de teléfono de una hermosa mujer. Él entonces no lo sabía, pero la soñada cita nunca tendría lugar porque, al otro lado del auricular, solo respondían por una fábrica de cosméticos.

50

Otra noche de insomnio. Clara llevaba ya unas cuantas intentando descifrar el mensaje oculto tras las baldosas. La pieza usurpada del museo, con un «LO» grabado en el grueso, no aportó claridad al asunto. Una pregunta se repetía en su cabeza sin cesar: ¿qué podían indicar las inscripciones «TA», «79», «CA» y «LO»? Por más combinaciones que realizara, no lograba vislumbrar pista alguna. Tampoco hallaba el modo de evitar los robos en la farmacia y en el Ateneu.

Bernat y Felipe le habían dicho que no se preocupara, que no los pillarían. Pero ella estaba inquieta; tanto, que muchas noches, en lugar de descansar, se dedicaba a correr por la ciudad.

Tenía claro que necesitaba aquellas dos baldosas. Ya no le quedaba ninguna duda de que solo resolvería el enigma con los seis dragones juntos. Sin embargo, se decía, una cosa era representar un papel de seductora y otra muy distinta colarse en plena noche en dos lugares cerrados a cal y canto.

Tampoco la tranquilizaba el devenir de su relación con Gisela, quien había abierto una compuerta hasta entonces cerrada con triple llave. La misma tarde del robo, no esperó a verla en la habitual cena de los sábados en el loft, sino que se presentó por sorpresa en su barrio.

Clara salía de la ducha cuando su teléfono sonó. «Te espero en La Confitería», decía el mensaje de voz. Sin dar crédito a sus oídos, se vistió a toda prisa y, con el pelo aún mojado, puso rumbo a un local en el que no había entrado nunca.

Al llegar, no pudo evitar una sonrisa. Se trataba de un local modernista, junto a cuya barra, situada frente a un escaparate de madera y espejos, estaba Gisela sentada en un taburete.

—Espero que no te importe que no te haya esperado —le dijo mostrándole una copa de cóctel.

—Tomaré lo mismo —dijo Clara al camarero, que le preparó allí mismo su bebida.

Gisela alzó su copa invitándola a brindar y Clara la secundó.

—¡Qué cosa más dulce! —protestó tras el primer sorbo.

—Querida, es *Il Corretto*, con vodka, Curaçao, anís del Mono, café y azúcar moscovado —rio—. Si no te gusta, tienen otros cócteles, todos son deliciosos —afirmó guiñándole un ojo.

—¿Y esta visita inesperada? —preguntó Clara.

No obtuvo respuesta. Gisela optó por explicarle que ese lugar reconvertido en coctelería había sido una antigua pastelería. La familia Pujadas la abrió en 1912, dijo, el mismo año en que zarpó el Titanic. Por fortuna, indicó, el local no había corrido la misma suerte que el famoso, lujoso y desgraciado transatlántico.

—¿Siempre frecuentas locales modernistas? —preguntó paladeando el cóctel.

—Cariño, ya te dije que tengo buen gusto —respondió apoyando una mano sobre la rodilla de Clara, que abandonó de golpe la copa sobre la barra; los músculos se le tensaron, contraídos por la sorpresa.

Clara miró a Gisela y vio cómo le sonreía. Le pareció adivinar en ella algo más que un simple gesto de alegría. Vio deseo. Sin saber qué hacer o decir, recuperó la copa y dio varios tragos seguidos.

El espejo situado delante de ellas le mostró lo que no se atrevía a mirar de forma directa. Gisela movió la mano y la desplazó, arrastrándola lentamente por el cuerpo de Clara, desde la rodilla, pasándola por el muslo, la cintura, el torso y hasta el brazo, donde se detuvo. Este quedó rígido sobre la barra.

Clara no le quitaba ojo al reflejo de ambas en el espejo y, al ver cómo la mano retomaba el movimiento y se desplazaba hasta su cara, sintió que su boca se secaba de repente, incapaz de emitir sonido alguno. Dudó de si aquello era real o fruto de una mente ya alcoholizada, porque la mano se detuvo en la barbilla, donde, con suavidad, ejerció una leve presión para girarle la cara y colocarla frente a la suya.

Gisela la besó, en los labios. Fue un beso breve, tímido incluso, pero suficiente para desatar el incendio que Clara albergaba en su interior. Lo mantuvo a raya unos segundos intentando comprender lo que estaba a punto de suceder. Hasta que ya no pudo contenerse más y le devolvió el beso, primero con cautela, después con premura. Necesitaba saborear a aquella mujer.

Se detuvieron cuando el camarero, sonriente, les preguntó si deseaban tomar algo más. Las dos mujeres negaron al unísono con la cabeza. Pagaron la cuenta y, sin esperar el cambio, se dirigieron sin demora a la habitación del piso compartido.

Clara cerró la puerta con energía y se abalanzó sobre aquel cuerpo que le urgía conquistar. Le quitó el vestido que lo cubría y descubrió unos senos libres de sujetador, con pezones erectos que parecían suplicar atención. Embriagada por aquella visión, los besó con premura, mientras con sus manos se deshacía de su ropa lanzándola al suelo.

Agarró a Gisela por la cintura y la acompañó en un único movimiento hasta la cama, donde la contempló una milésima de segundo, el tiempo suficiente para cerciorarse de que lo que estaba sucediendo era real y no fruto de su imaginación. La colmó de besos y caricias impacientes, y también de mordiscos, fruto del deseo que la dominaba. Los gemidos que oía aumentaban todavía más su deseo, como la gasolina con el fuego. Gotas de sudor delataban su creciente excitación y, sin demora, le palpó la vulva, húmeda y dispuesta. Se deslizó hasta llegar a su altura para contemplarla, y le pareció la flor más bonita que jamás había visto.

Introdujo dos dedos en la abertura vaginal, mientras su lengua liberaba el clítoris del abrigo de los labios. La recibió erecto y lo lamió con suavidad, notando cómo el cuerpo de Gisela se estremecía de placer. Lo tocó con una mano, mientras ascendía hasta situarse justo a la altura de su rostro, repleto de hoyuelos temblorosos. Quería captar cada detalle de su orgasmo, que no tardó en llegar, con un grito intenso y desahogado, como el que liberaría ella poco después.

Horas más tarde, estaba tendida boca arriba, mirando, a través de los cristales de la ventana, las farolas que iluminaban la calle. Mientras acariciaba la cabellera ondulada de Gisela, que estaba acurrucada sobre ella, sentía unas ganas irremediables de gritar de felicidad.

—Vaya, ¿cada vez que robemos un dragón invertido pasará lo mismo? —preguntó.

—Calla, boba —respondió Gisela tapándole la boca con la suya.

51

El mes de junio avanzaba con altas temperaturas, anunciando la inminente llegada del verano. Por Barcelona circulaban numerosos abanicos, algunos improvisados con periódicos y libros, con los que la gente se daba aire en espacios cerrados y sin ventilar. También era frecuente ver a personas vagando por supermercados y centros comerciales, sin otro propósito que el de refrescar sus cuerpos con el aire acondicionado.

No obstante, y a pesar del calor sofocante, Clara se resistía a calzarse unas sandalias. No le gustaba llevar al aire los dedos de los pies, la sola idea de que los rozara una cucaracha le producía terror. La ciudad estaba plagada de esos insectos, que ni siquiera se esforzaban en disimular su presencia en aceras y zonas subterráneas como el metro.

En una ocasión en la que hablaban de fobias, Anna le explicó que las cucarachas eran unos animales muy útiles para las plantas, porque se alimentaban de materia orgánica en descomposición que convertían, al defecarla, en nutrientes. Sin embargo, este argumento no la convenció. Continuaba fiel a su calzado cerrado y asumía, con resignación, la presión de unos pies hinchados en su interior.

Pensaba en esto mientras esperaba a Anna en la esquina de la Rambla con la calle Canuda. Había quedado con ella para visitar el Ateneu Barcelonès y examinar el terreno sobre el que después debían elaborar un plan. Para su sorpresa, Anna apareció con Bernat, los dos cogidos de la mano y cargando sendas mochilas en sus respectivas espaldas. La de ella, según comprobó después, contenía herramientas de jardinería, lo que explicaba la curvatura de su espalda, vencida por el peso que acarreaba.

—Tengo que hacer algunas llamadas. Os espero en una terraza de la plaza de la Vila de Madrid —dijo él guiñando un ojo. Se despidió con un efusivo beso y se marchó.

Clara pensó que su amigo se había enamorado hasta los huesos. Después siguió a su amada rumbo al Ateneu Barcelonès.

Subieron unas escaleras que las llevaron al interior del edificio. En el trayecto se cruzaron con varias personas que saludaron a Anna. La conocían de distintos cursos, charlas y exposiciones. Ella no dudaba en presentarles a la amiga que la acompañaba, a la que, decía, quería acabar de convencer para unirse al Ateneu con una visita personalizada al Palau Savassona. Hubo unanimidad en recomendarle que visitara la biblioteca, un lugar que Clara, a juzgar por el entusiasmo con el que lo mencionaban, pensó que debía de ser espectacular... pero repleto de libros.

Ambas mujeres continuaron su recorrido y accedieron a la zona exclusiva para los socios. Clara estaba impaciente por ver la cafetería. El sol se colaba a través de unos altos ventanales que daban a la plaza e iluminaba varias mesas cuadradas que rememoraban otra época. Tablas de mármol, patas de hierro y sillas de madera dispuestas a su alrededor sobre dos tipos de pavimento. El primero, tal y como Anna había comentado, estaba compuesto por dos baldosas diseñadas por Domènech i Montaner. Echó un vistazo rápido para localizar el dragón invertido, pero se distrajo al ver que Anna trotaba hacia el mostrador que había al fondo, con un mosaico negro en la parte frontal.

—¡Mira quién ha venido! —gritó una mujer que salió de detrás de él. Tenía el pelo blanco y llevaba unas gafas de madera, de cuyas patillas colgaba un cordón con flores adheridas de distintos colores.

—¡Mi queridísima Matilde!

Se abrazaron con efusividad. Según descubriría después, se conocían desde hacía una década. Aquella mujer era la encargada de organizar toda la logística de los cursos de la Escuela de Escritura.

—La última vez que te vi ibas de azul.

—Bah, ya sabes que me gusta cambiar.

La mujer le habló de su nieta recién nacida, cuya fotografía no tardó en enseñarle, y Anna presumió de contar con cada vez más pacientes, a los que aquella misma tarde pensaba ilustrar sobre la utilidad de las herramientas de jardinería.

Al despedirse, la terapeuta se giró de forma brusca, tropezó con Clara, chocó con una silla, perdió el equilibrio y cayó al suelo junto con la mochila que llevaba a su espalda, la cual impactó contra el pavimento con un golpe seco que produjo un fuerte ruido.

Las dos mujeres acudieron enseguida en su auxilio y la ayudaron a incorporarse. Anna aseguró que estaba bien y, con la ayuda de Clara, recogió palas, tijeras y rastrillos, que habían abandonado el interior de la mochila para quedar esparcidos sobre el pavimento.

—¡No! —chilló Anna mientras señalaba el suelo.

Clara se percató de la rotura de dos baldosas, que se habían partido en varios fragmentos, y se llevó las manos a la cabeza.

—Por Dios, hay cosas que nunca cambian —comentó Matilde riendo.

—¡Qué estropicio! Cuánto lo siento, ¡si es que soy un desastre!

En ese instante, Clara vio el dragón invertido. Estaba justo al lado de las dos baldosas rotas.

—No te preocupes, lo importante es que no te hayas roto nada. Voy a llamar al de mantenimiento.

—Por favor, no lo hagas. Tengo un amigo que es albañil. Le llamo y lo arregla en un plis plas.

—No hace falta, para eso le pagamos una nómina al hombre.

—Insisto. Permíteme resolver este estropicio.

Matilde cedió. Quedaron en arreglarlo aquella misma tarde porque, al haber clases, la cafetería estaba desierta. Anna llamó a su amigo, que por fortuna estaba disponible y no lejos del lugar. Le explicó el tipo de pavimento que era y le pidió que trajera baldosas de repuesto, por si acaso.

Entonces Clara comprendió que ni la caída había sido accidental ni la cercanía de Bernat, casual. La impresión que se llevó fue tal que no pudo pronunciar palabra.

Su amigo no tardó en irrumpir en escena. Anna le indicó el lugar del impacto y, sin perder ni un segundo, el arquitecto reconvertido en albañil sacó de la mochila algunas herramientas, un saco con cemento de Pórtland, una botella de agua, un pequeño capazo y una baldosa. Con la ayuda de una ventosa y un cincel, consiguió sacar los pedazos en los que habían quedado convertidas las dos piezas. Los dejó a un lado y, con sumo cuidado, introdujo el cincel debajo de un lateral del dragón invertido, que había quedado expuesto.

Comentó en voz baja que el éxito de la operación dependía de la composición de la mezcla que se hubiera utilizado para pegar el dragón al suelo. A principios del siglo xx, explicó, se aconsejaba que estuviera formada por tres partes de arena de playa o de río limpia y no muy granulada, y una parte de cemento de Pórtland. En muchas ocasiones se había encontrado con mezclas con una cantidad mucho mayor de cemento, lo que dificultaba la retirada de las baldosas enteras, y la mayoría de las veces no se conseguía.

Golpeó la herramienta con suavidad con la ayuda de un martillo y la pieza cedió un poco. Con gotas de sudor cubriéndole el rostro y deslizándose hacia el dragón, consiguió sacar la baldosa entera en media hora, que guardó en el acto en el interior de la mochila.

A continuación, echó en el capazo el kilo de mezcla y echó en ella la mitad de la botella de agua. Con una paleta de albañil, removió la masa hasta que quedó homogénea y la extendió sobre el suelo. Con la paciencia y precisión de un gran aficionado a los rompecabezas, recompuso el pavimento con los fragmentos de las dos baldosas rotas y la reproducción del dragón. Golpeó con suavidad la superficie para asegurarse de que todo quedara bien adherido al cemento y después rellenó los huecos entre las piezas con lechada de color blanco envejecido, cuyo exceso retiró con un trapo mojado en agua.

Como las baldosas necesitaban seis horas para quedar bien fijadas, Anna rodeó la zona trabajada con cinta de señalización para que nadie la pisara y después pegó con cinta adhesiva un cartel de NO PISAR que Matilde había impreso.

Cuando ya estaban a punto de marcharse, la mujer les cortó el paso.

—No tan pronto, jovencita. ¿Crees que no me he dado cuenta?

—¿De qué?

—¿Dónde tienes la baldosa que estaba del revés?

Al oírlo, Clara miró a Bernat, preocupada. Él tampoco parecía tranquilo.

—¿Qué baldosa?

—No me tomes por tonta, que hace muchos años que nos conocemos.

—¿Qué quieres decir?

—Es evidente: coleccionas baldosas, has visto que es una rareza y has decidido quedártela. ¿No es así?

Clara sintió que el suelo se abría bajo sus pies.

—Culpable. Pensaba que nadie se daría cuenta.

—Yo sí.

—...

—La puedo volver a colocar en su sitio —intervino Bernat en tono conciliador.

—Sería lo suyo, ¿no?

—Perdóname, Mati. Estaba ahí, tan accesible. No he podido resistir la tentación.

—Está bien, no te preocupes. La verdad es que no creo que nadie la eche de menos. Me extrañaría que alguien se hubiera fijado alguna vez en ella, aquí la gente viene y se va. Anda, largaos antes de que me arrepienta.

—¡Muchas gracias!

—Venga, fuera de aquí, gamberra.

Los tres salieron del Ateneu en silencio, se encaminaron a la Rambla y detuvieron sus pasos frente a la fuente de Canaletes.

—Deberíais haberme contado lo que planeabais —dijo Clara sin demasiada convicción.

—Ni hablar. Tu sorpresa tenía que resultar creíble —alegó él.

—¡Si hubieras visto tu cara cuando me he caído!

—¿Cómo demonios has conseguido acertar el lugar del impacto?

—Una es patosa pero también ágil, ¡je, je!

—Yo te mato, casi me da algo cuando Matilde te ha descubierto.

—Calla, calla, ¡y a mí! Menos mal que lo ha dejado pasar.

—Te aprecia mucho, ¡la comprendo! —dijo Bernat antes de apretarla contra sí y besarla.

Se despidieron con un abrazo a tres y Clara les susurró: «Sois mis ídolos». Después puso rumbo a su habitación alquilada.

Dos horas más tarde, tumbada sobre la cama mirando el techo, pensaba en Gisela. En la suavidad de su piel, en la humedad de sus besos. Se recreó unos minutos en su encuentro íntimo, que no dudaría en repetir en cuanto tuviera ocasión. Su cuerpo así se lo exigía.

La sacó de sus pensamientos el pitido del teléfono móvil. Era un mensaje con una fotografía tan solo. La descargó y vio en ella una esquina del grueso de la baldosa sustraída en el Ateneu. Se leía a la perfección «LLE».

De pronto nerviosa, se sentó con la espalda apoyada en la pared y reprodujo en un trozo de papel la quinta pista. La combinó con las que ya tenía y adivinó con total claridad la palabra «calle». Supuso que el enigma señalaba una dirección concreta con cinco sílabas y un número. De ser así, el nombre de la calle solo podía contener tres. Quizá se equivocara, pero tampoco se le ocurría una teoría mejor. Partiendo de esta hipótesis, contempló dos posibles ubicaciones del tesoro: «ca-lle lo-ta 79» y «ca-lle ta-lo 79».

Consultó el callejero en línea de la ciudad de Barcelona y constató que no existía ninguna calle llamada «Talo» o «Lota». Decepcionada, resopló y se rascó la cabeza. Concluyó que no conseguiría averiguar la localización concreta hasta que diera con la sexta pista, supuestamente oculta tras el dragón invertido de la farmacia Bolós.

Quiso escribir a Gisela y contarle los últimos acontecimientos. Miró la hora y vio que eran las once de la noche, un poco tarde para contactar con ella. Se quitó la ropa, se metió en la cama y apagó la luz. Olió las sábanas, en las que le pareció percibir un rastro de su perfume, y recordó el tacto de su piel, que había recorrido entera con las yemas de los dedos. Notó cómo una parte de su cuerpo le demandaba atención y descendió la mano con la intención de dársela.

La interrumpió la vibración de su teléfono.

Era Gisela, estaba en su portal.

Clara sonrió.

52

Felipe tenía el pelo empapado en sudor. Eso que podía deberse al bochorno del mes de agosto, Clara lo achacó a que estaba nervioso. No era para menos, en cuestión de minutos se
estrenaría como allanador de morada. Lo miraba de reojo
para asegurarse de que estaba bien, al menos lo justo para poder llevar a cabo el plan tal cual lo habían previsto con Bernat. Era meticuloso y, si lo seguían al pie de la letra, nada
saldría mal. Se lo repetía una y otra vez para mantener el
miedo a raya, porque ella tampoco estaba tranquila.

Llevaba horas con un nudo en el estómago. Había inten-
tado deshacerlo de buena mañana, corriendo el doble de kilómetros de lo habitual, pero solo había conseguido unas
buenas agujetas.

La suerte estaba echada, pues el plan llevaba en marcha
desde el mes de julio. Era un sábado por la mañana y Anna
estaba sentada en un banco de la acera central de rambla de

Catalunya. Esperaba a que el farmacéutico acudiera a su lugar de trabajo.

Como cada día desde que se turnaran para estudiarlo, el hombre llegó un cuarto de hora antes de la apertura, montado en una moto de gran cilindrada que aparcó en el chaflán situado frente a la farmacia. Guardó el casco en una caja de la parte trasera del asiento y se removió el pelo.

Se dirigió a la puerta exterior del local y sacó las llaves de un bolsillo de la chaqueta. Abrió la cerradura de la persiana y la subió con un gesto rápido que hizo desaparecer las láminas de metal. Con otra llave abrió la puerta modernista.

Entraba con decisión rumbo al teclado numérico de la alarma, que emitía un pitido agudo, cuando Anna apareció de sopetón. Tal y como habían previsto, el hombre se sobresaltó. Ella, con ojos enmarcados en unas oscuras ojeras, obtenidas tras dos horas de maquillaje, se disculpó. Alegó en su defensa que tenía una migraña que la estaba matando y necesitaba un ibuprofeno con urgencia. Le pidió también un vaso de agua para poder ingerirlo de inmediato y poner fin a su tormento. «Puta regla», añadió entre sollozos.

El hombre, conmovido por la angustia de su clienta, le pidió que esperara y se perdió en el interior, encendiendo las luces a su paso.

En ese instante, Clara pasó por delante de la farmacia y cogió el llavero que Anna le lanzó, el mismo que el sorprendido farmacéutico había dejado descuidado sobre el mostrador, víctima inocente del plan.

Clara corrió hacia la calle contigua, en la que había una oportuna ferretería que copiaba llaves en el acto. Mientras oía el ruido de la máquina duplicadora, Anna le agradecía al farmacéutico su amabilidad.

Se introdujo un ibuprofeno en la boca y, cuando parecía que iba a coger el vaso que el hombre le tendía, lo dejó caer al suelo. «¡Mierda!», gritó, y rompió a llorar de pura desesperación. El ingenuo farmacéutico la intentó tranquilizar diciéndole que no se preocupara, que le traería más agua. Cuando regresó junto a ella, el llavero volvía a estar encima del mostrador.

A partir de ese momento, solo hubo que esperar a que la farmacia cerrara por vacaciones estivales, cosa que sucedió en la segunda quincena de agosto.

El equipo formado por Clara, Bernat y Felipe eligió para actuar un domingo de madrugada debido a que las noches de los sábados numerosos jóvenes turistas invadían las calles céntricas de la ciudad y no tardaban en convertirse en borrachos de cuerpos semidesnudos, tampoco en proferir gritos y cánticos. Aquello, que desagradaba a los vecinos de la zona, suponía la mejor distracción posible para que los tres ladrones pasaran desapercibidos.

Acudieron disfrazados. En esta ocasión, Clara llevaba una gorra de los Yankees, unas gafas de grandes cristales redondos y una espesa barba negra. Con un par de gruesos calcetines de deporte simuló que tenía algo entre las piernas. A Felipe le entró un ataque de risa tras pronunciar la palabra «falo».

Este, a su vez, optó por un bigote del color de su cabellera pelirroja, que llevaba recogida en un moño oculto debajo de una gorra de los Red Sox.

Bernat lucía ojos azules, cabello rubio y una gruesa nariz de látex.

Aprovecharon un momento de griterío para actuar. Mientras Clara se quedaba de pie para vigilar que nadie los viera, Bernat se agachó junto a la cerradura de la persiana.

Mientras tanto, Felipe sacó algo de su chaqueta. Aunque Anna había memorizado el código que el farmacéutico había introducido en el teclado de la alarma, había preferido ser precavido. Había comprado uno de los mejores inhibidores que existían, y que había conseguido en el mercado negro sin dejar rastro. Solo lo utilizaría en el caso de que el código de acceso hubiera cambiado.

Clara levantó un dedo pulgar a modo de señal, Bernat abrió las cerraduras de la persiana y de la puerta, y Felipe accedió al interior. Con dedos temblorosos y el pitido de aviso taladrándole los oídos, introdujo el código. Funcionó.

Entraron los tres y bajaron la persiana hasta el suelo. Con la ayuda de una linterna, se dirigieron a la sección de homeopatía.

Bernat amortiguó con un trapo el ruido que el martillo hizo al romper una baldosa colindante a la del dragón invertido. Intentó sacarla, pero no pudo, estaba bien adherida al suelo. No tuvo otro remedio que romper las ocho baldosas contiguas y, al intentar salvarla de una pieza, se partió en cuatro fragmentos.

—¡Gr...! —protestó.

—¡Chis! —dijo Clara indicando con la mano que bajara la voz—. No pasa nada, Bern. Lo importante es el mensaje, no la baldosa.

Felipe asintió y mezcló tres kilos de cemento con litro y medio de agua, tal y como le había enseñado Bernat, mientras este retiraba con cuidado los fragmentos del dragón invertido y los envolvía en un trapo que guardó en su mochila.

Unos bruscos golpes metálicos irrumpieron en la farmacia y les erizó el vello del cuerpo. Alguien golpeaba la persiana y profería gritos desde la calle.

El trío, al sentirse descubierto y en peligro, permaneció quieto hasta que se oyeron unas palabras en inglés, seguidas de risas.

Felipe se acercó a la puerta y en el mismo idioma les pidió que se marcharan, de lo contrario, advirtió de farol, llamaría a la policía. La persiana se agitó una vez más y después regresó la calma.

Clara suspiró aliviada y Bernat prosiguió su labor. Con la ayuda de un cincel y luego de un cepillo, limpió los restos de cemento que quedaban en el agujero que había dejado en el pavimento, un cuadrado de medio metro de ancho y de largo. A continuación, cubrió la superficie con mortero y colocó, una por una, las nueve reproducciones envejecidas, siguiendo la disposición original. Al igual que hizo semanas atrás en el Ateneu, rellenó los huecos entre las baldosas con lechada de color blanco envejecido y limpió los restos con un trapo húmedo.

Recogieron en silencio, sin entretenerse.

Dos horas después de su llegada a la farmacia, caminaban entre la muchedumbre que salía de uno de los bares musicales más frecuentados de la ciudad.

53

Cuando Anna y Gisela oyeron abrir la puerta del loft se incorporaron de un salto. Al ver tres sonrisas, supieron que todo había salido bien. Gritaron de alegría y los cinco se fundieron en un abrazo.

Bernat no tardó en descubrir el mensaje oculto en la baldosa de la farmacia, porque solo limpió la parte trasera del fragmento que les interesaba. Satisfecho, iluminó la zona y descubrió la sílaba «SAN».

Clara sacó de un bolsillo de su pantalón el pequeño y arrugado sobre que la acompañaba a todas partes. Volcó el contenido sobre la robusta mesa del comedor, que quedó salpicada por seis trozos de papel. Cinco estaban escritos, uno no. Anotó en él el nuevo hallazgo y, bajo la atenta mirada de los demás, formó la palabra «ca-lle», un palmo a la derecha, colocó el número 79 y a continuación cogió los otros tres papeles y miró a Felipe.

—Cuando quieras —le dijo este, que mientras tanto se había conectado con su teléfono móvil al callejero online de la ciudad de Barcelona.

—Crucemos los dedos —dijo ella.

Formó una primera opción, «TA-SAN-LO».

Felipe negó con la cabeza, señal de que no existía ninguna calle con ese nombre.

Con el estómago encogido y la boca seca, Clara dejó quieta la primera sílaba e invirtió las otras dos, «TA-LO-SAN».

Nada.

—¡Estoy nerviosísima! —confesó Anna.

Los dos siguientes movimientos tampoco dieron resultado, «LO-TA-SAN» y «LO-SAN-TA».

Acercó los dedos al papel que tenía escrito «SAN» y lo puso al principio de la palabra. Cuando casi rozaba los otros dos trozos, se detuvo, dejando la mano quieta en el aire, como petrificada.

—¡No puede ser! —gritó. Se tambaleó y perdió el equilibrio. Tuvo que apoyarse en Bernat, que la sujetó por la cintura.

—¿Qué pasa? —preguntó este alarmado.

No respondió. No podía. Era incapaz de articular palabra. Lo que sí hizo fue ordenar los papeles: «CA-LLE-SAN-TA-LO-79».

Aquella dirección no estaba en un lugar cualquiera de la ciudad. Estaba, nada más y nada menos, en el barrio de Galvany; en concreto, en un tramo comprendido entre las calles Calaf y Rector Ubach, por cuya acera Clara habría transitado centenares de veces, si no miles, rumbo a la parada de Muntaner de los ferrocarriles de la Generalitat.

Superada por un torrente de imágenes y recuerdos, se sentó en una silla y se tapó la cara con las manos. Lloraba.

Anna y Gisela se miraron, perplejas.

—Su barrio —aclaró Bernat.

Estaba sumergida en un torbellino emocional. Las calles de la infancia nunca se olvidan, menos todavía cuando se abandonan por obligación.

Gisela se puso en cuclillas y se apoyó en la rodilla de Clara. Con una mano le acarició la mejilla y recogió con el gesto algunas lágrimas.

—Cariño… —le dijo visiblemente emocionada.

Clara la miró a los ojos, le cogió la mano, la apretó contra su pecho y después la besó.

Bernat observó la escena y pegó un bote.

—Con razón no soy su tipo —comentó dándole un codazo a Felipe, que asintió con una sonrisa en los labios.

—¡Fiesta! —exclamó.

Todos rieron.

54

La investigación sobre la localización del tesoro llevaba días en punto muerto. Desde que descubriera la dirección, no había podido conciliar el sueño, le faltaba un detalle que lo decía todo: la planta del edificio en la que buscar.

Pasaba las noches elucubrando dónde estaría escondido el tesoro. El edificio constaba de unos bajos, un principal, un primero, un segundo, un tercero y un cuarto. Seis plantas, como si se tratara de un guiño al número de dragones guardianes.

También le preocupaba el hecho de que fuera un edificio de viviendas. Si bien durante las últimas semanas había violado la ley en unas cuantas ocasiones, se negaba a invadir la intimidad de nadie. Le resultaba inconcebible asaltar la privacidad de alguien. No podía comprender que su tatarabuelo hubiera tenido la desvergüenza de ocultar algo en casa ajena. Lo consideraba grosero.

Tampoco le perdonaba que no anotara, junto al número de la calle, el del piso. ¿Quizá no se acordó? ¿Le interrumpió alguien cuando iba a hacerlo? O, simplemente, ¿quiso demorar la resolución del enigma?

Felipe no podía contestar a esas preguntas, pero, en contrapartida, se ofreció a buscar una solución. Y la halló.

La compartió la noche del primer sábado de septiembre. Esperó, con una paciencia digna de admiración, a que todos los comensales vaciaran sus platos. No tardaron demasiado, pues Clara les había sorprendido con unos filetes de salmón y unas patatas cocidos al vapor, aderezados con una deliciosa salsa de queso manchego. Cayeron dos barras de pan con las que los cinco dejaron los platos relucientes.

Felipe golpeó su vaso con un tenedor. Lo hizo varias veces seguidas y, de forma automática, se convirtió en el centro de atención.

—Fisgoneo fructífero —dijo mirando a Clara.

Ella supo interpretar aquella misiva y sintió cómo se le aceleraba el corazón.

Aquella noche, Felipe habló como llevaba tiempo sin hacerlo. Abandonó el corsé de la sexta letra del abecedario y abrazó consonantes y vocales. En su explicación sobre cómo había hallado lo que estaba a punto de desvelar, no obvió ni un solo detalle.

Como buen programador informático, vivía sumergido en el mundo digital, que, para él, era muy real. Gracias a la aplicación Big Time Barcelona, supo que el edificio situado en el número 79 de la calle Santaló databa del año 1910, fecha que confirmó con una consulta al catastro de la ciudad. Por lo tanto, el tesoro solo se había podido esconder a partir de esa fecha.

Sabía que el Archivo Municipal del Ayuntamiento de Barcelona llevaba tiempo escaneando parte la historia de la institución municipal, y también de la ciudad. Fotografías, planos, registros y todo tipo de documentos habían sido digitalizados y puestos a disposición de la población a través de un catálogo que podía consultarse tanto de forma presencial como virtual.

Acudió al buscador de la consulta en línea. Marcó la opción «documento digitalizado» e introdujo «calle Santaló 79». No obtuvo ningún resultado. Puso la búsqueda en catalán. Tampoco. Eliminó la primera palabra de la consulta y obtuvo varios resultados que no le aclararon nada. Confesó haberse sentido frustrado y se paró a pensar qué era lo que necesitaba, qué clase de documento podría resultarle útil.

Según explicó, estuvo rumiando durante un buen rato, organizando pensamientos como quien ordena archivos informáticos en carpetas.

Lo vio claro: necesitaba descubrir la identidad de las personas que habían habitado en aquel edificio entre enero de 1910 y enero de 1911, fecha en la que falleció el tatarabuelo de Clara. Se dijo que quizá así hallaría algún hilo del que tirar. «¿Dónde se inscriben los vecinos de una ciudad?», se preguntó. «En el padrón», se contestó.

Escribió en el buscador «padrón 1910» y apareció un listado. Marcó un filtro que reducía los resultados a los pertenecientes al distrito de Sarrià-Sant Gervasi y esperó. Ante sus ojos se presentaron dos opciones. Un primer documento recogía las altas en el padrón durante el periodo comprendido entre 1910 y 1915, y un segundo, en el quinquenio anterior.

Guio el cursor hasta el documento más reciente y pulsó el botón del ratón. Se abrió una ventana emergente en la que se mostraba una fotografía escaneada de la portada y una descripción. La leyó: «Expediente cosido con las estadísticas quinquenales de la relación de altas que se han producido en el padrón de Sant Gervasi. El registro está ordenado por día de alta y aporta información, aparte de los nombres de las personas que causan el alta, de la edad, la dirección donde se dan de alta, el oficio, el grado de alfabetización y la procedencia».

Sin más demora, descargó el documento en el ordenador. Enseguida vio que no le iba a servir de nada porque la primera alta databa del mes de junio de 1911.

Procedió con la descarga del otro documento, perteneciente al quinquenio 1905-1910. Lo abrió y ojeó sus treinta y dos páginas. Aunque las tres primeras carecían de fechas de alta, no así el resto. Amplió la imagen con la ayuda de la lupa del ordenador y leyó cada una de las líneas, rellenadas a mano con una perfecta caligrafía.

Confesó que tenía los ojos irritados por estar tanto rato

mirando la pantalla, cuando encontró lo que buscaba, y que pudo haber contactado enseguida a Clara, pero optó por callar, por digerir lo que implicaba aquel descubrimiento. Al fin y al cabo, tan solo faltaban unas horas para verla.

Ella le escuchó con atención, pero en su interior lo maldecía por su verborrea. Aunque estaba impaciente por conocer el lugar en el que se escondía el tesoro, también le emocionaba ver cómo su amigo había recuperado la palabra, y la ilusión.

Felipe, orgulloso de sí mismo, mostró la pantalla de su ordenador portátil. Leyó, en voz alta, lo que el dedo índice subrayaba: «Mes, Septiembre 1910; Día, 29; Tiempo de residencia, 5 meses; Nombre, Florencio; Apellido paterno, Vera; Apellido materno, Moya; Edad, 40; En alta en la calle de, Santaló; Número, 79; Piso, Bajos; Profesión, mosaísta; Sabe leer, sí; Sabe escribir, sí; Procedente de la calle, Sant Pere Mitjà; Número, 33; Piso, 2.º 2.ª».

En las dos líneas consecutivas estaban también inscritos Hermenegilda, su tatarabuela, y Román, su bisabuelo.

Los labios de Clara temblaron al descubrir aquel rastro de sus antepasados. Conmocionada, sus ojos se clavaron en la décima casilla de la lista.

—Bajos —dijo con un hilo de voz.

55

Bajo un sol de justicia de principios de septiembre, Clara observaba, resguardada por la copa de un plátano de sombra, la puerta de la librería Casa Usher. Como era domingo, estaba cerrada.

No era la primera vez que acudía a ese lugar. Después de descubrir que su tatarabuelo había residido en el espacio ahora ocupado por libros, se acercó allí las seis tardes siguientes. De lunes a sábado, se clavó en la acera de enfrente y fijó su mirada en la puerta, de madera con cuarterones de cristal.

No entró, no fuera a notársele en la cara su repentino interés por aquel lugar. Se ponía nerviosa solo de pensar que cualquiera de las dos libreras que veía desde la calle pudieran preguntarle algo. Estaba convencida de que no tardarían en darse cuenta de que no era una lectora.

Solo en una ocasión reunió el valor necesario para pasar por delante a una velocidad tan pausada como la de una anciana recién recuperada de una rotura de fémur. El impoluto cristal de la puerta le permitió escrutar el interior, y lo que vio le gustó. Frente a las paredes de ladrillos oscuros resaltaban unas estanterías blancas abarrotadas de libros. En el techo se veían las vigas de madera, y en el suelo, varios modelos de pavimentos hidráulicos que debieron de pertenecer a distintas estancias. Pensó que era un espacio acogedor, sin duda un segundo hogar para los lectores del barrio.

Maldijo a Ágata por haberle contado la historia de aquella librería. Prefería no haberla sabido nunca, para no tener remordimientos de conciencia al pensar en allanarla.

Le había contado que en aquel lugar hubo, desde 1925, una bodega, el bar Pasqual. Dio trabajo a tres generaciones, que vivieron en la trastienda. Cuando la bodega cerró, los libreros Maria, Anna y Gerard apostaron por su sueño de tener una librería propia e independiente, y la abrieron allí. El nombre del negocio era un guiño y un homenaje al relato terrorífico de Edgar Allan Poe, *La caída de la Casa Usher*.

Para financiar su particular proyecto, contaron con sus ahorros, con la ayuda de familiares y amigos, y con el apoyo de decenas de personas del barrio que donaron dinero. Al ver la cara de extrañeza de Clara, la anciana le contó que lanzaron una campaña llamada «Levantemos la Casa Usher», con la que la gente podía aportar desde diez hasta quinientos euros. En contrapartida, y en función del importe donado, cada persona recibía una recompensa. La respuesta fue tan positiva que superaron los diez mil euros que se habían marcado como objetivo.

Según le comentó, el vecindario estaba muy contento con la apertura de aquella nueva librería, la única que había en el barrio. Además de vender libros, organizaba otras actividades, como clubes de lectura, presentaciones, exposiciones, catas de vinos, actividades infantiles y talleres de manualidades. Con el tiempo, el librero se marchó y el negocio quedó en manos de las dos mujeres.

Después de oír esa historia, a Clara le resultaba muy difícil, si no imposible, no sentirse culpable por la sola idea de colarse allí dentro y removerlo todo en busca del tesoro. Era evidente que aquellas libreras habían peleado duro para ver cumplido su sueño y, además, se habían ganado el cariño del vecindario.

Contrariada, llevaba varias noches intentando hallar el modo de no causar ningún daño a la librería, que sin duda habría que poner patas arriba para encontrar el tesoro. No contaba con que Ágata se convertiría en una ayudante de inmensa valía.

Así lo constató ese domingo, durante la comida. Mientras cocinaba unos filetes de merluza con verduras al vapor, la anciana le confesó que aquella semana había visitado la Casa Usher.

—Una librera que no debe de comer mucho, por lo flaca que está, me preguntó si necesitaba ayuda. Le dije que sí, porque era la primera vez que estaba allí. Se ofreció para guiarme y enseñarme las distintas secciones en las que habían organizado los libros. Al hacerlo, me fue explicando qué había sido cada estancia.

—¿Y?

—Mi niña, la librería es muy bonita —dijo llevándose una mano al pecho—. Conserva los suelos originales, que son hermosos, y todavía se nota que aquello fue un hogar. Es como una vivienda, solo que tiene las paredes repletas de historias encuadernadas. En el antiguo comedor hay un arrimadero de cerámica precioso y una lámpara de ensueño. En lo que fue el dormitorio principal están los libros de literatura infantil, los ilustrados y los cómics. En la antigua cocina, que es una habitación muy chiquita, hay libros de recetas culinarias y también de manualidades, viajes y fotografía. Hay un rincón de pensar con libros de ensayo, y la entrada, que es donde estaban las mesas y las sillas de la bodega, está repleta de novelas.

—Me pregunto dónde estará escondido el tesoro —pensó Clara en voz alta, mientras vigilaba, muy atenta, la olla de vapor para que no se le pasara el tiempo de cocción.

Se acordó de su abuela y de lo mucho que le gustaba la merluza. Antes de comerla le retiraba las espinas de forma concienzuda y, después, le vertía encima un chorrito de aceite de oliva y unos granos de sal. Cuando ya no pudo hacerlo, Clara la relevó.

El color del pescado había emblanquecido de modo uniforme, lo retiró del fuego y lo emplató con cuidado para que no se rompiera. A su lado sirvió judías verdes, zanahorias y patatas. Un menú bajo en sal pero rico en sabor, adaptado a su siempre agradecida comensal.

Se preguntó qué pensaría su abuela si la viera cocinando para Ágata. Imaginó que se sorprendería y también que le agradaría. Deseó que estuviera allí con ellas, como cuando ella era pequeña.

—El fogón —le indicó Ágata señalando el círculo rodeado de llamas azules.

—¡Qué despiste!

Giró el botón del fogón y el fuego se redujo hasta desaparecer por completo.

—¡Eureka!

—¿Qué pasa?

—Mi niña, creo que ya sé dónde está el tesoro —le dijo juntando las palmas de las manos delante del pecho.

—¿Cómo dices?

—¿Qué tienen en común un dragón y una cocina?

Clara la miró contrariada y levantó los hombros a modo de respuesta.

—Mi pequeña, ¡el fuego! —dijo entre risas.

56

Clara por fin se atrevió a entrar en la librería Casa Usher. Tal y como había imaginado, una de las libreras se ofreció para ayudarla. Siguió el consejo de Gisela y, con su mejor sonrisa, le dijo que si la necesitaba no dudaría en acudir a ella.

Durante unos minutos leyó títulos de libros que nunca abriría, y se sorprendió al ver el trajín de clientes que entraban con las manos vacías y salían con una bolsa colgando de la mano.

Cuando llegó al antiguo comedor sonrió. Allí estaba Bernat, pegado al arrimadero del que le había hablado Ágata.

—Te has adelantado —le dijo.

—Me mataba la curiosidad —respondió él sonriendo mientras acariciaba las baldosas de cerámica esmaltada.

—Ya veo.

—Está incompleto —susurró—. El diseño original de Lluís Brú constaba de dos líneas de naranjas, cuando aquí solo hay una. Mira. —Señaló las baldosas de la cuarta fila—. Al lazo azul le falta un trozo y parece que salga de la naranja. Imperdonable. Y el zócalo es negro, cuando tendría que ser verde oscuro.

—Muy interesante —le respondió con tono de burla.

Él le sacó la lengua.

—Escucha —dijo en voz baja—, creo que la hipótesis de Ágata sobre el lugar en el que está oculto el tesoro es correcta.

—¿Por?

—Creo que está escondido debajo del suelo. Primero, porque no se me ocurre mejor lugar para ocultar una bolsa. Segundo, porque un mosaísta como Florencio sin duda sabía pavimentar, ¿no crees? —Ella asintió—. Tercero, mientras te esperaba me he paseado por toda la librería y hay distintos pavimentos hidráulicos con dibujos preciosos. Salvo en la antigua cocina, donde el suelo está cubierto con vulgares baldosas de gres.

—¿Qué quieres decir?

—Dudo que Florencio fuera capaz de dañar una alfombra de cemento para esconder algo debajo. Sería como profanar un lugar sagrado.

Clara pensó que tenía razón.

Acto seguido le siguió rumbo a la antigua cocina, a la que se accedía desde un pasillo distribuidor y también desde el que fuera el dormitorio principal. Además de las dos puertas de entrada perpendiculares, tenía una pequeña ventana que daba a un patio de luces.

Al ver la estancia, Clara pensó que Ágata tenía razón al decir que era muy pequeña. No debía de medir más de cuatro metros cuadrados. Miró el suelo. Junto a la pared entre la ventana y la puerta del antiguo dormitorio vio unas marcas sobre el gres, que, intuyó, debieron de pertenecer al viejo fregadero. Intentó imaginar cómo era aquella cocina y se preguntó qué comida prepararía en ella su tatarabuela. Le habría encantado consultar su recetario e, incluso, catar alguno de sus platos.

Bernat la sacó de sus pensamientos al golpear tres veces el centro de la estancia con la punta del pie. Hizo unas fotografías del pavimento y se agachó como si quisiera atarse el cordón del zapato, cuando, en realidad, estaba midiendo una baldosa.

Abandonaron la librería por separado, él con un voluminoso ejemplar de *El arte del mosaico hidráulico*, de Jordi Griset. Anna se lo había recomendado con auténtico fervor, le dijo que era un libro imprescindible para todo rescatador de baldosas hidráulicas y también para cualquier amante del arte.

A continuación se dirigieron a la casa de Ágata, que los esperaba con unas deliciosas magdalenas de la panadería Roura y un chocolate caliente hecho por ella misma, pese a las todavía altas temperaturas. Aunque la anciana tenía el azúcar muy limitado, aquella tarde hizo una excepción.

Clara se emocionó al ver aquel despliegue de cariño y por un momento tuvo la impresión de haber retrocedido en el tiempo, a los días en los que ambos merendaban con su abuela.

Bernat, con los labios manchados de chocolate, compartió su teoría con Ágata, que aplaudió emocionada.

—Más vale que nos aseguremos antes de agujerear nada —dijo Clara—. A Efe seguro que se le ocurre algo, con la de aparatos raros que conoce.

—Fijo —dijo Bernat imitando el acento de su amigo.

Los dos rieron.

57

Felipe confirmó las sospechas de Clara: la librería no disponía de alarma. A ella no le extrañó, no se le ocurría que alguien quisiera robar libros.

El factor determinante para pasar a la acción se produjo poco después, el día en que él apareció en la librería vestido de operario de la construcción, con la ropa manchada a conciencia por Bernat con polvo de cemento. Colgado del brazo y oculto en una funda, llevaba un extraño aparato parecido a una muleta, en cuya base había un círculo semejante a un volante. Era uno de los detectores de oro más potentes que había en el mercado, capaz de identificarlo hasta tres metros bajo tierra. Su valor de compra rozaba los diez mil euros, de modo que optó por alquilarlo.

Las dos libreras lo miraron extrañadas. Él se disculpó por su aspecto y les dijo que estaba trabajando en una obra de la calle paralela. Después preguntó por la sección de tecnología y, siguiendo las indicaciones que le dieron, llegó a la antigua cocina.

Gisela apareció en ese instante con una lista de libros tan raros como difíciles de encontrar. Las libreras consultaron su base de datos, previamente alterada por Felipe, que había encontrado el modo de acceder a ella de forma remota, a través del servidor, y confirmaron que disponían de un ejemplar de cada. Solícitas, la ayudaron a buscarlos en las estanterías dedicadas a la literatura de ensayo, situadas en la entrada.

Mientras tanto, Felipe esperó a que se marchara un cliente que merodeaba por allí. En cuanto se quedó solo, sacó con sigilo de la funda el aparato, lo encendió y silenció la señal sonora. Cuando una pequeña luz de color verde indicó que la máquina estaba lista para funcionar, la movió por toda la estancia. Al pasar por el centro, la luz se puso roja. Continuó caminando y la luz regresó al verde. Avanzó por la habitación contigua y no pasó nada. Regresó a la antigua cocina para cerciorarse y, de nuevo en el centro, la luz cambió de color. Apagó el aparato, lo devolvió a su funda y se dirigió al mostrador, donde las libreras se disculpaban con Gisela por no haber sido capaces de encontrar lo que buscaba. Él, en cambio, salió de allí con un libro que mostraba cómo hacer sorprendentes modelos de aviones de papel.

Confirmada la presencia del codiciado metal bajo el suelo, había que diseñar el operativo para hacerse con el tesoro.

La ausencia de una chivata conectada con la policía facilitaba la entrada furtiva y, por otra parte, era una buena noticia que el tipo de baldosas de la antigua cocina fuera un modelo de gres muy común, fácil de encontrar. Bernat compró enseguida ocho unidades.

Con el fin de pensar cómo pasar a la acción, Clara y los demás quedaron en el loft.

—¡Bienvenidas! —gritó Anna desde la cocina.

—¿Efe no ha llegado todavía? —preguntó Clara al no verlo en la sala de estar. Bernat negó con la cabeza—. Qué raro, me ha escrito hace un buen rato diciéndome que ya estaba de camino.

—Estará al caer.

—Debéis de estar acaloradísimas, tomad —dijo Anna tendiéndoles vasos con agua fría—. Yo estoy achicharrada, que llegue el frío ya.

—Exagerada —protestó Bernat.

—Tacaño, ¡mira que no tener ni un solo ventilador! —bromeó dándole un codazo.

Los cuatro se acomodaron en el sofá, cubierto por una funda de algodón con flores estampadas.

—¿Verdad que es chulísima? Se la he regalado yo, así sudamos menos —dijo guiñando un ojo.

—Muy acertada —comentó Gisela devolviéndole el gesto.

Clara no dijo nada, le extrañaba que Felipe tardara tanto en llegar. Cogió su teléfono móvil y miró en el WhatsApp cuándo se había conectado por última vez. La hora coincidía con la del mensaje que le había enviado.

—Se habrá entretenido, cariño.

—Supongo que sí.

Bernat estiró el brazo, metió la mano debajo del sofá y arrastró algo hacia el exterior, que resultó ser una bandeja de madera cubierta con una veintena de pequeñas baldosas cuadradas.

—¡Mirad mi última adquisición! Miden cinco por cinco centímetros —dijo con orgullo.

Clara observó las diminutas piezas y se dio cuenta de que había tres modelos distintos. Dos eran muy parecidos, tenían como protagonista una misma flor beige de cuatro pétalos casi cuadrados, pero el fondo era distinto, uno azul claro y el otro rojo. El tercer modelo parecía extraído de un tablero de ajedrez, mostraba cuadrados verdes y beige.

—Son monísimas, ¿a que sí?

—Y pequeñas —dijo Clara cogiendo una.

—Las intercalaban entre grandes baldosas octogonales —informó Bernat—. Tengo un montón. En cuanto las limpie y las pula, os paso algunas.

—Serán unos magníficos pisapapeles —opinó Gisela.

La tarde avanzaba y Felipe no aparecía. Clara decidió llamarlo, pero no obtuvo respuesta. Insistió varias veces, siempre con idéntico resultado. Se incorporó y bebió más agua, intentando deshacer el nudo que empezaba a notar en la garganta. A pesar de los esfuerzos de Bernat por tranquilizarla y distraerla, su intuición le indicaba que algo no iba bien. De espaldas a los demás y apoyada en la encimera, barajó la idea de una posible recaída en el alcohol, pero la descartó enseguida. Por más que analizaba las últimas conversaciones y los momentos compartidos, no encontraba motivo de alarma en esa dirección. A Felipe se le veía comprometido con su recuperación, incluso estaba emocionado con la aventura que vivían. Sí lo había notado cansado, pero lo atribuyó al intenso calor veraniego.

Gisela se le acercó y le rodeó la cintura.

—No es propio de él llegar tarde ni no contestar.

—Cariño, a lo mejor le ha surgido un imprevisto, o se ha dejado el móvil en casa.

—Quizá, pero lleva ya dos horas de retraso.

Se oyó un repiqueteo de campanas.

—¡Es la melodía de Efe! —Clara corrió hacia el sofá y cogió su teléfono—. ¿Sí?

No oyó la voz que esperaba, sino la de una mujer escocesa que conocía bien. Al principio no comprendió lo que le decía, porque balbuceaba. Luego la oyó decirle que a su hijo le había dado un ataque al corazón y estaba ingresado en urgencias. Cuando colgó, a Clara le temblaba todo el cuerpo y no fue capaz de articular palabra.

—¿Dónde? —preguntó Bernat.

—Hospital del Mar —consiguió decir.

Media hora después, y gracias a un taxista veloz, los cuatro llegaron al hospital. Clara supo que las cosas no iban bien cuando vio a la madre de Felipe desplomada en una silla, in-capaz de contener el torrente de lágrimas que brotaba de sus ojos. Se abrazó a ella con fuerza y oyó cómo, entre sollozos y lamentos, le confirmaba el mayor de sus miedos: el infarto había sido fulminante.

58

Dos semanas después de la muerte de Felipe, Clara todavía lo buscaba con la mirada en el trabajo. Era algo involuntario de lo que apenas se daba cuenta, y solo reparaba en ello cuando la mente le recordaba el motivo de su ausencia, entonces los ojos se le llenaban de lágrimas que no se esforzaba en disimular.

A esa angustia diaria se sumaban noches de insomnio en las que solo dormía cuando el cansancio le ganaba la partida. Despertaba siempre de golpe, con una sensación de vértigo en el estómago y el nombre de su amigo pegado a los labios. Su cuerpo se debilitaba por la falta de descanso, y por la inapetencia. La cocina se le antojaba de pronto un lugar extraño en el que apenas entraba, y tenía que esforzarse por comer lo que le preparaba Gisela, en cuya casa estaba temporalmente alojada.

—Berny, qué alegría verte, pasa —le dijo la profesora al abrirle la puerta—. ¿Cómo estás?

—Estoy —dijo encogiéndose de hombros—. ¿Dónde está?

—En un baño de espuma que le he preparado, a ver si se relaja y consigue dormir una noche entera.

—¿Te importa si voy a verla?

—En absoluto, solo faltaría.

Bernat golpeó con los nudillos la puerta entreabierta y entró despacio, como si temiera romper un suelo de cristal agrietado.

—Mira qué a gustito estás en la bañera de bronce que yo no conseguí probar. Y encima con musiquita, ¿es Enya?

—Tonto —le dijo sonrojándose—. Sí.

Clara se sumergió y reapareció con espuma blanca en la cabeza.

—Pareces un postre con nata —sonrió.

—Si te animas, te hago un hueco.

—Quizá otro día.

Bernat se sentó en el suelo, a su lado, mientras Clara inhalaba con fuerza el aroma a rosas del gel. Y vio cómo la observaba con los ojos húmedos.

—Me tienes preocupado.

—Tranquilo, estaré bien.

—Si te pasara algo…

Él la miró y le cogió la mano que ella apoyaba en el borde de la bañera, en cuya muñeca brillaba una ancha pulsera de resina negra. Con la otra mano, Clara abrió el grifo del agua caliente y la mezcló con la fría para armonizar la temperatura.

—¿Cuándo vamos a retomar la búsqueda del tesoro? —preguntó Bernat.

—…

—Estamos muy cerca de conseguirlo.

—No puedo. Sin Efe… —La voz se le quebró.

—Lo entiendo, pero es que he encontrado la fecha ideal y es pronto: el jueves 24 de septiembre. Es la festividad de la Verge de la Mercè y, como es la patrona de Barcelona, todo estará cerrado, ¡todo! Sé que me dirás que las libreras de Casa Usher están tan comprometidas con su negocio que también trabajarán ese día, pero esto es diferente, ¡ningún barcelonés se pierde sus propias fiestas!

Los labios de Clara empezaron a temblar. En un intento por controlar aquel gesto involuntario, los cerró y apretó, pero no fue capaz de frenar las lágrimas que asomaban en sus ojos. Bernat no insistió, se levantó, le dio un beso en la mejilla y se dispuso a marcharse. Al salir se quedó mirándola desde el resquicio de la puerta, mordiéndose el labio inferior.

—Si cambias de opinión… —le dijo en un tono casi suplicante antes de cerrar la puerta tras de sí.

Clara rompió a llorar, incapaz de encajar la desaparición de Felipe, abrumada por plantearse siquiera la posibilidad de continuar con la búsqueda del tesoro sin él.

59

Clara no soportaba la idea de haberse convertido en una especie de trapo de cocina arrugado y mojado. Tampoco que Gisela la viera en ese estado de derrumbe emocional. Pensó que recuperar la rutina la ayudaría a recomponerse y regresó a su habitación alquilada. Sus compañeros de piso corrieron a su encuentro en cuanto la vieron aparecer y le dieron pésames que quedaron suspendidos en el aire como motas de polvo. Solo recibieron una media sonrisa de agradecimiento, porque la musculatura facial también se le había agarrotado.

Entró en su cuarto y dejó una bolsa sobre la cama, luego subió la persiana y abrió la ventana. Se quedó agarrada al marco, respirando el aire contaminado y escuchando el trajín de una de las avenidas más transitadas de la ciudad. Se giró y paseó la vista por la estancia; por primera vez, tuvo la sensación de que vivía en un armario con las puertas cerradas y la llave echada. Sintió que le faltaba el aire.

Poco después, corría por la avenida del Paral·lel en dirección al mar. Recorrió enteros los paseos de Colom y de Joan de Borbón y luego tomó el paseo Marítim, dejando atrás, a medida que caminaba, las playas de Sant Sebastià, Sant Miquel, Somorrostro, Nova Icària, Bogatell y Mar Bella. Ahogada por el calor de mediados de septiembre y dolorida por el esfuerzo físico, se detuvo en el espigón de la playa de Llevant. Bebió agua y observó el cielo anaranjado que anunciaba el ocaso del día.

Todavía con el pulso acelerado, volvió sobre sus pasos en dirección a Poble Sec. Jadeaba y no lograba controlar sus pensamientos, centrados en Felipe. Lo echaba mucho de menos, y se preguntaba si algún día dejaría de sentir la presión que le oprimía el pecho y le inundaba la mirada. Estaba tan absorta en sus pensamientos que no se dio cuenta de que tomaba un camino distinto al de la ida, que la llevó por Pla de Palau hasta la plaza de Pau Vila, frente a cuyo quiosco se detuvo, incapaz de proseguir la carrera. Notaba que su corazón latía desbocado en su interior, como si una mano aporreara una puerta en busca de ayuda. Bajó la cremallera de la camiseta hasta el inicio del escote y, convencida de que iba a caer desplomada, se sentó en un banco de madera maldiciéndose por haber forzado demasiado su cuerpo. Se preguntó si lo que quería era morir, y si quería hacerlo del mismo modo que Felipe, y negó con contundencia, como si quisiera convencer a los viandantes.

Un conocido repiqueteo de campanas la sobresaltó de improviso y se giró de forma automática. Tras de sí vio la calle de la Espaseria, con una de las torres de la basílica de Santa Maria del Mar al fondo. Se levantó y se adentró en la calle, mientras sentía que las campanadas la atravesaban como flechas dirigidas hacia su persona. Entró en el templo conmocionada y se dejó caer en uno de los bancos de madera, buscando la protección de las gruesas paredes de piedra. Cerró los ojos y dejó que aquella música metálica la trasladara a ocho meses atrás, a aquella tarde de enero en la que la oyó por primera vez, en casa de Felipe.

Se acordó de la conversación que mantuvieron en su balcón sobre las novelas de Julio Verne, pero sobre todo recordó su mirada chispeante cuando le hablaba de inventos, países remotos y aventuras. Su imagen se le apareció con tanta claridad que por un momento creyó tenerlo sentado al lado y, sin poder evitarlo, sonrió. Permaneció en silencio, intentando retener aquella sensación de repentina serenidad.

Al marcharse, se sintió en paz por primera vez en días y decidió regresar a su habitación dando un paseo. Cruzó la Via Laietana, pasó por delante del majestuoso edificio de Correos y avanzó por la calle Ample en dirección a la rambla de Santa Mònica. Cuando pasó por la plaza de la Mercè, se detuvo y sonrió para sus adentros. Pensó que la vida parecía determinada a indicarle el camino que debía recorrer. No pensaba resistirse. Cogió su teléfono móvil y grabó un mensaje de audio: «Bern, he pensado en lo que me dijiste. La verdad es que estoy harta del supermercado, de mi jefe, de tener que compartir piso, de no poder invitar a Gisela a un buen restaurante. Si tengo la oportunidad de mejorar mi vida, no pienso malgastarla. Estoy convencida de que Efe habría querido que continuáramos la búsqueda, con lo ilusionado que estaba… —Carraspeó—. Así que, por mí, adelante. Mañana por la tarde me paso por tu casa. Un beso».

Guardó el teléfono y continuó su camino. Cuando llegó a su dormitorio, se sentó en la cama y abrió la caja de madera tallada que reposaba en la mesita de noche. Sacó de su interior la baldosa y se tumbó abrazada a ella, mientras miraba el cielo e imaginaba en él a Felipe y a su abuela.

60

Los días fueron pasando y llegaron las fiestas de la ciudad. Como cada año, las calles se llenaron de actividades culturales muy diversas, para todo tipo de público. Rara era la persona que no salía de casa en busca de diversión.

A Clara le encantaba el *correfoc*, mezclarse entre personas disfrazadas de diablo y correr, bailar y saltar entre petardos y fuegos artificiales. También le gustaba el olor a pólvora, y salir de allí con la ropa agujereada a causa de las chispas. Hacía que se sintiera viva, por eso nunca se lo perdía. Hasta entonces. Coincidía con la Mercè y, tal y como predijo Bernat, y confirmó Ágata tras preguntarlo, la librería no abriría.

Acudieron los dos allí a media mañana, disfrazados de *castellers* de Barcelona, con el característico atuendo tradicional compuesto por unos pantalones blancos y una camisa roja. Cargaban mochilas y, él, además, llevaba un pico camuflado en el interior del pantalón.

Con la ayuda de un juego de ganzúas, Bernat no tardó en abrir la puerta de la calle que daba acceso al edificio. Tampoco se le resistieron las dos primeras cerraduras de la puerta del vestíbulo, por la que se accedía a la librería. La tercera, en cambio, parecía decidida a complicarles las cosas. Tuvo que echar bastante lubricante para conseguir desplazar el pestillo, que cedió segundos antes de que los descubriera un vecino que bajaba silbando por las escaleras.

Minutos después, Bernat estaba golpeando con un pico el suelo de la antigua cocina. Clara lo relevaba a ratos y permanecía atenta a su teléfono móvil, que era el punto de conexión con el mundo exterior, en concreto, con Anna, que vigilaba desde la calle, apoyada en una pared. A su vez, Gisela aguardaba en el interior de su coche, un tres puertas granate aparcado en la zona azul de la calle Rector Ubach.

Durante una hora estuvieron picando y acumulando cascotes en una bolsa de rafia que sacaron de una de las mochilas. Era el turno de Clara con el pico cuando Bernat levantó una mano para que se detuviera. Con una linterna iluminó lo que ya palpaba con dos dedos, una abertura de tres centímetros de diámetro que permitía adivinar que había un agujero debajo del pavimento.

—Estamos cerca —dijo satisfecha.

En ese instante el teléfono vibró. Era un wasap que decía: «¡Alerta! Entra una de las libreras». El respingo que dio Clara a Bernat le sirvió de aviso y apagó la linterna. Se quedaron mudos y quietos, observándose pese a la tenue luz que aportaba la pequeña ventana de la estancia.

Se oyó el chirrido de la puerta y los dos ladrones contuvieron la respiración al mismo tiempo. Se miraron con los ojos muy abiertos, casi sin pestañear. No había ni tiempo ni lugar para esconderse. ¿Cómo ocultar, además, el agujero del suelo?

—Ostras, con las prisas, ayer me marché sin cerrar ninguna de las tres cerraduras. Menos mal que he vuelto —dijo una voz de mujer—. Sí, me la dejé aquí. Que sí, que ahora voy. Es solo un momento.

Al escuchar estas palabras, Clara notó que se le aceleraba el pulso. Todo empeoró cuando vio que del agujero salía una enorme cucaracha con sus seis patas y dos antenas. Sintió ganas de gritar y notó que su cuerpo se ponía rígido.

Miró a Bernat, que se llevó el dedo índice a los labios para indicarle que guardara silencio. Luego le hizo señas para que se alejara de la puerta del pasillo.

Clara caminó despacio para no hacer ruido, con la mirada clavada en el insecto, que se paseaba por el pavimento ajeno a la expectación que despertaba. Acto seguido, oyó ruidos que solo podían ser de cajones abriéndose y cerrándose.

—No seas pesado, claro que necesito mi agenda —proseguía la voz—. Que no, que llegaré de sobras. Hala, que me entretienes. Luego te veo. Que sí. Otro para ti.

Se oyó un largo suspiro seguido de un «¡Qué pesado!». Después, algunos golpes.

La cucaracha caminaba en dirección a Clara, que se tapó la boca con las dos manos para intentar ahogar el alarido que su cuerpo le exigía. El bicho se detuvo a escasos centímetros de ella y habría jurado que la interpelaba con sus antenas. Miró a su amigo en busca de ayuda, pero pronto comprendió que no podía acudir en su auxilio. Tenía una palidez en el rostro más marcada de lo habitual y sudaba a mares.

—¡Aquí está! —exclamó la librera.

Acto seguido se oyó el ruido de una cremallera, unos pasos y el chirrido de las bisagras de la puerta. Después, un portazo y el sonido de los pestillos al cerrarse uno tras otro.

—¡Por fin!

Clara no pudo articular palabra. Casi percibía la vibración producida por el movimiento constante de las antenas de la cucaracha. La tortura llegó a su fin cuando Bernat saltó sobre el insecto, que murió bajo su zapato con un crujido a modo de último estertor. Al oírlo, Clara tuvo una arcada.

—¿Estás bien?

Ella asintió y justo cuando su entrecortada respiración se sosegaba, recibió otro mensaje: «Fuera de peligro, se ha ido calle arriba. ¡Vaya susto!». Mostró la pantalla a Bernat y agarró el pico. Estaba tan nerviosa que no se le ocurría mejor manera de templar su ánimo. En cuanto el agujero alcanzó dos palmos de ancho paró de picar. Exhausta y con un dolor en las manos que anticipaba futuras ampollas, se sentó en el suelo.

Bernat iluminó el interior del hueco.

—No pienso meter la mano ahí dentro —dijo ella.

—Tú y tu fobia a los insectos… Ya lo hago yo. —Se arremangó la camisa, se apoyó con una mano en el suelo, introdujo en el agujero la otra y dijo—: Noto algo.

—Espero que no sea una rata.

—No, es algo duro.

Lo golpeó con los nudillos, ¡pon, pon!

—¿Un cadáver de rata? —dijo apartándose un poco, horrorizada ante la posibilidad de que aparecieran más bichos.

—Mira que eres miedica —sonrió él. Extrajo y apoyó en el suelo lo que parecía un neceser de piel marrón con unas desvencijadas asas. Estaba cerrado con dos hebillas oxidadas—. Haz los honores.

Clara se armó de valor y desabrochó las hebillas. Cogió aire y abrió la bolsa. Quedó tan impactada al ver lo que había en el interior que no pudo pronunciar palabra.

—¡Mi madre! —gritó Bernat, incapaz de contener la emoción—. ¿Son monedas de oro?

—Rápido, tapemos el agujero y vayámonos —dijo ella recuperando la compostura.

—¿Tan pronto?

—Casi nos pillan, no tentemos a la suerte. Ya tendremos tiempo de mirarlo luego.

—¡Aguafiestas!

—Quéjate lo que quieras. Hay que salir pitando de aquí.

Bernat se resignó y tapó el agujero.

Una hora después, el suelo lucía con cuatro baldosas nuevas con efecto envejecido que de ningún modo alertaban de lo sucedido entre aquellas paredes.

Ocultaron la bolsa de piel en una mochila, recogieron las herramientas, lo limpiaron todo y salieron de la librería con la misma pericia con la que habían entrado. Bernat tenía tal dominio de las ganzúas que no importó que la librera hubiera cerrado con llave. Hizo retroceder los pestillos de las tres cerraduras y, una vez en el vestíbulo, los metió de nuevo en el marco de la puerta.

Se sacudieron el polvo de la ropa y del pelo, y se limpiaron con toallitas higiénicas. Cuando consideraron que ya estaban presentables, salieron a la calle. Sin mediar palabra, tiraron el saco de escombros en un contenedor gris que había en la acera de enfrente y bajaron por la calle Santaló.

El coche arrancó con los cuatro en el interior sumergidos en un estricto silencio, tan solo interrumpido por el ruido del motor. El vehículo recorrió la calle Rector Ubach y después tomó la calle Amigó. Cuando las ruedas tocaron la Via Augusta y se pararon frente a un semáforo en rojo situado en la esquina con la calle Muntaner, Clara gritó con todas sus fuerzas.

Bernat, que estaba sentado a su lado en la parte trasera, se tapó los oídos con las manos y después se sumó al grito.

Gisela y Anna rieron.

El vehículo retomó la marcha y no se detuvo hasta llegar al loft.

61

Clara dejó la bolsa de piel sobre la mesa del comedor. Desabrochó las hebillas y miró otra vez el interior sin dejar de pestañear, intentando asimilar lo que veía. Cayó sentada en una silla, sin dar crédito a sus ojos.

Gisela aplaudió y rio, y Anna golpeó la mesa varias veces sin dejar de repetir «hostia».

A pesar de las dudas que había tenido al principio sobre la existencia real de un tesoro oculto, la historia se había revelado cierta. Lo tenía allí, frente a ella: un montón de monedas de oro.

Cogió una y la observó. Tenía un tamaño y un peso similares a los de una moneda de dos céntimos de euro. La observó con la ayuda de una lupa. En una cara vio grabada la imagen de una mujer con el pelo recogido en un moño, del que colgaba una cinta con un lazo. A su alrededor se leía: «Isabel 2ª. Por la G. De Dios y la Const. 1863».

En la otra cara había un escudo. Mostraba una corona de la que colgaba algo que le recordó el telón de un teatro y que días después, gracias a un experto en heráldica, supo que simbolizaba el manto del rey de España. Abierto por ambos lados, mostraba dos torres y dos leones, con una granada en la punta y el escusón de Borbón-Anjou en el centro. Representaban las armas de los reinos de Castilla, León y Granada, y los rodeaba una especie de guirnalda de la que colgaba un cordero sujetado por la cintura. Era el collar de la Orden del Toisón de Oro. En torno al escudo se leía: «Reina de las Españas. 40 Rs».

«¡Oro!», se repetía sin cesar.

—¿Qué haces? —dijo al ver a Bernat morder una moneda.

—No son de chocolate.

—¡Estás loco! —exclamó riendo.

—No he podido resistirme.

De pronto, a Clara se le humedecieron los ojos. Pensaba en Felipe, en lo mucho que le habría gustado el hallazgo. Se lo imaginaba dando saltos de alegría, agitando sus pelirrojos rizos y gritando palabras en inglés. Como buen aventurero, siempre había soñado con descubrir algún tesoro y, justo cuando estaba a punto de lograrlo, un infarto se lo impidió.

Se sirvió un vaso de agua para tratar de tragar el nudo que le oprimía la garganta.

—¿Las contamos? —sugirió Anna.

Agruparon las monedas sobre la mesa en montones de

diez. Al final de la operación, contaron noventa montones, lo que equivalía a novecientas piezas.

Bernat sacó de la cocina una caja que contenía una báscula. Era pequeña y estaba sin estrenar. Aunque servía para pesar ingredientes de recetas, se inauguró con una pieza del codiciado metal.

—Menudo estreno —bromeó.

La pantalla mostró el peso de una moneda: 3,37 gramos.

—El tesoro pesa tres mil treinta y tres gramos, es decir, un poco más de tres kilos —dijo Clara tras poner en marcha su rápida calculadora mental.

—¡Mi madre!

—¡Con razón la bolsa pesa tantísimo! —dijo Anna—. ¿Cuánto valdrá el tesoro?

—Fijo que un pico —respondió Bernat—. Al peso del oro, añádele el valor histórico de las monedas.

—Aquí dentro hay algo más —observó Gisela.

Sacó un tubo de papel enrollado y atado con un cordel, y se lo tendió a Clara, que lo cogió con cuidado. Estaba amarillento y presentaba algunos agujeros. Le recordó el álbum que consultaron meses atrás en la Biblioteca Nacional de Catalunya y pensó que tenía, por lo menos, un siglo de antigüedad. Con manos temblorosas y en medio de un silencio atronador, deshizo el nudo del cordón y desenrolló el papel.

—Parece una carta —dijo al ver una letra manuscrita en tinta negra descolorida.

La leyó. Primero, para sí misma. Después, en voz alta.

Román, hijo:

Espero estar junto a ti cuando leas esto. De lo contrario, estaré cabalgando un dragón en el cielo.

Deseo que hayas disfrutado resolviendo este enigma, aunque sin duda te preguntarás cómo he conseguido reunir oro con mi modesto salario de mosaísta. No es mío. Un señor me lo cedió para su custodia y apareció muerto. Temí por mi vida y lo escondí.

Ahora es para ti.

Empléalo bien.

Tu padre

—Ay, Florencio, ¡si supieras la que has liado! —exclamó Clara con la voz quebrada.

62

Enfrentarse a la policía no fue fácil. Un hombre uniformado provisto de una generosa barriga sometió a Clara a un torrente de preguntas sobre la procedencia de las monedas. Era una operación rutinaria, porque la ley estipulaba que, siempre que se vendía oro por un elevado importe, el comprador estaba obligado a declarar la operación a las autoridades para que se investigara el origen del producto y se descartara o confirmara cualquier posibilidad de que lo hubieran robado.

El policía sospechaba algo, porque el valor de las monedas ascendía a doscientos ochenta mil euros. El botín podría haber sido mayor, ya que la numismática en la que Clara tasó y vendió las monedas le explicó que las piezas habían sido acuñadas en Madrid, pero si hubieran pertenecido a la tirada que se hizo del mismo modelo en Barcelona o en Sevilla, habrían duplicado o incluso triplicado su valor. Todavía sentía vértigo al imaginarlo, porque la posibilidad de manejar un cuarto de millón de euros ya le había robado el sueño de varias noches.

Sentada en la sala de interrogatorios de la comisaría de los Mossos d'Esquadra de la calle Nou de la Rambla, observaba un reloj de plástico que estaba colgado en una pared. El minutero avanzó varios números sin que nadie le ofreciera ni un mísero vaso de agua. Imaginó que formaba parte de una táctica de presión y aguantó sin protestar.

Se defendió de las acusaciones de robo desde el principio. Alegó que aquellas monedas le pertenecían porque las había heredado de su abuela, que la había criado desde niña. Pero la policía no la creía. No le cuadraba que Teresa, que siempre había vivido de alquiler y había trabajado como dependienta en un puesto de aceitunas, tuviera una fortuna en oro. Para más inri, la investigación reveló que la mujer había padecido Alzheimer y que murió esperando plaza en una residencia pública, cuando podría haberse pagado una privada como las que había en la zona alta de la ciudad.

Aquellas insinuaciones no le afectaban. Se mostraba tranquila y paciente. Sabía que, aunque hubiera contado la verdad, jamás la habrían creído. No obstante, le preocupaba que le requisaran el dinero obtenido con la venta de las monedas, que había sido retenido de forma temporal hasta aclarar aquel turbio asunto.

La policía la soltó pasadas las diez de la noche, tras doce horas de interrogatorio. Fue crucial un testimonio que corroboró su versión de los hechos y al que otorgaron credibilidad. Provenía de una anciana que se presentó sin previo aviso en comisaría, con manos temblorosas, gafas remendadas con esparadrapo y cabellera sujeta por medio bote de laca.

La mujer declaró que conocía a aquella joven desde niña porque había mantenido una relación sentimental con su abuela. Confesó que siempre protestó por la dureza del colchón del dormitorio que compartían, hasta que la abuela le mostró las monedas de oro que escondía en el interior. Según le explicó, las había heredado de su familia y las guardaba para su nieta, pues no se fiaba de que en España no hubiera otra guerra o una nueva dictadura.

—Si eso es así, ¿por qué esta señora no utilizó las monedas para pagarse unos buenos cuidados en lugar de recurrir a la Seguridad Social? —preguntó el sargento a cargo de la investigación.

—Mire usted, pues es muy fácil —respondió ella—. Primero, porque nuestra sanidad pública es una maravilla, a ver, si no, por qué vienen a vivir a este país tantos jubilados ingleses y alemanes. Segundo, porque Teresa tenía Alzheimer. Si se olvidó de su nieta, ¿cómo no iba a olvidarse de las dichosas monedas?

Cuando Clara salió de la comisaría, la esperaban Ágata y Gisela. Con lágrimas en los ojos, abrazó a la anciana y le agradeció su ayuda.

—Mi niña, una tiene que jugar sus cartas. Soy una vieja adorable —dijo guiñando un ojo.

Clara rio. Después, las tres mujeres anduvieron hasta la

avenida del Paral·lel. Pararon un taxi al que se subió la anciana, que no tardó en alejarse rumbo al barrio de Galvany.

Gisela la abrazó por la cintura y la besó en los labios.

—¿Qué harás con tanto dinero?

—Tengo un plan.

63

Un año después

En el barrio de Galvany no se hablaba de otra cosa. Rara era la persona que todavía no había degustado la cocina del restaurante Abutere, ubicado en el número 53 de la calle Amigó, entre Laforja y Madrazo.

Llevaba un mes abierto y los críticos gastronómicos que se habían aventurado a probar su comida la habían calificado de «mediterránea», «cuidada» y «deliciosa». Subrayaban, además, su sorpresa por el asequible precio de los platos.

El restaurante también había llamado la atención de reputados interioristas porque las dos plantas que ocupaba estaban decoradas al estilo modernista, con un gusto que coincidieron en identificar como «exquisito». Mesas y sillas de madera con sinuosas curvas se apoyaban sobre tapices de cemento coloreado. Las baldosas hidráulicas provenían de un rescate realizado en una casa de principios del siglo XX que llevaba décadas abandonada, situada en el barrio de Poble Sec. El ayuntamiento la expropió y derribó para sustituirla por un bloque de viviendas de protección oficial.

El resto de los objetos procedían, en su mayoría, de la tienda Otranto. Del techo surgían lámparas de vidrio emplomado de colores que proporcionaban al local una iluminación tenue. De las paredes colgaban espejos con figuras talladas en madera, baldosas enmarcadas y percheros de latón. El resultado era un espacio cálido y acogedor.

De la cocinera, que era la propietaria del local y del negocio, se sabía que era una vecina del barrio de toda la vida y se llamaba Clara Vera Alonso. Lo que se desconocía era el significado del nombre del restaurante, junto al que había dibujado un dragón con cara de buena gente.

Algunos ilustres ciudadanos se aventuraron a afirmar que aquella palabra provenía del latín y que significaba «abusarás». Justificaban su afirmación recurriendo a la famosa frase que pronunció Cicerón en el año 63 a. C., *Quousque tandem abutere, Catilina, patientia nostra?*, «¿Hasta cuándo abusarás, Catilina, de nuestra paciencia?», con la que delató una conjura para hacerse con el poder.

Ella reía cuando lo escuchaba, pues lo consideraba un comentario pedante y estúpido. Sin embargo, y con el fin de mantener el misterio, no aclaraba el origen del nombre. Solo cuatro personas sabían que era el resultado de mezclar dos palabras: «abuela» y «Teresa».

Fueron precisamente ellas quienes la ayudaron a poner en marcha aquel lugar. Anna y Gisela se encargaron de todo lo relativo a la distribución de espacios y a la decoración interior.

Bernat coordinó las obras: cambió la instalación eléctrica, decoró los techos con estucados blancos, pintó las paredes de color beige, y él mismo colocó en el suelo el mosaico hidráulico modernista que había salvado de la destrucción y el olvido. Además, instaló en el ordenador un programa informático de gestión simple y eficaz, y se ofreció voluntario para mantener al día la página web y los perfiles en Facebook e Instagram. Descartó Twitter por considerarlo incompatible con el ambiente relajado y respetuoso que pretendía defender el restaurante.

También Ágata tuvo un importante papel. La noche de la inauguración se encargó de dar la bienvenida a los invitados y de distribuirlos entre las distintas mesas. Acudieron numerosos vecinos y comerciantes del barrio, entre los que no faltaron las libreras de la Casa Usher.

Fue todo un éxito.

El restaurante llevaba abierto seis meses cuando Clara celebró, a puerta cerrada, su treinta y cinco cumpleaños. Insistió en prepararlo todo ella sola y recibió a sus cuatro invitados vestida con su uniforme de cocina: una chaquetilla negra de manga larga, cuello de Mao y cinco filas de dos botones cada una, forrados.

Los guio a una pequeña sala situada en la planta superior,

reservada para ocasiones especiales. En el centro, junto a un dragón hinchable, había unos paquetes. Estaban envueltos con papel de regalo y cada uno tenía anotado un nombre distinto.

—¿Qué has hecho, insensata? —preguntó Bernat.

Clara no respondió. Se limitó a observar cómo cada uno abría su correspondiente paquete.

Ágata fue la primera en descubrir su regalo, tras romper el envoltorio de la óptica Capmany.

—Ay, mi niña —dijo llevándose una mano al pecho—, con la falta que me hacían unas gafas nuevas. Pero ¿cómo has averiguado mi graduación? —dijo mientras se quitaba las viejas y las sustituía por las nuevas.

—Ramón y Lucía son un encanto.

—Lo son. ¡Qué bien veo! —mintió. Tenía los ojos humedecidos por las lágrimas.

—Cariño… —consiguió decir Gisela al descubrir, en el interior de una pequeña caja de madera, una campanilla de oro amarillo y esmaltes de color, con tres diamantes y una rodolita. Era una pieza de la joyería Bagués Masriera. Miró a Clara, visiblemente emocionada.

—¡La hostia! —chilló Anna al sacar de un sobre unas fotografías y comprender que observaba un pavimento hidráulico completo y floreado.

Se abalanzó sobre ella y la abrazó, cubriéndole el rostro con su melena anaranjada.

El nombre de Bernat estaba escrito en un voluminoso paquete. Era una máquina. Poseía una innovadora tecnología que le permitía estudiar el color y la morfología de cualquier objeto que se colocara en su interior. Pronto lo comprendió, le sería muy útil para catalogar las baldosas hidráulicas.

—¡No te creo! —exclamó—. Te has pasado. Es tu cumpleaños, no el nuestro.

—Es mi manera de daros las gracias. No habría podido cumplir mi sueño sin vuestra ayuda. Os lo debo todo —dijo con la voz entrecortada—. Mirad.

Extendió los brazos y las mangas de su chaquetilla retrocedieron. Quedaron a la vista unas muñecas sin brazaletes, con una piel tostada por el sol. Sonreía, satisfecha por haber podido superar el miedo de sí misma.

—Porfa, dáselo ya —dijo Bernat con un hilo de voz.

Anna le tendió una bolsa de tela, en cuyo interior descubrió una baldosa.

—¿Un séptimo dragón? —dijo llevándose una mano a la cabeza.

—Míralo bien.

Se fijó en la orientación del animal. Miraba a la derecha, como en el diseño original de Domènech i Montaner. Supo que era una baldosa auténtica, y no una reproducción, al ver, en la parte trasera, la marca de la fábrica Escofet. Abrió los ojos, perpleja, y se percató de que, además, la pieza no se había colocado nunca en ningún suelo. Estaba intacta, sin muescas en los bordes ni cemento incrustado, tampoco tenía golpes sobre la cara vista. Oyó que provenía de un particular que la había hallado, junto a otras dos piezas por estrenar, en el fondo de un viejo armario de su recién adquirida vivienda.

Conmovida, sujetó la baldosa contra su pecho. De sus ojos brotaron lágrimas que no se esforzó en disimular. Observó a cada uno de los presentes y sintió la ausencia de Felipe. Le habría encantado que hubiera estado allí y haberle regalado una primera edición de algún libro de Julio Verne. Tragó saliva. Pensó también en su tatarabuelo y se sintió llena de gratitud. Era consciente de que su enigma le había salvado la vida. No solo le había permitido cumplir su sueño, sino que, sobre todo, la había rodeado de personas que se habían convertido en su familia escogida. Para ella, ese era el verdadero tesoro oculto tras toda aquella aventura. El que se prometió proteger con la fidelidad de un dragón.

Agradecimientos

La idea de esta novela nació de la lectura del artículo «Los Robin Hood de los suelos», de la periodista Ana Sánchez, publicado en *El Periódico* el 20 de marzo de 2017. Ana, gracias por descubrirme el mundo de los rescatadores de baldosas. Despertaste mi curiosidad y el resultado es esta novela. ¡La que has liado!

La fase de documentación no habría sido posible sin el libro *El arte del mosaico hidráulico*, de Jordi Griset (@elartedelmosaicohidraulico). Es el resultado de una rigurosa investigación sobre el mundo de las baldosas hidráulicas y un referente para quienes amamos este tipo de pavimentos. Jordi, gracias por compartir tus conocimientos, por atender mis consultas y por ayudarme a hacer más verosímiles algunos aspectos de la novela.

Al Grup de Recerca en Història de l'Art i del Disseny Contemporanis (GRACMON), de la Universitat de Barcelona, gracias por la maravillosa exposición *El Modernisme i les flors. De la natura a l'arquitectura.*

Al Centre d'Estudis Lluís Domènech i Montaner y a La Fundació Lluís Domènech i Montaner, gracias por difundir la obra de este maravilloso arquitecto.

Al Archivo Municipal del Ayuntamiento de Barcelona, gracias por preservar la historia de los barceloneses, por la farragosa tarea de escanear documentos de incalculable valor histórico y, sobre todo, por ponerlos a disposición de la ciudadanía. ¡He disfrutado del viaje al pasado!

A Alberto Twose (@alberto_twose), gracias por la iniciativa Fragments Bcn, que me permitió regalar para el Sant Jordi de 2017 una rosa muy especial. Gracias también por abrirme las puertas de tu despacho de arquitectura para hablar conmigo sobre baldosas, rescates y catálogos modernistas.

A Joel Cànoves Canut, The Tile Hunter a jornada completa (@i_rescue_tiles), gracias por compartir conmigo tu día a día de rescatador de baldosas. Gracias también por conseguir que la antigua fábrica de sifones La Vilella, en el barcelonés barrio de Poble Sec, se reconvierta en un museo de la baldosa hidráulica.

A Albert Martí, de Mosaics Martí (@mosaicsmarti), gracias por abrirme las puertas de tu taller y responder a mis preguntas más extrañas. A Jaume Torrejón, maestro mosaísta del taller, gracias por convertirme en tu alumna durante toda una mañana. Fabricar baldosas hidráulicas fue una de las experiencias más emocionantes que he vivido jamás. A todo el equipo, enhorabuena por el merecidísimo Premi Nacional d'Artesania 2021 Catalunya.

A Mosaic Girona (@mosaic.girona), gracias por reproducir el dragón diseñado por Lluís Domènech i Montaner, fundamental en esta novela. Tengo un ejemplar en casa y me pirra.

A Otranto, gracias por rescatar antigüedades que de otro modo se perderían para siempre. En especial, gracias por vender la reproducción de Mosaic Girona.

A Baalma (@baalmadisseny), gracias por diseñar un precioso marco a medida digno de este dragón. ¡Cómo luce en mi estudio!

A Josep Martínez, autor del libro *Drakcelona, ciudad de dragones*, gracias por descubrirme otra Barcelona. Y, en especial, gracias por guiarme en la búsqueda de seis dragones idénticos. De lo contrario, me habría llevado una eternidad visitar tu millar de hallazgos.

A Florencio García Corbacho, gracias por descubrirme tu nombre, ideal para un mosaísta modernista tan afable como tú.

A Daniel Vázquez Enciso, gracias por explicarme qué se necesita para colocar una baldosa en el suelo. Siento haberte convertido en cómplice de un engaño, aunque confío en que lo comprenderás y serás benévolo conmigo.

A Vane Quevedo, de la copistería Copy's, gracias por el cuidado con el que has tratado cada borrador de la novela.

A Maria F. Serra y Anna Arranz, las libreras de Casa Usher

Llibreters, gracias por abrazar con entusiasmo mi proyecto literario y por permitirme ser traviesa en vuestra magnífica librería. ¡Larga vida a Casa Usher!

Al pequeño comercio de Galvany, que llena de vida las calles del barrio, gracias por vuestro cariño durante tantos años. Me hacíais sentir en casa cada vez que regresaba a Barcelona. En especial, gracias a Margarida y a Josep, carniceros en el Mercat Galvany; a Eulàlia, aceitunera en el mismo mercado; a Ramón Borrás y Lucía Siles, de la óptica Capmany; a las chicas de la panadería Roura; a Ana Lérida, de la peluquería Anara. Por desgracia, algunos establecimientos citados en la novela ya no existen, pero perviven en mi memoria y en la del vecindario: perfumería Marta, Petonet, tostadero Caracas.

A Neus Arqués, gracias por enseñarme a ser una escritora visible, consciente de mi marca personal. También, por animarme cuando más lo necesitaba.

Emocionadas gracias a quienes leísteis el primer borrador de esta novela: Elena Peña, Gloria Valdivia y Paz Montalbán. Vuestros comentarios mejoraron el texto y me animaron a pelear por él.

A Maru de Montserrat, mi agente literaria durante dos años, gracias por apostar por mi escritura en un momento de crisis mundial y de incertidumbre total como fue la pandemia de la COVID-19. Si bien ninguna de las editoriales contactadas se decidió a publicar esta novela, te agradezco que tú sí creyeras en ella.

A Carme Font, de Escritores.org, gracias por tu informe de lectura; me diste la seguridad que me faltaba para atreverme a mover mi novela yo sola.

A Gisela Dolgonos, gracias por tu entusiasta informe de lectura. Cambiaste el destino de esta novela.

A Aranzazu Sumalla, mi editora, un agradecimiento especial. En 2019 me guiaste de forma altruista por el complejo mundo de las editoriales tradicionales y de las agencias literarias. Cuatro años después, me acoges con cariño en tu editorial y haces realidad mi sueño. Espero darte tantas alegrías como las que tú me estás dando.

A quienes me leéis todas las semanas, gracias por hacerme un hueco en vuestras vidas y por no soltarme de la mano. Habéis sido mis cómplices en esta larga y difícil búsqueda de una editorial tradicional y me habéis infundido ánimos cuando sentía la tentación de abandonar.

A quienes leísteis *Queridísima Juana*, gracias por vuestra paciente espera durante el tiempo que ha transcurrido desde su publicación, más largo de lo que me habría gustado.

A quienes me leéis por primera vez, gracias por hacerlo.

A Gregorio, mi padre, gracias por no cuestionar mi decisión de dedicarme a la escritura y entender que para mí era importante intentar cumplir un viejo sueño. Gracias también por tus consejos en momentos de impaciencia y desconcierto.

A Trufa, mi amiga peluda, gracias por cederle a un dragón centenario gran parte de tu tiempo de juego y mimos.

A Víctor y a Noel, gracias por respetar el silencio que necesito para escribir y por llorar de alegría cuando supisteis que la novela iba a publicarse.

A Espe, gracias, infinitas gracias, por estar siempre a mi lado, por escuchar mis dudas, aguantar mis miedos, padecer mis nervios y recoger mis lágrimas, por animarme a no renunciar a mi sueño, por ese abrazo nocturno que me hace sentir a salvo y en casa. ¡Ay de mí sin ti!